U0622840

朱元璋传

商传 —— 著

作家出版社

图书在版编目（CIP）数据

朱元璋传 / 商传著. — 北京：作家出版社，2019.3（2022.5 重印）
ISBN 978-7-5212-0440-7

I. ①朱… II. ①商… III. ①朱元璋（1328–1398）
— 传记 IV. ①K827=48

中国版本图书馆 CIP 数据核字（2019）第 050671 号

朱元璋传

作　　者：商　传
责任编辑：丁文梅
装帧设计：蒋宏工作室
出版发行：作家出版社有限公司
社　　址：北京农展馆南里 10 号　　　　邮　　编：100125
电话传真：86-10-65067186（发行中心及邮购部）
　　　　　86-10-65004079（总编室）
E-mail:zuojia@zuojia.net.cn
http://www.zuojiachubanshe.com
印　　刷：北京中科印刷有限公司
成品尺寸：145×210
字　　数：194 千字
印　　张：9
版　　次：2019 年 4 月第 1 版
印　　次：2022 年 5 月第 3 次印刷
ISBN 978-7-5212-0440-7
定　　价：39.80 元

作家版图书，版权所有，侵权必究。
作家版图书，印装错误可随时退换。

目录

第一章　治隆唐宋 / 001

第二章　游方和尚 / 008

第三章　明教教主 / 018

第四章　夫以妻贵 / 025

第五章　乱世群雄 / 037

第六章　九字箴言 / 045

第七章　刘基出山 / 054

第八章　血染鄱阳 / 065

第九章　姑苏城下 / 075

第十章　国号大明 / 086

第十一章　大明帝国 / 097

第十二章　孔雀毒胆 / 106

第十三章　铁券丹书 / 118

第十四章　淮西书吏 / 128

第十五章　一介武夫 / 137

第十六章　龙生九种 / 147

第十七章　天子耳目 ＼ 155

第十八章　朝廷上下 ＼ 165

第十九章　祸起空印 ＼ 175

第二十章　《大诰》三编 ＼ 185

第二十一章　罪辱莫测 ＼ 193

第二十二章　文字之祸 ＼ 202

第二十三章　兴学重教 ＼ 211

第二十四章　科场内外 ＼ 220

第二十五章　凤阳花鼓 ＼ 229

第二十六章　大槐树下 ＼ 237

第二十七章　屯田养兵 ＼ 243

第二十八章　编户齐民 ＼ 249

第二十九章　申明亭下 ＼ 257

第三十章　大脚皇后 ＼ 264

第三十一章　皇明祖训 ＼ 271

终　章　风雨钟山 ＼ 279

第一章
治隆唐宋

1. 钟山题字

清康熙三十八年（公元1699年）初夏，康熙皇帝第三次南巡来到南京。农历四月十一日（庚戌）这天，他向同行的官员们提出要去城外钟山的明孝陵祭祀。

明孝陵是明朝开国皇帝太祖朱元璋的陵墓。

康熙皇帝说："明代洪武乃创业之君，朕两次南巡俱举祀典，亲往奠醊。今朕临幸，当再亲祭。"（《康熙朝实录》）

随行的官员们很不理解：不就是前朝的皇帝吗？明朝已经被咱们大清朝取代了，咱们的皇帝要去祭拜明朝皇帝，凭什么呀？于是他们纷纷劝谏康熙皇帝不要亲自去祭祀："皇上两次南巡，业蒙亲往奠酹，今应遣大臣致奠。"（《康熙朝实录》）

康熙皇帝知道这些官员的心思，他在心里说：尔等如何懂得这里面的玄机！虽说如今已入主中原，可是如果得不到中原和江南百姓的认可，这个天下是坐不稳的！不过这些话不能当众说出来，康熙皇帝于是对他们说："洪武乃英武伟烈之主，非寻常帝王可比。著兵部尚书席尔达致祭行礼，朕亲往奠。"（《康熙朝实录》）

事情就这么定下来了。

两天后，康熙皇帝真的来到了南京城外的钟山明孝陵前。他视察了陵寝，吩咐官员们保护修缮好孝陵。这一天，南京城里的士绅百姓听闻皇帝亲自祭祀孝陵，蜂拥而至，有似信非信的，有看热闹的，围观的达两千多人。

康熙皇帝多聪明呀，一看来了这么多南京人，知道正是收买人心的大好机会，于是让人准备好了笔墨纸砚，当着众人的面，挥毫写下了四个大字："治隆唐宋"。

围观的士绅百姓们见此情形，感动得落下泪来。康熙皇帝收买人心的目的达到了。不过，虽说康熙皇帝祭祀明太祖是在作秀，但是他用"治隆唐宋"四个字评价朱元璋，绝不是作秀。这四个字，确实代表了康熙皇帝对明太祖朱元璋的看法，是他发自内心的敬佩之词，是他对朱元璋生平功业的评价。

又过了几天，也就是四月十五日，对明孝陵的修缮工作正式开始，康熙皇帝题写的那四个大字"治隆唐宋"也被刻成匾额，悬挂到明孝陵的大门前。

《清实录·圣祖实录》中记载："甲寅，命修明太祖陵，并悬挂御书'治隆唐宋'匾额。"

"治隆唐宋"到底是什么意思呢？意思是说，朱元璋建立的大明朝的太平治世，比唐朝和宋朝还要兴盛。

平心而论，康熙皇帝对明太祖朱元璋的敬佩是发自肺腑的，所以他才会对大臣们说："洪武乃英武伟烈之主，非寻常帝王可比。"

首先，朱元璋是明朝的开国皇帝，他建立的大明朝是一个统一的朝代，从洪武元年（公元1368年），延续到崇祯十七年（公元1644年），共二百七十六年。跟明朝相比，宋朝并没有完成全国的统一。北宋不过从公元960年延续到公元1127年，前后不到一百七十年；南宋偏安于江南，从公元1127年延续到公元1279年，不过一百五十余年。唐朝虽然从公元618年延续到公元907年，共二百八十九年，可从公元690年到公元704年的十五年，武则天当了皇帝，改国号为大周。

其次，是明朝统一的情况。朱元璋建立的明朝，东北到辽东，南到南海，西到乌斯藏，基本囊括今天中国的版图。到了明成祖朱棣时代，明朝东北到奴儿干（今俄罗斯境内的符拉迪沃斯托克），南到南沙群岛，西到西藏，西北到哈密，包括台湾等岛屿都是明朝领土。

第三，朱元璋作为一代开国皇帝，建立了一套完整而且行之有效的制度，所以清朝官修的《明史·太祖本纪》是这样评价明太祖朱元璋的："惩元政废弛，治尚严峻。而能礼致耆儒，考礼定乐，昭揭经义，尊崇正学，加恩胜国，澄清吏治，修人纪，崇风教，正后宫名义，内治肃清，禁宦竖不得干政，五府六部官职相维，置卫屯田，兵食俱足。武定祸乱，文致太平，太祖实身兼之。"

从礼制说到风纪教化，再从官制说到兵制。总而言之一句话：朱元璋"武定祸乱，文治太平"。

2. 大明江山

那么，大明江山是怎样建立起来的呢？明太祖朱元璋是推翻了元朝统治才建立起明朝的。元朝是蒙古族入主中原建立起来的王朝，但是元朝的统治制度并不完备，带有北方游牧民族的一些特点。所以蒙古人占领了中原和江南以后，并不十分了解如何统治广大农业生产地区，而且还把全国人分为四个等级——蒙古人、色目人、汉人和南人，这就加深了民族之间的矛盾。

"色目人"即当时中亚一带的各民族的人，蒙古人和色目人享有许多特权，是上等人。"汉人"是中国北方人，其中也包括被蒙古消灭的女真等少数民族；"南人"则是江南人。汉人和南人都是下等人，没有特权，要去当官，也只能当副职或下层官吏。

那时候南方人考中了进士，想去谋个一官半职，就要到元大都——今天的北京——去打通关系。除送钱之外，还要送一些南方土产，其中南方人做的腊肉、腊鸡，蒙古人最爱吃。但是蒙古人收下礼物，还看不起南方人，就把这些送礼的人叫作"腊鸡"。就连这些能够有机会参加科举考试，并且有能力通过关系谋求一官半职的人，都要受到这样的侮辱，一般平民百姓的社会地位就更不用提了。

朱元璋就是在这样的形势下，提出了"驱逐胡虏，恢复中华"的口号。

据明太祖朱元璋说，他打天下的时候得到了一些奇人异士的帮助，其中一个叫周颠，另一个叫铁冠道人张中。这两个人就是金庸武侠小说《倚天屠龙记》里面的明教五大散人之中的两个。

据说周颠和张中都是成天疯疯癫癫的，爱说些胡话，只在朱元璋面前规规矩矩，可是他们说的胡话后来都应验成真。朱元璋亲自写了一篇《周颠仙传》，说自己打天下的时候，周颠去看他，唱歌说："山东只好立一个省。"还手绘地图，对朱元璋说，"打破个桶，做一个桶。"他说的虽然是木桶的桶，但实际上指的是一统江山的"统"。打破一个桶（统），就是打破元朝统治；做一个桶，就是建立明朝一统江山。

当然，周颠和尚、铁冠道人，都是朱元璋玩的政治把戏，是有意附会的传说，他用这些神奇怪异的事情来神化自己，好让官员百姓们以为他就是真龙天子，从而信服他。

朱元璋起兵淮西，占据集庆，又先后打败了劲敌陈友谅、张士诚，然后派大将军徐达、常遇春北伐中原，推翻元朝统治，建立明朝。这在中国历史上是一个特例。因为在中国历史上，大多数情况是北方政权从北向南统一全国，比如隋、唐，再比如辽、金、元，再比如清。从南方向北方统一全国的政权很少，明朝是最典型的一个。

不管是从北向南，还是从南向北，无论是哪个民族，也无论是谁建立的政权，只要他入主中原，建立起统一政权，他就必然会成为中华传统文化的继承者。

虽然朱元璋在推翻元朝统治的时候，打出了"驱逐胡虏，恢复中华"的旗帜，可是他统一天下以后，就改称"华夷一家"了。所以明朝的建立，不但推翻了元朝统治，也改变了元朝强化民族矛盾的做法，真正实现了全国的统一。明朝政权，是统一政权，是"华夷一家"的政权。

3. 得位最正

对明太祖朱元璋还有一个很有趣的评价，说他"得位最正"。

在中国历史上，改朝换代不是什么新鲜事。从秦始皇统一天下，到清朝灭亡，前后经历了秦、西汉、东汉、西晋、隋、唐、北宋、元、明、清一共十个统一朝代，此外还有三国、南北朝、五代十国、辽、金、西夏、南宋几个分裂的时期。而统一王朝的开国之君大多数都在前朝为官，或者是一个民族地区的首领，只有两个人起于民间，一个是汉高祖刘邦，一个是明太祖朱元璋。所以《明史·太祖本纪》中说朱元璋："崛起布衣，奄奠海宇，西汉以后所未有也。"

说西汉以来所未有，是因为西汉也有类似的情况。西汉是汉高祖刘邦建立的朝代，汉高祖刘邦也是布衣得天下。不过汉高祖刘邦的身份比明太祖朱元璋还要高一些，刘邦当过秦朝的基层干部——亭长。秦朝的亭长职掌捕盗治安的事情，当时每十里设一亭，亭长下面还管着两个人。

别看亭长地位不高，至少是在平民百姓之上，所以刘邦敢不请自来地跑到沛县县令家里去见吕公，还闯到上席入座。朱元璋他敢吗？别说县官或者吕公那样的大户人家了，就连地主家他也不敢去呀。朱元璋才是名副其实的社会最底层的人。

朱元璋没当过前朝的官，所以他起来造反，就不算背叛前朝。后来朱元璋做的第一个小官，是在反抗元朝统治的义军中当上的。他没有任何倚赖，不借助任何先天的力量，完全凭自己的本事打下天下，所以得位最正。

那么朱元璋究竟是怎样取得成功的呢？他又付出了怎样的艰辛呢？这得从元朝末年的那段历史说起。

第二章

游方和尚

1. 钟离东乡

元朝末年，京城大都有一位医术特别高明的神医。这一天，一位老妇带着一个年轻的姑娘来看病。

医生按照程序，先给这位姑娘号脉。他这一号脉不要紧，不由得毛骨悚然。医生慌忙站起身来，对老妇人和姑娘大喝："大胆妖孽，光天化日之下，怎么敢闯进天子脚下的京城，难道你们不怕守城门的神灵吗！"

原来这位神医一号脉，发现这姑娘不是人类。老妇知道医生看出来了，也就不再隐瞒，对医生说："实不相瞒，我们本是西山得道的狐狸精，知道您的医术高明，才慕名而来。"

听老妇这么一说，医生更感到奇怪了。"大都是元朝的首都，天子所在之地，按理说，每个城门，都有神灵奉天命把守，别说光天化日之下了，就是深更半夜，这些狐妖鬼怪也不能进城的呀。"医生的疑问刚一出口，老妇人就笑了："什么天子脚下，什么神灵把守呀？我告诉您吧。这大都根本就算不上天子脚下了，因为真命天子不在这里。"

医生就问老妇："那你说说如今真命天子在哪里呢？"老妇人回答说："真命天子在淮西，那里才是天子所在之地，神灵们都去那儿守护了，谁还管这大都呀？所以我们进出自如，你不必奇怪。"

按照这个老妇的说法，元朝已经失去了上天的眷顾，元朝的皇帝虽然还在，但是已经算不上是真命天子了。现在有新的真命天子出现了，那个人就在淮西。

元朝天顺帝天顺元年（公元1328年）旧历九月十八日（丁丑）那天，在今天安徽省凤阳县小溪河镇燃灯村——当时叫作"钟离之东乡"，一户朱姓人家里出生了一个男孩，取名重八。这个朱重八，就是后来成就了一代帝业的大明开国皇帝朱元璋。这一年是中国传统生肖的龙年，朱元璋属龙。

《明史·太祖本纪》载："太祖……高皇帝，讳元璋，字国瑞，姓朱氏。先世家沛，徙句容，再徙泗州。父世珍，始徙濠州之钟离。生四子，太祖其季也。母陈氏。"

朱元璋出身于贫寒人家，本来是连个正式名字也没有的，小的时候就叫朱重八。朱元璋在叙述自己身世时曾说："本宗朱氏，出自金陵之句容，地名朱巷，在通德乡。上世以来，服勤农业。……先考君娶陈氏，泗州人，长重四公，生盱眙，次重六公、重七公，生五河，某其季也，生迁钟离后戊辰年。"（徐祯卿《翦胜野闻》引朱元璋《朱氏世德之碑》）

朱元璋祖上是南京句容人，老家在通德乡朱家巷，祖辈以务农为生。他的父亲娶了母亲泗州人陈氏，在盱眙生下大哥朱重四，在五河生下二哥重六和三哥重七。朱元璋最小，出生于家迁钟离东乡以后的戊辰那年。

那么朱元璋的大哥为什么不叫重一呢？中国有个传统习惯，叫大排行，就是叔伯兄弟一起排序。朱元璋大伯也有四个儿子，老大是最先出生的，就叫重一，老二叫重二，老三叫重三。重三出生后，朱元璋的亲哥哥出生了，于是叫重四。后来朱元璋的大伯又添了一个儿子，叫重五。再后来就是朱元璋的亲哥哥重六、重七，直到朱元璋，排行第八，就叫朱重八。

朱元璋的祖上，在元朝初年被定户籍为淘金户。所谓"淘金户"，就是以淘取黄金作为服役的专业户。可是那时候的南京朱家巷并不产金，他们只好从别的地方买来黄金上交充役。靠买黄金上交充役，一般老百姓怎么能够承受得了！不得已，朱元璋的爷爷只好抛弃田庐家业，跑到泗州盱眙谋生，最后就死在了泗州，他的坟墓就是今天泗州的明祖陵。

祖父死后，伯父朱五一带着朱元璋父亲朱五四从盱眙迁到了凤阳。朱元璋在这里生活了大约十年，又随父母迁到钟离东乡燃灯村。

关于朱元璋的出生地，近年来有些争论。这主要是因为朱元璋死后不久，便出现了朱元璋出生在"盱眙灵迹乡"的说法，具体地点是盱眙灵迹乡土地庙。这牵扯到一个后人编造的"圣瑞"的故事。

传说，朱元璋的母亲曾经梦见一个戴黄冠的人给了她一枚药丸，她吃下去后，怀孕生下了朱元璋。朱元璋出生那天，红光烛天，照映千里。又说朱元璋的母亲取水给他洗澡，水中漂来一片红罗，此地也就因此叫红罗巷了。红罗巷旁边有一座土地庙，当天夜里也有火光照耀。到第二天天明，这座庙竟然向东北方移了百余步，于是这座庙便被封为都土地庙。都土地就是土地爷的头儿。后来明朝盱眙的地方官觉得这个说法不错，可以争到帝乡的地位，得到朝廷重视，就把这些说法编修到了地方志当中。就这样，关于朱元璋的出生地就有了凤阳说和盱眙说两种主要说法。这些传说后来被写入《明史·太祖本纪》："母陈氏，方娠，梦神授药一丸，置掌中有光，吞之，寤，口余香气。及产，红光满室。自是夜数有光起。邻里望见，惊以为火，辄奔救，至则无有。"

2. 村中牧童

朱元璋的父亲是个老实的农民，种了一辈子地，结果连一亩田都不是自己的，全是租佃地主的田来种。他每天天一亮就起来劳作，天黑还不能休息。一年到头，打下的粮食除去交租子，只能勉强糊口。好不容易把田地打理好了，田主不是要加租，就是要收佃，所以朱元璋一家在一个地方待不上几年就得搬家，而且越搬越穷。

朱元璋出生的第三天，就得了一场大病，腹胀不食，差点儿就死了。家里没钱看大夫，父亲就抱着他去寺庙，想着与其病死，还不如把他送给寺庙，谁知寺里竟然空无一人。朱元璋的父亲没办法，只好又把他抱了回去。回到家的时候，却看见东屋房檐下坐着一位僧人。那僧人对朱元璋父亲说："抱过来受记。"朱元璋的父亲不敢不听，只好抱了过去。第二天，朱元璋的病就好了。

朱元璋的病是好了，可是他们家的情况却无一点好转。他虽然在家境稍好时去村里私塾识了几个字，但是很快就因为贫困失了学，只好帮助家人种种田，或者给大户人家放牛放羊。

在村子里一伙穷孩子当中，朱元璋是最有主意的。孩子们在一起玩游戏，总是他扮演皇上，别的孩子当大臣，孩子们也都愿意听他的话。有一次，大家在山上放牛，饿得肚子咕咕叫，于是就说起吃饭的事来，有的还提起吃肉，结果大家越说越馋。朱元璋突然说道："有了。"大家问："有什么了？"朱元璋说："有现成的肉放在面前，不去吃，才是呆子呢！"大家一听说有肉吃，当然高兴。可是哪里来的肉呀？朱元璋指着牛群里面的一头小牛说："来，大家动手吧。"于是小伙伴当中的周德兴、汤和、徐达等过来帮着，一起用柴刀把牛宰了，烤起牛肉来。转眼间，一只小牛就只剩下一堆骨头和一根尾巴。

吃完牛肉，孩子们才想起回去怎么向东家刘德交代的事情。朱元璋说，没关系。大伙把现场收拾好后，他拿起那根牛尾巴，找了个山石头缝插了进去。回去就对东家说，小牛跑到山石缝里面，拉不出来了。可想而知那会是个什么结果，挨东家刘德一顿打是少不了的，而且牛也放不成了，朱元璋被赶回家去。别看朱元璋丢了饭碗，他在这些孩子当中的威信可是越来越高了，这几个伙伴后来都成了他打天下的助手。

朱元璋家最惨的一年是元朝顺帝至正四年（公元1344年）。这一年，淮河一带发生了大灾荒，几个月不下雨，庄稼都旱死了，人们只能以草根加上一点粮食充饥。朱元璋后来回忆起这段生活时曾说："因念微时，皇考皇妣凶年艰食，取草之可茹者杂米以炊，艰难困苦，何敢忘之。"（《明太祖实录》卷四十）

在历史中，大灾之后，必有大疫。果不其然，《明史·太祖本纪》中说："至正四年，旱蝗，大饥疫。"这一年农历四月，朱元璋的父母兄长先后病殁，只剩下十七岁的朱元璋和他的二哥朱重六。

哥俩儿首先要办的一件事情就是把死去的父母和哥哥安葬了。可是他们家田无一亩，地无一垄，没有墓地，能把父母哥哥埋葬到哪里呢？没办法，他们只好去求东家刘德。要说朱元璋的父亲给刘家当了多年的佃户，如今义落到这步田地，做佃主的总该发点善心，让朱元璋兄弟在他们刘家荒地里找个地方把父母哥哥安葬了吧。可是这个刘德实在是缺德，一点慈悲心肠都没有，不仅不给墓地，还把朱元璋兄弟赶了出去。

兄弟俩正走投无路时，邻居家的孩子、朱元璋的小伙伴刘英跑回家把事情告诉了父亲刘继祖。刘家老两口主动找到朱家兄弟，让他们把父母哥哥葬到自家地里去。这样一来，朱元璋的父母和两个哥哥才算是有了安葬之所。朱元璋在追忆此事时说："朕昔寒微，生者为衣食之苦，死者无阴宅之难。吁，艰哉！尔刘继祖发仁惠之心，以己之沃壤慨然惠朕，朕得斯地，乐葬皇考妣于是，至今难忘。"（《高皇帝御制文集·追赠义惠侯刘继祖诰》）

朱元璋是个恩仇必报的人，他当了皇帝以后，不忘邻居刘继祖的这段恩情。当时刘继祖已死，朱元璋就追封他为义惠侯。

当朱元璋兄弟俩把棺材抬到刘家地里准备安葬时，天气大变，刹那间风雨交加，雷鸣电闪，兄弟俩只好先找了棵大树避雨。过了一会儿，风雨慢慢停了下来，兄弟俩赶紧去寻找父母的棺材。但是眼前的情景让他们大吃一惊：山坡下面哪里还有棺材的踪影！原来这一场大雨，造成山体滑坡，形成的泥石流竟然将棺材埋了起来，只留下一个土包。

父母的后事就这样办理完了，兄弟俩要为今后谋出路了。再租种地主的田地是不行了，也没有亲友能够投奔。走投无路间，朱元璋突然想起一件事情来。

3. 皇觉寺僧

这件事就是到皇觉寺出家当和尚。

朱元璋到皇觉寺出家的这一年，是元至正四年（公元1344年），他虚岁十七岁。

皇觉寺是孤庄村附近的一个寺庙，规模本来就不大，加上遇到灾年，寺里日子也不好过。朱元璋到皇觉寺才五十天，寺里就断了炊火。住持打发僧人们有家的回家，没家的就到外面去谋食，总之寺里是养不起他们了。这时候朱元璋的二哥已经入赘到刘氏为婿，朱元璋无家可归，只好开始了游方和尚四处化缘的生活。

他南面到了合肥一带，西面到了固始、信阳，北面到了陈州、颍州。"十一月丁酉，寺主僧以岁歉不足给众食，俾各还其家。（元璋）居寺甫两月，未谙释典，乃勉而游食，南历金、斗，西抵光、息，北至颍州，崎岖二载，仍还于皇觉寺。"（《天潢玉牒》）

这段外出乞讨的生活经历给朱元璋留下的记忆是十分深刻的，直到很多年后，他当了皇帝，想起当初在外化缘乞讨的经历，还是十分感慨："居未两月，寺主封仓。众各为计，云水飘飏。我何作为？百无所长。依亲自辱，仰天茫茫。既非可倚，侣影相将。突朝烟而急进，暮投古寺以趋跄。仰穿崖崔嵬而倚碧，听猿啼夜月而凄凉。魂悠悠而觅父母无有，志落魄而佒佯。西风鹤唳，俄渐沥以飞霜。身如蓬逐风而不止，心滚滚乎沸汤。"（《御制皇陵碑》）

元朝至正八年（公元1348年），灾情稍有缓解，皇觉寺里的生活安定了一些，能有粮食养活一些僧人了，朱元璋也就结束了游方和尚的生活，回到皇觉寺中。

史书中关于朱元璋在皇觉寺中的生活记述不多，但也还有些小故事，很是有趣。比如说朱元璋在寺中打扫佛堂，扫到伽蓝神像的时候，被绊了一跤，他就用笤帚把伽蓝神像打了一顿。没几天，大殿上供奉佛堂的蜡烛被老鼠啃坏了。大殿是归朱元璋打扫的，他为此挨了寺里长老一顿骂。朱元璋心想：大殿里面供奉的伽蓝神就是负责守护大殿的，你不看好大殿，让老鼠咬坏蜡烛，害我挨骂！他越想越气，于是找来一支笔，在伽蓝神背上写了"发配三千里"几个字。

这虽然是一个小故事，但是可以从中看出朱元璋的与众不同。一方面，朱元璋虽然当了和尚，但是他并不是一个虔诚的佛教徒；另一方面，他有独特的个性和过人的胆略。

朱元璋外出游方这几年，各地反抗元朝统治的起义此起彼伏。朱元璋化缘去过的那些地方，要么有著名的弥勒教起义，要么就是弥勒教秘密传教的重点地区。朱元璋以游方和尚的身份出入这些地方的寺庙，与寺中和尚有所接触自不必说。

当时与弥勒教同时在民间传播的还有明教，这些民间秘密宗教都对现状不满，主张改变现状，传播明王或者弥勒佛出世。朱元璋是一个社会下层穷苦出身的青年，当然很希望改变自己的现状，所以很容易接受这些思想，这就为朱元璋以后选择道路打下了思想基础。

元朝至正十一年（公元1351年），是朱元璋一生中最为关键的时刻。《明史·太祖本纪》中说："当是时，元政不纲，盗贼四起。刘福通奉韩山童假宋后起颍，徐寿辉僭帝号起蕲，李二、彭大、赵均用起徐，众各数万，并置将帅，杀吏，侵略郡县，而方国珍已先起海上。他盗拥兵据地，寇掠甚众，天下大乱。"

此时，皇觉寺这一带也是群雄纷起，像朱元璋这样一个有志向的青年，还能在这座小庙里面苟且偷生度日吗？

一天，朱元璋来到寺中神像前，他要向神求卜，问一问自己究竟是应该离开还是留下。他在神像前默默祷告一番，先是许下了"去"的心愿，然后把手中的签筒摇动起来。众多竹签中的一支慢慢跳出来，他拿起来一看，竟然是不吉。既然神的意思是不应该选择去，朱元璋又许下"留"的心愿。再去摇签，这一回跳出的竹签竟然还是不吉。"去留皆不吉"的占卜结果让朱元璋有些不知所措了。那么朱元璋究竟应该怎么做呢？他又默默许下心愿。第三次抽签，朱元璋居然许下了"就凶"的心愿——就是去投奔义军造反。他摇动手中的签筒，一支竹签跳了出来，这回竟然是一个"吉"字。

第三章
明教教主

1. 黄河石人

元朝自元顺帝即位后，黄河水患不断，丞相脱脱一心想组织治水工程。但是元朝末年，由于元朝统治者的残酷压迫和民族歧视，没有生路的百姓都起来反抗了。所以有的官员担心，把这么多人集中到一起治水，一旦跟义军结合起事，便会难以控制。可是脱脱不听，元至正十一年（公元1351年），脱脱派工部尚书贾鲁调发汴梁、大名等地民夫十五万人，还有庐州戍军两万人，开挖从黄陵冈到白茅口一带近二百八十里。

果然，这些民工当中，有不少明教的教徒。明教信奉弥勒佛，宣传明王出世。他们在民工中宣传，说弥勒佛已经降生人间，天下就要大乱了。这些消息一传十，十传百，没有几天工夫，民工们就都相信了。而且还流传起一支民谣："石人一只眼，挑动黄河天下反。"

这一天，民工们正在干活儿，突然有人挖到一块石头。大伙七手八脚地把石头挖出来一看，原来是一个石人。把石人上面的土擦掉再一看，大伙着实吃了一惊，原来这个石人脸上只有一只眼睛！这不正应验了那支民谣吗？难道真的有天意，让这个石人来指示？

当然不是这么回事。这支民谣是明教的首领韩山童和刘福通事先编出来的，他们让人刻了一个一只眼的石人事先埋好，只等民工们挖出来，好跟他们一起起事。

果然，挖出一只眼石人的消息立刻病毒般传播开来。韩山童一看机会来了，就在一个叫白鹿庄的地方聚集三千人马，斩白马黑牛，祭告天地，宣布正式起事。韩山童称自己是宋徽宗的第八世孙，刘福通是宋朝大将刘光世的后代。于是众人推举韩山童为明教的明王，定好以头裹红巾为标志，约定时日起兵造反。

也许是事情太过顺利了，大伙兴高采烈地准备起事，不小心走漏了风声。元朝地方官员得到消息后，带领军马前来围捕，韩山童不幸被俘，遭到杀害。韩山童的儿子韩林儿跟着母亲趁乱逃了出来。刘福通也冲出重围，整顿队伍，攻打卜颍州、上蔡、舞阳等地。消息传到黄河工地，民工们立即杀了监工，头裹红巾，投奔刘福通。没几天工夫，义军就发展到数万人。几个月后，一支数十万之众的红巾军就遍布了大江南北。

那时候，在民间还流传着一首歌谣："天遣魔军杀不平，不平人杀不平人，不平人杀不平者，杀尽不平方太平。"（《南村辍耕录·扶箕诗》）意思是说，上天派了红巾军来杀那些制造社会不公的人。受到不公平对待的人就要杀那些制造不公平的人。等到那些制造不公平的人被受到不公平对待的人杀尽，天下才能够太平。

2. 还俗从军

外面都乱成这个样子了，朱元璋还在皇觉寺里面，他哪里待得下去呀！就在这时候，伙伴汤和从濠州托人给他带来了一封信，信上说汤和已经带着十来个兄弟投奔了濠州的义军，通过打仗立了功，如今已经当上千户了，让朱元璋别在皇觉寺当和尚了，赶快投军吧。

朱元璋见到来信，还是有些犹豫不决。因为去投义军就是造反，这可是要掉脑袋的大事。他很谨慎，怕留着那封信惹事，就悄悄地把汤和的信烧掉了。

虽然朱元璋把信烧掉了，可是他收到这封密信的事情还是被人知道了，于是跟他关系不好的人就准备去官府告发他。跟他关系好的师兄弟知道后，就来劝他赶紧逃走。朱元璋仍然拿不定主意，便去村子里找从小一起长大的好友周德兴商量。周德兴听后，劝他投奔红巾军。

告别周德兴，朱元璋慢慢走回皇觉寺，可是还没有回到寺中，他就感觉到不对劲。只见皇觉寺寺门大开，院子里面还冒着浓烟。他进入寺中，更是大吃一惊：刚才出去时还好端端的寺庙，这会儿已变成了一堆瓦砾，只有伽蓝殿因为距离大殿远些，得以保存。

这到底是怎么一回事呢？原来元朝政府知道红巾军信奉明教，明教又主张信奉弥勒佛，他们看到寺庙里面供奉着弥勒佛像，就认为跟明教有关系，于是派人毁掉了散布在乡间的寺院。这一天在朱元璋外出的时候，官府派人来把皇觉寺毁掉了。

朱元璋已经没有别的出路，便决心投奔红巾军，这件事在历史上被称作"还俗投军"。

离皇觉寺最近的一支义军就在濠州，朱元璋儿时的伙伴汤和参加的就是这支义军，于是朱元璋决心去投奔濠州的义军。

濠州义军的首领名叫郭子兴。郭子兴原本是山东曹州人。父亲是个算命先生，他一路给人算命，辗转来到定远。定远当地有一个大户人家，家里有个双目失明的女儿。虽然是大户人家，可是也嫁不出去。郭子兴的父亲是个外来户，想在当地站稳脚跟，还得依靠当地有势力的大户，于是他就把这个大户人家的瞎女儿娶了，也因此继承了大户人家的财产。婚后生下三个儿子，郭子兴是老二。

郭家虽然有钱，可是汉人地主在元朝没有地位，成天被那些贪官污吏们敲诈盘剥。郭子兴一气之下就加入了明教，结交好汉，谋成大事。元末明教起义后，郭子兴索性带了几千人进入濠州，杀了元朝的地方官，占据了濠州，当上了濠州义军节制元帅。

元顺帝至正十二年（公元1352年），朱元璋二十五岁。闰三月初一那天，朱元璋来到了濠州城下。

守门的义军一见朱元璋，就起了疑心。一个身材高大的和尚，穿着一身破旧袈裟，突然说要进城，不引人注意是不可能的，守门的兵士当然要认真盘查。

朱元璋的心里不痛快了，他想：我是来投奔义军的，怎么把我当成奸细来盘查呀？说来说去话不投机，朱元璋就跟守城的兵士们吵了起来。守城的兵士们也急了，几个人一拥而上，把朱元璋绑了起来，派人去请示元帅，要把朱元璋当作奸细杀掉。郭子兴听了报告，心想：说不定真的是前来投奔的好汉，现在正是用人之际，如果错杀了人，就不会再有好汉来投靠了。于是他亲自来到城门前，上前一问，才知朱元璋是皇觉寺的和尚，是其伙伴汤和写信叫他来投奔义军的，而且跟军中一些弟兄们都有关系。

郭子兴赶紧让人给朱元璋松了绑，把他留在了军中。就这样，朱元璋成了义军中的一名士卒。

3. 崭露头角

朱元璋经历了一点波折，总算加入了义军。他纵然有天大的本事、过人的能力，也得从普通士兵做起。后来朱元璋回忆起这段经历时说："被收为步卒。入伍几两月，除为亲兵，终岁如之。"（《高皇帝御制文集·纪梦》）

有的史书中说他几天后被提拔为"九夫长"，"几日，拔长九夫"（《皇明本纪》）；也有的史书说，朱元璋到军中两个月后，被郭子兴看中，选去当了一名"亲兵九夫长"。经学者考证，当时义军效仿元朝军队的制度设立了"牌头"制。元朝军队以十人为一牌，一个牌头管着九个士兵。朱元璋对此是心知肚明的，所以他不说自己当上了"九夫长"，只说"除为亲兵"。

朱元璋为什么能够很快就在义军中崭露头角呢？

首先，他有见识，有主张。朱元璋从小就是孩子头，有指挥能力。而且他当和尚的时候曾经外出游方，见过世面，社会阅历比较丰富。这些在他当兵的时候，都派上了用场。据说每次奉命外出行动，他都能起到决定性作用，总能有所收获。连队长也不得不佩服他，有事情就跟他商量。不知不觉，他就成了这队士兵的主心骨。

其次，朱元璋读过私塾，认识几个字，有些文化。别看他的文化水平不高，但在当时义军中已经是很难得的"文化人"了。上面的命令文告，他能看；军士们的书信，他能代写，俨然军中一个不可缺少的文书。

此外，朱元璋当孩子头的时候能够得到孩子们的拥护，原因之一是他做事有担当，有了好处又能跟大家分享。这就是一般人不容易具备的领导素质。

就这样，朱元璋很快在军中有了一点影响力，成了一个让上下都佩服的人物。

这一天，郭子兴来到朱元璋所在的队伍巡查，全队士兵在一声号令后站成了一排。朱元璋个子最高，就站到了第一的位置。

郭子兴一眼就看到了他，也想起那天城门守卒错把他当奸细抓起来的事情，于是问队长，这个新来的大个子和尚怎么样。队长平时有许多事情依靠朱元璋，当然对他赞不绝口，说他的确是难得的人才。郭子兴一听，自己果然没有看错人，一高兴，当时就提拔朱元璋做了亲兵，把他调到了元帅府。史书中说他"既长九夫，王常召与论"（《皇明本纪》）。这里说的"王"，就是郭子兴。朱元璋当了皇帝以后，追封郭子兴为滁阳王，所以明朝人写的史书中就称郭子兴为王。随着地位的变化，朱元璋有了更多表现才能的机会，很快成了郭子兴的心腹。

历史上的成功者，都少不了两个最基本的条件：一个是自身的才能和努力，另一个是历史机遇。朱元璋很幸运，他具备了这两个条件。他既有能力，又有所准备，还遇到了好机会。著名的明史学家吴晗先生曾经用生动的笔墨描绘朱元璋这一时期的情况：

元璋做事小心勤谨，又敢作敢为。得了命令，执行很快，办理得好。打仗时身先士卒，得到战利品，不管是金、银，是衣服，是牲口粮食，扫数献给元帅。得了赏赐，又推说功劳是大伙儿的，公公平平分给同出去的战友。平时说话不多，却句句有斤两。又认得一些字，队伍上一有文墨的事情，元帅的命令，杜遵道、刘福通的文告，以至战友们的家信，伙伴们都找他解说。几个月后，不但在军中有了好名声：勇敢，能干，大方，有见识，讲义气，人缘好，甚至郭元帅也当他作心腹体己，不时和他商量事情，言听计从了。

（吴晗《朱元璋传》第二章）

第四章
夫以妻贵

1. 上门女婿

郭子兴有一个养女，姓马，据说乳名叫秀英，还待字闺中。马氏是郭子兴好友马公的女儿。马公本是宿州人，因为躲避仇家，来到定远，跟郭子兴成了好朋友、好兄弟，史书中说他们是"刎颈之交"。郭子兴起事的时候，马公也想到家乡宿州招兵买马响应，临走前就把小女儿托付给了郭子兴。不承想马公回去后竟然一病不起，没有几天就不幸病故了。就这样，马氏留在了郭子兴身边，成了郭子兴的养女。郭子兴对老朋友的遗孤十分关爱，用当时的话说，"抚之如己子也"。可是郭子兴是一介武夫，他对养女虽好，却常因忙于起义和军务，对家事有所疏忽。这样一来，就把养女的婚事耽误了。

按照史书的记载，马氏出生于元文宗至顺三年（公元1332年），马公把她托付给郭子兴的时候，她已十八九岁了，到了该出嫁的年纪。

郭子兴因为想要留下朱元璋，突然间就想起了这个还没有出嫁的养女。朱元璋虽然比马氏年长，但他年轻有为，而且举目无亲，如果能够把这个养女嫁给朱元璋，那不就等于招了个上门女婿吗？

郭子兴越想越觉得这个主意好，事不宜迟，他连忙找家里人商量。此时当家的是郭子兴的第二个夫人张氏。张氏一听，立刻表示赞成："今天下乱，君举大事，正当收集豪杰，与成功业。一旦彼或为他人所亲，谁与共成事者！"（《明太祖实录》卷一）

就这样，朱元璋成了主帅的上门女婿。

令人羡慕的是，他娶的马氏不是平凡普通的女人，史书中说马氏："仁慈有智鉴，好书史。"（《明史·太祖孝慈高皇后传》）

朱元璋娶了马氏以后，至少有以下好处：

首先，朱元璋成了主帅的女婿，身份地位提高了。

其次，参与一些重要事务的机会更多了。郭子兴有机密之事，交给一般亲兵不放心，交给朱元璋他才放心。

第三，马氏也不是一般人，她本来就通达事理，又因寄养在别人家里，很会处理周围的关系。两人结婚后，她就成了朱元璋的贤内助、好帮手。

2. 濠州群雄

郭子兴如此看重朱元璋，还有一个特殊原因。濠州这个地方，地处淮西，是明教传播发展的重要地区。别看濠州地方不大，却聚集了好几支义军，光是有节制元帅名号的就有五个。这五个元帅都是义军首领杜遵道号令设置的，一个是郭子兴，另一个名叫孙德崖，还有三个，一个姓俞，一个姓曾，一个姓潘。五个元帅势均力敌，谁也不听谁的，而且经常发生矛盾。郭子兴想要出类拔萃，自然要物色能人帮手。就像瞌睡了有枕头，朱元璋的才能，让郭子兴欣喜异常。

虽然五个元帅相互不和，可是郭子兴的脾气最不好，跟几个人都合不来，孙德崖他们四个人经常联起手来对付郭子兴。

这一年农历九月，元朝丞相脱脱率领数十万大军攻打徐州的义军。徐州失守，部分义军在彭早住和赵君用的率领下突围而出，来到了濠州。

彭早住和赵君用虽然是在徐州打了败仗投奔濠州的，可是他们两个人的势力还是要比郭子兴、孙德崖他们五个元帅强大，所以二人来到濠州以后，反客为主，郭子兴、孙德崖五人反倒要受他们两个人的节制。这样一来，濠州又多了两支义军力量。

虽说是彭、赵二人节制五个元帅，其实各人有各人的心思。彭早住的性格跟郭子兴相投，两人关系不错；孙德崖几个人就跟赵君用关系好。于是，他们之间原有的矛盾不但没有解决，还把这矛盾带到了彭、赵二人之间。

彭早住做事情很强势，赵君用跟他也多有不合。可是彭早住势大，赵君用惹不起，他就把这闷气发到了郭子兴身上。孙德崖跟四个人商量，在得到赵君用的同意后，趁郭子兴出门时把他抓了起来，关在孙德崖家里，准备把他杀掉。

当时朱元璋正在淮北，得到消息后急忙赶回濠州。路上遇到从濠州来的朋友，对朱元璋说："郭公已经被抓了，他们还想抓你，你可别自投罗网呀！"朱元璋对友人说："郭公待我厚，如今有难，我怎能不救？知恩不报，这岂是男子汉大丈夫所为！"于是快马加鞭赶回濠州。

朱元璋带着郭子兴的两个儿子一起去向彭早住告状。彭早住听了，勃然大怒，说道："有我在，看谁敢害你家元帅！"说罢立即调集兵士，将孙德崖家包围起来。孙德崖几人一看有彭早住出头，心有忌惮，都躲了起来。众人破门而入，见郭子兴身上带着刑具，遍体鳞伤。朱元璋赶紧把郭子兴救出，让人背回家。

也幸亏朱元璋遇事不慌，处理得当，郭子兴才捡回一条命，且没有因此引发郭子兴部与各部义军的火并。

这件事情发生后，义军内部的矛盾更加激化了。正巧此时贾鲁率军来围濠州。外有强敌，城中义军才放弃前嫌，合在一起，通力对敌。濠州之围一直持续到第二年春天，因为贾鲁死了，元军失去主帅，无心再战，才解围而去。这时濠州城也快要断粮了。朱元璋四处去想办法，后来用一些盐，换得了些粮食来。

濠州城保卫战，义军各部损失严重，为了保证部队实力，又是朱元璋自告奋勇，回到乡里招募了七百多人，补充到军中。郭子兴见朱元璋这么能干，军粮军源都得到解决，当然高兴，就提拔朱元璋当了镇抚。

3. 招兵买马

手下有了几百人，朱元璋如虎添翼，正准备趁机扩大实力，以求发展，不承想得了一场大病，半个月还没有痊愈。这一天，朱元璋在房间里养病，听到外面有人叹息而过。朱元璋心中奇怪，问身边的人这是怎么回事。手下的人告诉他说，定远张家堡有个地方叫驴牌寨，驻有地方民兵，孤军乏粮，不知所从。郭子兴想要招抚这支力量，可是没有人能胜任，所以忧虑叹息。

所谓驴牌寨的民兵，其实是元朝组织的地方武装。世道太乱，这支武装没有人管，只能自谋出路。朱元璋听到这个情况，知道这是补充兵力的大好机会，顾不得大病未愈，挣扎起身，前往郭子兴那里请命。

郭子兴大喜，可是看到朱元璋大病未愈的样子，又有些担心，他对朱元璋说："我知此事只有你能去办，可是你现在病体未愈，怎么能让你带病前往呢？"

"此岂高枕养病时耶？"朱元璋说道，"今失机不图，将为他人所得。"

郭子兴问："你要带多少人前往？"

"人多易引其怀疑。十人足矣。"朱元璋回答。

一路之上，暑热难耐，朱元璋又大病未愈，用了六天时间，才来到寨外河畔。隔河而望，只见营帐相接，阵势不小。几名跟随朱元璋前来的步卒看到这情形，有些害怕——万一对方不想合作，来抓人，朱元璋骑马跑得快，他们这些步卒可就倒霉了。想到这儿，几个步卒就想退缩。朱元璋对他们说："如今到了这里，哪里还走得掉？人家只要派出骑士跟在后面，咱们谁也别想跑。你们不要害怕，跟我入营，看看他们到底有什么打算。"

正在这时候，河对岸出现两名军官，隔着河对朱元璋他们大喊："来者何为？"

朱元璋让手下回复说："我们是从濠州来的，要跟你们主帅商量事情。"

不一会儿，就看到对方主帅出营过来。朱元璋让随从们留在河边，自己一人涉水过河，迎着对方主帅说："我们主帅郭公跟你们是旧交，知道你们现在粮草紧缺，又有劲敌来攻，特意让我来请你们前往濠州。"

这支民兵队伍正走投无路，见有人主动前来招抚，又是认识的老关系，觉得不失为一条出路，于是就让朱元璋留下信物先回去，要商量商量再做决定。

朱元璋想了想，就把身上的一个香囊解了下来，交给对方主帅作为信物。事情虽然谈得有了一点眉目，可朱元璋还是不大放心，他担心事情会有变故，就让随行的骑士留下一人监视寨中行动，随时报告。

果真不出朱元璋所料。三天后，他便接到部下送来的消息，这支民兵队伍又改变了主意，不想投奔了。朱元璋当机立断，连忙带上三百人火速前往。到了那里，他先设计将主帅骗出，将其擒获，再派人通知寨中兵士，拔营相随。寨中人不知发生了什么事，于是焚营而出。就这样，朱元璋把驴牌寨三千民兵裹胁着带回了濠州。

在元末战乱的年代，谁有了军队，谁就能占地称雄。朱元璋带回三千人马，郭子兴的部队一下子兵多将广，实力大增。

不久，朱元璋又率部击溃了另一支元朝民兵，他从中选出两万人马，集中起来训练。朱元璋对他们说："你们有这么多人马，为什么如此不堪一击？那是因为'将无纪律，士不素练'。军队要有战斗力，首先要有纪律，同心协力，才能建功立业。"这支"将无纪律，士不素练"的杂牌军，在朱元璋的训练之下，竟然慢慢变成了一支能征善战的精锐部队！

随着部队的不断扩编，朱元璋在军中的地位也得到升迁，不久后，升任总管。

军力强大了，就不能光在濠州这么个小地方待着了，得向外发展。这一年夏天，朱元璋率领一支军队去攻取附近的滁州。就在朱元璋攻取滁州的路上，手下前来报告，说有个读书人在军营外求见。这倒是个新鲜事儿，朱元璋虽然也读过书，可是从来没有跟真正的读书人打过交道，一听有个读书人来求见，他连忙让人恭恭敬敬地把这位读书人请了进来。

来人名叫李善长，字百室，定远人。他得知朱元璋治军与一般义军首领不同，知道其为可成大业者，于是前来求见。

李善长自幼读书，熟知历史掌故。他对朱元璋说："秦乱，汉高起布衣，豁达大度，知人善任，不嗜杀人，五载成帝业。今元纲既紊，天下土崩瓦解。公濠产，距沛不远。山川王气，公当受之。法其所为，天下不足定也。"（《明史·李善长传》）他的意思是让朱元璋效法汉高祖刘邦，首先要有胸怀，要大度；再要知人善任；第三是不乱杀人。

李善长的这段话可以说是正中朱元璋的下怀。其实，朱元璋也是这样做的，可是从李善长这个读书人嘴里说出来，就理论化了。朱元璋是在义军征战中一步步成长起来的，周围都是些粗人，没什么思想，李善长让朱元璋眼前一亮，于是把他留在身边掌书记。

朱元璋打下滁州，有了自己的地盘，兵强马壮，濠州群雄也不敢小看他了。本来跟郭子兴有矛盾的赵君用和孙德崖他们，也不敢对他无礼了。朱元璋虽然有了实力，但他并没有飘飘然，而是冷静理智地派人对赵君用左右的人行贿，让这些人都说郭子兴、朱元璋的好话。糖衣炮弹果然管用，赵君用居然答应让郭子兴带着自己的军队去了滁州。郭子兴到滁州一看，朱元璋手下三万人马，号令严明、军容整齐，高兴得不得了，这一回再也不用在濠州受别人的气了！

可是郭子兴这个人，豪气是有，心胸却不够宽，他耳根子又软，身边有些人向他进谗言，说朱元璋坏话，再加上他自己也觉得朱元璋功劳大，势力也大，担心朱元璋不把自己这个元帅老丈人放在眼里，一来二去，就跟朱元璋疏远了。

元顺帝至正十四年（公元1354年）冬天，元廷派大军攻打高邮。此时张士诚占据着高邮，自称"诚王"，建国号大周。元军除了围攻高邮之外，还分兵包围了六合。六合义军自知不敌，就派人来滁州向郭子兴求救。郭子兴小心眼儿，因为跟六合义军有些旧怨，不肯发兵相救。朱元璋知道后，劝他顾全大局。六合如果失守，元军下一步就会进攻滁州，到时，滁州也势孤力单，麻烦就大了。还好这一回郭子兴听进去了。朱元璋率军解了六合之围，滁州得以保全。

郭子兴觉得根基稳固了，就想在滁州据地称王。朱元璋想：就占了一个滁州，算什么呀？在这里称王，不是树大招风，给自己找事吗？在朱元璋的劝说下，郭子兴这才打消了在滁州称王的念头。

在滁州虽然比在濠州有所发展，可是滁州的地理和自然条件不是很好，在这样的地方确实得不到很大的发展。所以第二年初，朱元璋就建议郭子兴派兵攻取了和州，朱元璋也被派到和州做了总兵官。

朱元璋二十五岁来到郭子兴部下，短短三年时间，就从一个普通士兵升到了总兵官。可是不管怎么说，在军中还是要论资排辈的，朱元璋这个资历，这个年龄，要统领几万人马和众多的将领，别人未必都肯服他。怎么让自己树立起威信呢？朱元璋想了个办法。他把大厅中主将的座位去掉，只摆上个长条凳子，等诸将官们议事时，他故意晚到一会儿。别人到了先坐上位，朱元璋来了，就坐在最下面的空位子上。可是议事时，谁都说不出个所以然，只好听朱元璋的。史书上说："遇公事至，诸将但坐视，如木偶人，不能可否。独上（元璋）剖决如流，咸得其宜，众心稍屈服。"（《明太祖实录》卷二）

当时和州城墙损坏严重，朱元璋就把修复城墙的任务分配给诸将，每人负责一段，定好工期，到期检查。那些将领平日散漫惯了，哪里会用心督办修城的工程。到了检查时，除了朱元璋负责的一段修得很好，其他人的任务都没完成。朱元璋把脸一沉，对众将领说："这可是主帅的命令，不是我总兵专权。修城这么大的事情，你们不放在心上，就叫有违军令。大家都知道违反军令是什么后果吧？不过今天这件事就算了，下不为例。如果下一次谁还敢违背命令，我可就要军法处置了！"众将官这下害怕了，谁也不敢小看这个年轻人了。

管好了将领，下一步就是制定军队的纪律，让军队正规化，强化战斗力。有一天，朱元璋出门，看见一个小孩子在啼哭，就去问原因。小孩子回答说，在等自己父亲。朱元璋问："你父亲在哪儿呀？"小孩子回答："在军营里面养马。"朱元璋又问："那你母亲在哪儿呢？"小孩子说："也在军营里面，不过不敢跟父亲相认，只以兄妹相称。我不敢进去找，在这里等，等不来，所以哭了。"

朱元璋听了，想起自己儿时的经历，不由得一阵难过。那时候各地"义军""民兵"，包括元朝军队，都毫无军纪可言，到处抢掠。郭子兴部下这种情况也不少。朱元璋立即把诸将官召集起来，对他们说："军中有不少掳来的百姓，弄得人家妻离子散。这样的军队没有纪律，怎么能够得民心打胜仗？你们回去，把军中掳来的妇女都还给人家。"

话说起来容易，可是军中那么多被掳的妇女，也不知道谁和谁是一家，怎么还呢？第二天，朱元璋让人把城中男子和被掳的妇女都集中到了州衙门前，让妇女在里面，男人们在外面，再让这些妇女出去认自己的丈夫、家人。这一来，州衙门前可就热闹了，大呼小叫，又哭又笑，夫妇相认，一家团聚。朱元璋为什么要大张旗鼓办这样一件事呢？他就是要让大家知道，他的军队跟别人不一样。

果然，这件事在老百姓当中传开了，一传十，十传百，人们都知道朱元璋这支军队跟别的军队不一样，不欺负老百姓。

朱元璋的军队跟别的义军确实不一样，他不只是顾着招兵买马，他更重视训练军队、严肃军纪，所以他的部队很受拥护，也比别的军队更有战斗力。

说起来，朱元璋事业发展得这么好，郭子兴又离不开他，他应该事事如意了吧？其实不然。朱元璋是一个有眼光、能成大业的人，郭子兴却胸无大志、心胸狭隘。从史书记载看，朱元璋当时很压抑，经常心情不好，总是生病，还总得协调郭子兴跟别人的矛盾，收拾烂摊子，所以事事小心，唯恐出什么乱子。尽管如此，还是出事了。

濠州的孙德崖缺乏粮草，便来和州地区找粮草。他还要求暂住几个月，其实就是想占据和州这个地方。

朱元璋见他来势不小，为了不在义军内部发生冲突，只得勉强答应了。谁知这件事立刻被人告诉了郭子兴。郭子兴一听，这还了得！赶到和州找朱元璋问罪。

郭子兴一见到朱元璋就问："你是谁？"

朱元璋知道这是找碴儿来了，回答说："总兵朱元璋。"

郭子兴说："你知罪吗？"

朱元璋说："我是有罪，不过'家事缓急皆可理，外事当速谋'。"

郭子兴听了，说："什么是外事家事？"

朱元璋说："当初为了救您，我们把他家都砸了，您跟他有这个矛盾，再见面能不翻脸吗？这就是外事。外事不处理好，就会有大麻烦。"

果然，孙德崖听说郭子兴来了，就派人对朱元璋说："你老丈人来了，我可得走了，我们待不到一块儿。"朱元璋也愿意他走，可是心想：你一走，你的军队留下来，那还不得乱套吗？于是，他就劝孙德崖说："您要是想走，最好让部下先走，等大部队走了，我亲自送您走。"孙德崖听了觉得有道理，他也不想生事，就让部下先撤出了和州。朱元璋还是不放心，亲自监督孙德崖的军队。

谁知朱元璋这么小心安排，还是出了大事。

第五章

乱世群雄

1. 大宋元帅

朱元璋怕孙德崖走了以后孙的部队在和州闹事，就让孙德崖的部队先走，他后走，朱元璋亲自监督部队撤离。谁承想就在这时候，郭子兴让人把孙德崖抓了起来。孙德崖的部下一看主帅被抓，以牙还牙，也把朱元璋抓起来做了人质。

见心腹智囊被抓，郭子兴"忧恚如失左右手"，赶快让徐达等人去换回朱元璋。可是孙德崖手下提出，只能用孙德崖换朱元璋。郭子兴没办法，只得两边互换人质了事。郭子兴本想抓住孙德崖报上次被孙抓去的仇，结果不仅白忙乎一场，还丢了脸面，心中郁闷，一病不起，于这一年三月去世了。

就在郭子兴去世之时，红巾军首领刘福通等人已经拥立韩林儿为大宋皇帝，称小明王，建都亳州，建元龙凤。朱元璋他们都是信奉明教的红巾军，当然也就拥奉了龙凤政权。

虽然说郭子兴的这支军队是朱元璋一手发展起来的，可是朱元璋只是郭子兴的养女婿，郭子兴还有儿子，还有小舅子，哪个都比朱元璋关系近，所以郭子兴死后，军队就由郭子兴的儿子郭天叙、小舅子张天佑和朱元璋一同掌管。

朱元璋还真有度量：部队是他发展起来的，下面的人都听从他的命令，又有徐达、常遇春、汤和等将领，李善长等文人相助，可是他甘居三把手的地位，并没有篡权自立的意思。事实上，郭天叙年少，没有多大本事；张天佑有勇无谋，一切事情都得朱元璋拿主意，朱元璋才是这支义军的真正领导人。既然朱元璋已成为这支军队的灵魂人物，他也就不会去考虑地位问题，他要考虑的是更宏远的目标，他要承担起这支军队发展的重任。要发展势力，就必须占据富庶之地。虽说和州也在长江边上，但比起江南，可就有天壤之别了，于是，他决心渡江攻取集庆。

长江自古就是天堑，那时候又没有长江大桥，要想渡江，就得有船。可是船从哪里来呢？长江边上的巢湖有个彭祖水寨，水寨中有义军一万多人、船一千多条。水寨与庐州的另一支义军有矛盾，双方冲突，总是水寨吃亏，于是他们便来找朱元璋帮忙。朱元璋正发愁渡江没有水军呢，这可真是瞌睡递枕头，送上门来的好事哪能放过？于是他亲自来到水寨联络，劝说两家合作，共同渡江攻取太平。

一切按着朱元璋的设想进行。至正十五年（公元1355年），即龙凤元年六月，朱元璋率军渡江，直取采石。勇将常遇春挥戈先登，诸军奋勇而进，一举拿下沿江堡垒。

这一仗不仅大获全胜，还得到了大批的战利品。将士们在和州半饥半饱多日，一下子得到这么多粮畜财物，都想着带东西回和州过好日子。可是等他们到江边一看，全都大惊失色。来时的船只，全都被人砍断缆绳，顺江而去了！

原来，砍断船缆的不是别人，正是朱元璋。他见众人鼠目寸光，只想抢些粮畜财物，于是就来了个"釜底抽薪"，断绝了众人的归路。看到大伙面面相觑的样子，朱元璋就劝说众人："成大事者，不顾小利。此去太平甚近，舍此不取，将奚为！"（《明太祖实录》卷三）于是诸军一鼓作气，一举攻下了太平。

朱元璋让李善长事先写好了告诫将士的榜文，在将士们入城之前就贴在了城墙上。上面写得明明白白：入城之后，谁也不许掳掠，不许杀人。当时有一名士卒违纪，朱元璋立即将他斩首示众。这样一来，没人再敢违纪了。朱元璋又让人把当地富民犒军的财物分给将士们，军民百姓皆大欢喜。

太平当地有位名儒，叫陶安，他亲率城中父老出城迎接朱元璋的军队。朱元璋向他请教的时候，他说："海内鼎沸，豪杰并争，然其意在子女玉帛，非有拨乱救民安天下心。明公渡江，神武不杀，人心悦服，应天顺人，以行吊伐，天下不足平也。"（《明史·陶安传》）

陶安的意思是说朱元璋目光远大，关注的不是财物，而是天下，所以不滥杀，得人心，得人心者得天下。朱元璋知道陶安是知音，于是谦虚求教，对陶安说："我下一步想取金陵，你看怎么样？"金陵就是南京，当时叫集庆。陶安说："金陵，古帝王之都，龙蟠虎踞，限以长江之险，若取而有之，据其形胜，出兵以临四方，则何向不克？"（《明太祖实录》卷三）这番话，增强了朱元璋攻取集庆的决心。

2. 攻取集庆

可是朱元璋还没去打集庆，元军就来攻打太平了。攻打太平的元军分为水陆两部分：长江上是元军的水军，陆地上是元军"义兵"。朱元璋于是也把军队分成两部分，一部分守城，另一部分派徐达率领，绕到元军"义兵"背后，俘虏了"义兵"元帅陈埜先。

朱元璋想，与其消灭这支"义兵"，还不如让其为己所用。于是他给陈埜先松了绑，请他喝酒，劝他投降。为了让陈埜先放心，朱元璋还跟他结拜为兄弟。陈埜先倒是好汉不吃眼前亏，已经被朱元璋捉住了，不投降就是死路一条，就答应了。

其实陈埜先投降，是兵败被俘的无奈之举。他跟随张天佑的军队到达集庆城下后，悄悄告诉自己的部下，等他找机会脱身，还是听命于元廷。这样一来，人心不齐，集庆城不仅没有被攻下，还被城里的元军打得大败而归。

这一年九月，郭天叙和张天佑再次率军攻打集庆，又带着陈埜先的队伍一起。结果陈埜先跟城里元军串通，把郭天叙和张天佑骗去喝酒，席间将两人捉了起来，让城里元军把他们杀掉了。义军失去主帅，再次大败。

陈埜先一心想立功，所以打败义军后，穷追不舍，一直追到溧阳。溧阳当地的元朝民兵只听说陈投降了朱元璋，并不知道他反水的事，便设下埋伏，将陈埜先当作投降义军的叛贼杀掉了。

郭天叙、张天佑死后，这支部队就归朱元璋这个左元帅一人统领了。龙凤二年（公元1356年）旧历三月，朱元璋率军攻取了集庆。

三月初十那天，朱元璋来到集庆城头，对身边的徐达等人说："金陵险固，古所谓长江天堑，真形胜地也。仓廪实，人民足。吾今有之，诸公又能同心协力，以相左右，何功不成？"徐达道："成功立业非偶然，今得此，殆天授也。"（《明太祖实录》卷四）于是下令改集庆为应天府。

朱元璋跟徐达的这段对话，可以算作朱元璋事业的一个转折点，或者说是他成就帝业的开端。从这时起，朱元璋再也不需要听别人指挥、受别人钳制，而是成了众人拥戴、以应天府为中心的元末群雄中一支谁都不可小看的力量。

此时的朱元璋仍然打着小明王韩林儿龙凤政权的旗号，被小明王任命为枢密院同金，独掌元帅府事。枢密院是宋元以来掌管军事的重要机构，同金是枢密院的副职，在元朝是止四品。但据专家考证，在小明王龙凤政权中，枢密院同金相当于从二品。朱元璋从此开始了他的帝王之业。

首先，朱元璋要攻取距离应天府最近的城市——镇江。对于刚刚起家的朱元璋来说，这是极为关键的一战，他要在百姓中树立自己的军队纪律严明、对百姓秋毫无犯的好形象。于是，他在战前把众将召来，一一列举他们放纵士卒的过失，然后才下令派徐达率兵攻打镇江。

几天后，徐达攻克了镇江。这支军队果然军纪森严，不仅没有发生烧杀抢掠之事，而且"城中晏然，民不知有兵"（《明太祖实录》卷四）。老百姓哪见过这样的军队呀！一传十，十传百，朱元璋的军队出了名。那些有大志、有理想的人才，自然也都愿意投靠朱元璋了。

3. 江湖英豪

就在朱元璋攻取集庆的同时，有两人分别占据了应天府上游的汉阳和应天府下游的平江。

攻取汉阳的叫徐寿辉。徐寿辉是位"老革命"了，至正十一年（公元1351年），他就和彭和尚一起起兵反元，组建红巾军，并且被彭和尚推举为皇帝。朱元璋攻取集庆的时候，这位当了五年皇帝的徐寿辉也把国都迁到了汉阳。

徐寿辉是卖布小贩出身。小商小贩多出入于城乡，见识广，朋友多。一来二去，徐寿辉就跟传布弥勒教的彭和尚成了好朋友。因为徐寿辉身材高大魁梧，彭和尚就说徐寿辉是弥勒佛转世，起兵后，推举他做了皇帝。他们建的政权叫天完，年号治平。虽然名义上是皇帝，其实天完政权只是元末农民起义军红巾军的一支。发展最好时，占据了安徽南部的徽州、浙江的杭州，还有湖广，即今天的湖南、湖北和江西大部。

徐寿辉虽然有皇帝的名义，但这支义军的实际首领还是彭和尚。

彭和尚原名彭莹玉，因为传播弥勒教，人们多叫他彭师祖。他的部众纪律好，能打仗。在元末各支义军中，除去刘福通拥戴的韩林儿那一支，他们算是力量最强的。不过至正十二年（公元1352年）时，彭和尚在一次战斗中牺牲了。彭和尚牺牲后，这支义军的力量大不如前。

徐寿辉是商贩出身，喜欢大城市的生活，汉阳又是长江边上的一个大城市，于是他就把国都迁到汉阳来了。

徐寿辉下面有个丞相姓倪，跟徐寿辉有很大的矛盾。后来干脆闹分裂，倪丞相带着队伍出走了。倪丞相手下有位领兵元帅，名叫陈友谅。陈友谅见倪丞相跑到自己的地盘上来，正是扩大实力的好机会，就趁机把倪丞相杀了，将其军队收于麾下。

陈友谅杀了倪丞相后，自封平章。平章也是元朝官制中的一个大官，在元朝只比丞相低一级，为从一品。从此，陈友谅便胁迫徐寿辉，控制了这支义军。陈友谅不断向东拓展地盘，不久就跟以应天府为中心的朱元璋的势力接境了，形成对峙之势。

另一支势力，是占据了平江的张士诚。张士诚虽然也是造反起家，可是他并不隶属于红巾军系统。

张士诚是泰州人，小名张九四，他和三个弟兄靠行船贩私盐为生。贩卖私盐是朝廷明令禁止的事情，他们这些私盐贩子，虽然干的是违法的勾当，但是跟官府的关系不清不楚。他们往往通过行贿，让官府睁一只眼闭一只眼；而官府的人拿了好处，也未必不找麻烦，因此这些私盐贩子没少受贪官污吏们的气。趁着元末乱世，张士诚就带头起来造反了，因率先起义的是十八人，所以史称"十八条扁担起义"。各地盐贩、无家无业的流民纷纷起来响应，一举攻下泰州、高邮，建立了"大周"。然后向江南发展，占据了苏州，形成了一支长江流域力量较强的割据势力。

不过，张士诚胸无大志，又反复无常。他一心想的只是扩大自己的势力，以此向朝廷讨价还价，当个割据一方的大王。也正因如此，他跟朝廷的关系忽远忽近，朝廷力量弱的时候，他就趁机扩大自己的地盘；朝廷军队来了，他就投降朝廷，帮助朝廷对付红巾军。

《明史·郭子兴韩林儿传》中有这样一段话，说得很公正："元之末季，群雄蜂起。子兴据有濠州，地偏势弱。然有明基业，实肇于滁阳一旅。……林儿横据中原，纵兵蹂躏，蔽遮江、淮十有余年。太祖得以从容缔造者，藉其力焉。帝王之兴，必有先驱者资之以成其业，夫岂偶然哉。"

也幸亏这时候有刘福通、韩林儿在江北到河南、山东一带跟元军作战，元军顾不上江淮一带，元末群雄才得以在你争我打之中得到发展。

第六章

九字箴言

1. 儒士朱升

元顺帝至正十七年（公元1357年），即龙凤三年，朱元璋派兵攻取徽州，部将邓愈向他推荐了一位当地很有影响力的儒士。儒士名叫朱升，已经年近六旬。

老儒朱升是休宁人，自幼饱读诗书，少年时便知名于乡里，后因为有学识，曾经在郡城讲学。

元朝末年，朱升通过贡举，当上了池州的学正，即管理府州县学校的官员。那时候学校都有田产，叫作学田。学田的收益，就是学校的主要经济来源。池州学校的学田都是些好地，当地的贪官污吏、豪强地主眼红得厉害，千方百计地侵占学校的学田。因前任学官无能，加上学校里面有人跟贪官污吏内外勾结，弄得学田越来越少，最后学校每天只能供一顿饭，把学生和老师们都饿跑了。朱升上任后，决心整顿。首先让人查对学校财务账目，财务清楚了，心里面就有了数；第二件事情是把学校食堂整顿了一番，让学校师生吃饱饭，安心教书学习；最后是消除内外勾结侵占学田的弊端。这几件事情做好后，学校的面貌果然焕然一新。

朱升在池州学校干了几年，后来为了躲避战乱，就移居至徽州歙县石门山中。他在那里授徒讲学，闭户著述，直到朱元璋打下徽州，邓愈将他推荐给朱元璋。

那时候，朱元璋的军中特别缺少读书人，每当有儒士前来，他都特别敬重，虚心请教，谈论实事，史书称"召问时务"。

朱升来到朱元璋帐下，朱元璋同样对他"召问时务"。朱升对时务思虑已久，缓缓说出了震古烁今的三句话九个字："高筑墙，广积粮，缓称王。"（《明史·朱升传》）

朱元璋一听，眼前一亮。别看只有三句话九个字，可是句句切中时弊。

也有人认为这三句话九个字不是朱升说的。因为除了《明史》中有这段记述外，朱升年谱、著作和《明实录》等重要的史料中都未见该记述。不过这并不能说明朱升没有说过这三句话，如果要推翻《明史》中的这段记述，还需要拿出更多证据。

那么，《明史》中记述的这三句话九个字究竟是什么意思呢？

高筑墙，说的是把自己的城墙修得高高的、严严实实的，即要建立起牢固的根据地。没有坚固的城池，没有牢固的根据地，就没办法跟对手抗衡，所以高筑墙是成就事业的重要基础。

广积粮，就是要多存储粮食，民以食为天。那时候天下战乱，别说老百姓，就连军队也经常出现粮食供应不足的问题。老百姓吃不饱饭就活不下去，军队吃不饱饭就不能打仗。没有老百姓支持、没有能打仗的军队，怎么能够成就理想中的帝王之业？所以这也是成就事业的重要基础。

缓称王，说的是不要着急称王称帝。有些人，还没成多大气候、没占多大地方、手下没多少人，就称王称帝。一是说明这些人没什么眼界，自以为是；另外也说明这些人太急于求成。缓称王，其实是一种韬晦策略，等到事业有了规模，水到渠成了，再称王称帝也不晚。

从历史记载来看，朱元璋确实是照着这九个字去做了。朱元璋不仅修根据地应天府的城墙，还将占据的每个地方的城墙都修理得很坚固，易守难攻。他还大力收积粮食。

起初，朱元璋也跟别人一样，靠强征收集军粮，这其实就好比杀鸡取卵。后来朱元璋下令，凡是军队出征，都不能带粮食，出征军队的粮食要去敌境抢。抢敌人的，不抢自己这边老百姓的，总可以了吧？还是不行。要想成就大业，首先得有老百姓的支持，得人心者得天下，哪儿的老百姓也不能抢。办法只有两个，一是让老百姓生活稳定，稳定才能种田；二是减轻老百姓负担，军队自己种田养活自己。于是，朱元璋就开始了在根据地的大生产运动。当时朱元璋部下有位将领，名叫康茂才，带兵打仗一般，组织兴修水利、开荒种田倒是一把好手。朱元璋任命他为都水营田使，负责兴修水利，抓好生产，供应军需。康茂才组织人种的田地，一年以后收获了一万五千石粮食，余粮七千多石。从此，朱元璋手下各部队都开始屯田自给，几年后，正式取消了向农民强征军粮的制度。

2. 龙凤年号

朱元璋当年投奔的郭子兴是红巾军的一部分，听韩林儿、刘福通的指令行事。后来朱元璋继承了郭子兴的部队，仍然受韩林儿和刘福通的领导。韩林儿称小明王，建立大宋，年号龙凤，朱元璋就奉小明王龙凤年号，他的官职也是由小明王任命的。

朱元璋从参军开始，当过九夫长、镇抚、总管、总兵官、元帅；打下应天府后，被小明王任命为江南等处行中书省平章，后又升为江南等处行中书省左丞相。江南等处行中书省左丞相，就是掌管江南几个省的最高官员。按理说这官做得也不小了，可是跟长江上游的徐寿辉、长江下游的张士诚比起来，朱元璋的官儿还是小了点。

但是朱元璋明白自己所处的形势——西面是徐寿辉、陈友谅，东面镇江有元朝军队，东南苏州、常州一带是张士诚，扬州还有另一支武装青衣军，南面徽州和浙东大多为元军所守，这些势力把朱元璋的应天府团团围住；而北面全靠小明王韩林儿的军队在河南一带跟元军主力作战。

明史大家吴晗先生分析当时的形势时，也看到了另一面：朱元璋是小明王的部下，小明王在北面对他有保护作用；而徐寿辉、陈友谅和张士诚虽然是敌对势力，对朱元璋形成夹击，可是他们同时也起到了将朱元璋与元朝主力隔离开的作用。

朱元璋正是利用这样的大好时机，低调做人，埋头苦干，发展自己的势力。在两三年的时间里，他先后攻占了长兴、常州、宁国、江阴、常熟、徽州、池州、扬州、婺州等地。

别看朱元璋这时候还当着小明王属下的官，其实他早就想成就帝王之业了。朱元璋攻下徽州的时候，见过当地的一个儒士。听说这位儒士历史很好，朱元璋就向他请教历史上的事情。他问汉高祖刘邦、东汉光武帝刘秀、唐太宗李世民、宋太祖赵匡胤、元世祖忽必烈为什么能够成功，能够统一天下？这位儒士告诉他，这些成功的开国皇帝有两个共同点：一是不乱杀人，二是让老百姓安心生活。要是他不想称王称帝，干吗问人家这些呢？

后来他亲率十万大军攻打婺州时，军旗上面就挂上了金牌，上面写着"奉天都统中华"几个大字。打下婺州后，朱元璋在那里设立官署，在门前竖立起两面大旗，一面大旗上写着"山河奄有中华地"，另一面大旗上面写着"日月重开大宋天"（钱谦益《国初群雄事略》卷一《宋小明王》）。意思是说不仅要打下婺州一个地方，还要奄有全中华的土地。虽然他还不得不打着小明王的大宋招牌，但是已经表现出了重开天地、推翻元朝、建立新朝的宏大志向。

占领了皖南这片土地之后，朱元璋的势力就发展到东南地区了。而东南最值得发展的地方，就是浙东。没想到的是，朱元璋向浙东的发展不仅让他得到了这片富庶之地，还另有重大收获。

3. 进取浙东

中国古代从唐、宋时代起，就把浙江省分为两个区域，一东一西。浙东主要包括绍兴、宁波、金华、处州、台州、温州、衢州、严州八府，因为这八府地处钱塘江以东，故称为"浙东"。浙东占了浙江大部分地区，而浙西只有省会杭州和嘉兴、湖州二府。

浙东可谓"人杰地灵"。从地理条件上来说，这里"负山滨海"。虽田地不多，条件不算太好，但自古以来就是富庶之乡。史书中说这个地方的特点是："地不宜桑而织纴工，不宜粟麦而粳稻足，不宜漆而器用备。"（嘉靖《永嘉县志》卷一《风俗》）不适宜种植桑树，但是这里的纺织水平却很高；不适合种粮食，可是这里生产的稻米却非常充足；不出产漆，但是这里生产的漆器却十分齐备。由此看来，此地发展的关键还在于人，所以史书中说：这里"君子尚文，小人习于机巧妙丽"（嘉靖《永嘉县志》卷一《风俗》）。意思是这里人文荟萃，出了不少名家，而且平民百姓也都心灵手巧。

浙东这个地方，在南宋时先后出现过三个很有名的学派，一个叫"永嘉学派"，一个叫"永康学派"，一个叫"金华学派"。"永嘉学派"的代表人物是叶适，"永康学派"的代表人物是陈亮，"金华学派"的代表人物是吕祖谦。因为这三个学派都产生在浙东这片土地，所以也被称为"浙东学派"。"浙东学派"的一个主要特点是强调"实事实功"，不仅要有"君子之德"，要"尚文",还要务实"尚功",也就是要做到"立德、立功、立言"三不朽。从南宋时开始,这种风气代代相传,到了元朝末年,这个地方的文人们可就大有用武之地了。

当时台州黄岩有一个名叫方国珍的人,世世代代在海上经商贩盐。至正八年(公元1348年),因为仇人告发方国珍通海寇,方国珍就杀了仇家,与自家兄弟四个聚众千人,一不做二不休,到海上当了海寇。元朝官府见方国珍势大,不敢征剿,只好封官许愿,加以招降。这个方国珍对于朝廷的招降,数降数叛,并且不断派人给朝廷的权贵送礼,竟然当上了元朝江浙行省左丞相衢国公。

等到朱元璋攻克婺州、兵临浙东时,方国珍知道自己的力量不能跟朱元璋对抗,依旧用他那套老办法,派人送厚礼给朱元璋。朱元璋可不是元廷的官员,他知道方国珍是个首鼠两端的家伙,不可信任,就把他送来的厚礼都退了回去,并致书说:"福基于至诚,祸生于反覆……大军一出,不可虚辞解也。"(《明史·方国珍传》)意思是有诚意,才对你有好处,你还是老实点为好。你如果反复无常,一定会招来祸端。等到我的大军到来,你可别用空话对付我。不久,朱元璋兵进温州。方国珍这下害怕了,请求朱元璋退兵,答应每年献白银三万两;等朱元璋攻克杭州时,他就正式投降。

朱元璋当然知道这是方国珍的缓兵之计,不过因为当时朱元璋跟陈友谅、张士诚的战事频繁,暂时顾不上方国珍,就答应了他献银投降的请求。

方国珍虽然起家于浙东台州，又被元朝任命为江浙行省左丞相，实际上他并不能控制整个浙东地区。有一个人早就看出端倪，方国珍刚刚起兵时，他就提出过征剿主张。方国珍听说后很害怕，让人送去厚礼，这个人却不受贿。这个人就是当时浙东鼎鼎有名的人物：刘基。

　　刘基有个号叫伯温，所以人们也叫他刘伯温。刘基是今天浙江温州文成县南田人。南田原本属于青田，后来划成了一个县，用的就是刘基死后的谥号"文成"这两个字，所以人们也叫他"刘青田""文成公"。

　　当时刘伯温一眼就看出方国珍不会真心投降朝廷，所以主张征剿。方国珍对他行贿不成，又给朝廷中当权的人送礼。过了不久，果然有指令下来，同意地方招抚方国珍，刘伯温反倒受了一番责怪，说是"擅威福"。后来方国珍叛复无常，朝廷又下令征剿，有人推荐刘伯温。但那些受贿的官员们因为得了方国珍的好处，不给刘伯温兵权。刘伯温知道跟这些贪官污吏们在一起，什么事情也干不成，于是辞官不做，回到老家青田的南田写书去了。刘伯温在南田写的一本很有名的书，叫《郁离子》，其中有一篇著名的文章，叫《卖柑者言》，说有一个卖柑橘的人，卖的柑橘外表好看，可是剥开柑橘的皮，里面干得像是一团败絮。这就是"金玉其外，败絮其中"的来历。

　　刘伯温回到家乡后，躲避方国珍的人纷纷来投靠他。刘伯温是文武全才，见识绝非一般人可比。他来者不拒，将这些人部署了一番，组成了民兵武装。这支民兵虽然没有力量征剿方国珍，可是方国珍也不敢来招惹他们，一时间保障了家乡的安全。

就在这个时候，朱元璋的军队来到了浙东。他早就听说了刘伯温的大名，一心想请刘伯温出山帮助自己打天下。刘伯温上知天文，下晓地理，兵法数术，无所不知，俨然当世的诸葛亮！这不正是朱元璋打天下必需的人才吗？而且这样的人才还不能让别人得了去，如果让别人得了去，可就成了心腹大患了。

　　想当年刘备为了请诸葛亮出山，三顾茅庐，如今朱元璋也要下一番功夫，请刘伯温出山。

第七章
刘基出山

1. 石匣天书

既然刘基是诸葛亮式的人物，那么关于他的传说故事必然多得不得了。刘基家乡就有一个传说，说他在青田山里读书的时候，曾经得到过一部"天书"。

刘基少年时代读书非常用功，为了排除干扰，他来到了青田山里。一天，他在无意间发现了一个山洞，走进去一看，一块石碑上赫然写着六个字："卯金刀，持石敲"。这难不倒聪明的刘基，他一看就明白了。这是一句隐语，"卯金刀"说的是一个字，上面是个卯字，下面是个金字，右边是个立刀，合起来就是一个繁体的刘（劉）字。刘基心想：我不就姓刘吗？这意思不就是让我用石头去敲这块石碑吗？刘基从小胆子就大，他随手拿起一块石头，朝石碑猛地敲去。奇怪的事情发生了，那块石碑应声而开，露出一个小石洞。刘基走上前一看，那小石洞里面居然放着一个石匣。他把石匣取了出来，打开一看，里面有一部书。刘基连忙翻开来，没想到里面的字他一个也不认识！原来这部书是用一种古怪的文字写的。刘基便把这部书藏了起来，希望日后得遇高人，能够读懂它。后来他果然得到了高人指点，原来这就是传说中的那部"天书"，里面讲的全都是兵家数术之学。

这个传说太过神奇了，所以只是传得热闹，一般人是不大相信的。清朝人说起这件事，称："世传刘青田得石匣兵书，未有确据。"（张怡《玉光剑气集》卷二十二《技术》）

如果刘基不是这样天才神授，那他究竟是怎么学到那些天文、地理、数术，还有奇门遁甲、阴阳八卦的本事的呢？明朝著名的学者杨慎记下了这样一个传说：

元朝末年，高安县有一个名叫曾义山的人以占卜为业，他的算卦摊前经常有一个盲人乞丐经过，每次曾义山都对他以礼相待，有时还用果品招待他。有一天，这位盲人乞丐告诉他："明日有三人共一目者来，有异术，您要有求于他，必有好处。"第二天，果然来了三个人，一个人盲了一只眼，用木杖拉着两个盲人。曾义山一看，这不就是三人共一目嘛，连忙上前请教。三人走过，他紧随其后，拜求不已。这三个人于是拿出一部《银河棹》送给曾义山，而且用木棍在地上比画，教他秘法口诀。曾义山自从得到这部书，占卜如神，无不应验。元末红巾军起事，曾义山家乡的人每次都能预先躲避。红巾军得知这都是因为曾义山能够预卜先知，便派人去抓他。曾义山躲了起来，从此再也不敢占卜算命了。他把书藏了起来，临终前对身边的人说："某月某日有刘姓过吾家，取书给他。"后来刘基到高安县当官，人们把这部书给了他，从此他就上知天文，下晓地理，天下之事，尽在掌握之中了。

刘基得天书的事情在当时传得神乎其神，很多明朝人的野史中都有这样的记载。据说朱元璋也相信此事，刘基死后，他还让人去刘基家里要过这部书。结果当然是要不到。这倒不是因为刘基的后人小气，不肯献给朱元璋，而是刘基实实在在从来就没有得到过这么一部所谓的"天书"。

既然没有"天书"，那么刘基究竟有没有传说中那么神奇呢？刘基确实有了不起的本领，他的本领都是从小学习来的。

刘基出身于名门大族，祖上是宋朝著名的将领刘光世。刘基的曾祖父、祖父也都先后在宋朝做官，到了刘基父亲这一辈，便当了元朝处州遂昌县的儒学教谕。教谕是地方上主管儒学的官员。

出生在这样的家庭中，刘基当然从小就受到了良好的教育。他十四岁时被送到处州路读书，他在《行状》，也就是他的生平记述中这样说："年十四，入郡庠，从师受《春秋》经。人未尝见其执经读诵，而默识无遗。习举业，为文有奇气，决疑义皆出人意表。凡天文、兵法诸书，过目洞识其要。讲理性于复初郑先生，闻濂洛心法，即得其旨归。先生大器之，乃谓公父曰：'吾将以天道无报于善人，此子必高公之门矣。'"

根据这段记述可知，从刘基少时读书，到他中举，再到他师从郑复初，他都表现出出众的才华。

元朝至顺四年（公元1333年），二十三岁的刘基考中了进士。因为元朝规定考取进士的年龄不能小于二十五岁，所以当时刘基就多报了三岁。考中进士后，刘基被派到江西高安县当县丞，从此开始了他"沉浮下僚"的生活。什么叫"沉浮下僚"？就是仕途不怎么顺利，总是在下层官员的位置上升升降降，当不上大官。

原因很简单。一是因为刘基是南方的汉族人。在元朝，全国人是分为四等的，刘基虽然考中了进士，可是他中的是"汉人南人第三甲第二十六名"，只能当小官；另一个原因是刘基生性直率，疾恶如仇，这种性格很不适合官场，更何况是元末的官场。不久，他的县丞就干不下去了。江西行省的官员知道刘基有才华，还想用他，但刘基不愿意在官场中这样混，他干脆离职回乡，后来被聘为江浙行省儒学副提举。浙江的官场跟江西的官场也没有什么区别，不久，刘基因为上书批评御史失职，遭当权者排斥，被罢官回家去了。

2. 建馆礼贤

按说此时朱元璋已兵临处州，刘基又弃官家居，正好可以把他请出来，帮助自己打天下。可是，虽然朱元璋已经成了气候，当了江南等处行中书省左丞相，可是他的官职是谁给的呢？是小明王龙凤政权。小明王龙凤政权就是农民起义政权，是造元朝统治者的反的，元朝统治者把他们叫作"贼""盗"。刘基是什么人呢？他虽然不满元廷的腐败无能，但是他毕竟在朝为过官，是元朝的臣民，而且是有身份的士大夫。刘基如果受朱元璋聘请出山，就是背叛朝廷。对于他来说，要迈出这一步，还真不是一件容易的事情。

这时候刘基在家乡干什么呢？此时已天下大乱，"多陷于盗"，各地乡里都组成民兵自保。刘基也在家乡组织民兵，对抗义军："是时起兵之士，丽水有叶君琛，青田有刘君基，龙泉有章君溢。"（宋濂《宋文宪公集》卷三十四）刘基他们组建的民兵，对抗的不仅是时叛时降的方国珍，还有兵临处州的朱元璋。

不过，他们这种敌对的局面很快就发生了变化。元顺帝至正十九年（公元1359年），朱元璋手下大将胡大海率军攻克处州。这一年冬天十一月，朱元璋派孙炎来到处州任总制。

孙炎这个人可是有些来头的。史书中说他身长六尺余，面黑如铁，一足偏跛。虽然古人的尺比今天的短，可身长六尺余，也不矮。面如黑铁，又瘸了一条腿，实在是其貌不扬。不过这位外貌不怎么样的孙总制却豪情满怀、才华横溢，特别是口才出众，"累累数千言，常穷一座，人人莫不畏其口"（宋濂《宋文宪公集》卷三十四）。孙炎既然当了处州总制，让刘基等民间高人出山为朱元璋服务，也就成了他分内之事。

孙炎久闻刘基、叶琛、章溢等人都是很有本领的人物。叶琛"博学有才藻"，而且善于用兵，当过元朝江浙行省民兵元帅。章溢曾经教授乡里，又以乡兵助守台州、婺州。他们都是文武双全、不可多得的人才。孙炎奉朱元璋之命征聘这几位浙东的名人出山，自然不敢怠慢，他派了使者三番五次前往。

刘基虽然不肯出山，但也不愿意得罪孙炎。等使者再次来求见刘基的时候，刘基就拿出一把家传的宝剑，当作礼物，让使者带回去送给孙炎。

孙炎拿到这把宝剑，心里明镜似的：对方送给我这么厚重的礼物，显然是不愿意得罪我们，实际上还是看不起我们这支农民义军，不愿意跟我们这些反抗朝廷的人合作。孙炎是聪明人，他既然知道了刘基的心思，就有针对性地采取了一个好办法——让使者把刘基送的宝剑还给刘基，并带去了一首诗："宝剑出鞘光耿耿，佩之可以当一龙。只是阴山太古雪，为谁结此青芙蓉？明珠为宝锦为带，三尺枯蛟出冰海。自从虎革裹干戈，飞入芒砀育光彩。青田刘郎汉诸孙，传家惟有此物存。匣中千年睡不醒，白帝血染桃花痕。山童神全眼如日，时见蜿蜒走虚室。我逢龙精不敢弹，正气直贯青天寒。还君持之献明主，若岁大旱为霖雨。"（陈田《明诗纪事》甲笺卷三）

看到送出去的宝剑又被送回来，刘基不由得吃了一惊，这分明是绝交之举呀！可是读罢孙炎的宝剑诗，他又不由得钦佩孙炎。

刘基也早已听闻孙炎的大名，知道他也是当世的才子。像孙炎这么有才华的人都心甘情愿跟随朱元璋，如今朱元璋又崛起于群雄之中，想必有其过人之处。孙炎把宝剑还给他，让他持之献明主，说明在孙炎眼里，朱元璋就是明主。孙炎还暗示刘基，要是把宝剑献给朱元璋，就好比大旱之岁得甘霖，是感天动地、顺乎天意的事情！刘基虽然不能立下决心，但是也有些心动，他想：不妨应朱元璋之召前往应天府，看看他是何等人物！

刘基把家里面的事情安排妥帖后，便动身前往应天府了。跟他一同前往的还有丽水的叶琛、龙泉的章溢、金华的宋濂。

元至正二十年（公元1360年）暮春三月，刘基、宋濂、叶琛、章溢四个人来到了应天府。

《明史·刘基传》记述这段历史时说："及太祖下金华，定括苍，闻基及宋濂等名，以币聘。基未应，总制孙炎再致书固邀之，基始出。既至，陈时务十八策。太祖大喜，筑礼贤馆以处基等，宠礼甚至。"

这四个人都是响当当的人物，当然不能照旧例一步一步从基层做起。他们一到应天府，朱元璋立即隆重接见。朱元璋说："我为天下屈四先生。"（《明史·章溢传》）意思是说我为了天下的黎民百姓委屈四位出山了。朱元璋还给他们安排了职务，宋濂任江南等处儒学提举，叶琛、章溢为营田司金事。只有刘基没有立即任职。有的学者认为这是因为刘基曾任元朝官员，不肯立即改变身份加入朱元璋的队伍。除此之外，还有一个实际问题：此时朱元璋也不大好安排他。刘基的地位比前面那三位都要高些，他曾经当过元朝江浙行省儒学副提举，在朝廷中也有一定影响，总不能让他一来就当行省长官吧！朱元璋自己也不过是行省左丞相。这个官要是给小了，不合适；要是给大了，怎么摆平那些早年参加起义的老兄弟？所以，朱元璋干脆不给刘基职位，让他在身边当了一名专职的军师谋臣。

安排好了职务，朱元璋还命人给这些人才修建了"礼贤馆"。"礼贤"就是以礼对待贤人，贤人就是有德有才的人，所谓"礼贤馆"就是给这些人才修建的住所。

说来事情也真巧，刘基他们几位刚到应天府，就有了用武之地。

3. 龙江之役

这一年五月，陈友谅挟持徐寿辉率大军攻打朱元璋的属地——太平城。太平城一面临长江，本来是不大好攻取的，可是陈友谅的战船巨大无比，船尾就跟城墙一般高，不用云梯可直接攻上城头。太平城的守将花荣虽然是朱元璋部下一员勇将，可是孤城难守，最终城陷被俘。

陈友谅攻陷太平后，立即进兵采石。看着江面上数不清的巨舰、蔽空的旌旗、身披战甲的将士，陈友谅踌躇满志。他自认为成就大业的时机已到，于是杀了徐寿辉这个傀儡皇帝。陈友谅果然是位草莽英雄，他什么也不顾忌，就把采石矶上的一座五通庙当作临时的行宫，也不选良辰吉日，在大风雨里即位为帝，国号汉，然后挥师沿长江而下，直扑应天。

面对陈友谅的大军压境，朱元璋连忙召集诸将商议对策。

关于这次战役，史书中的记述各不相同，一种说法见于《明太祖实录》——当时众人你一言我一语，有的主张先夺回太平，有的主张朱元璋亲自率军迎击，但都被朱元璋否定了。最后由朱元璋亲自定计，设伏龙江湾。刘基对此大加赞赏。

另一种说法见于《明史·刘基传》——会陈友谅陷太平,谋东下,势张甚。诸将或议降,或议奔据钟山,基张目不言。太祖召入内,基奋曰:"主降及奔者,可斩也。"太祖曰:"先生计安出?"基曰:"贼骄矣,待其深入,伏兵邀取之,易耳。天道后举者胜,取威制敌以成王业,在此举矣。"太祖用其策,诱友谅至,大破之,以克敌赏赏基。基辞。

按照这个说法,这场战役的总设计人就是刘基,而不是朱元璋了。有的学者对于后一说法有所怀疑,认为刘基刚到朱元璋军中,这样决定性的战役就由他担任总设计人,可能性不大。但是这并非绝无可能。此时的刘基刚到朱元璋军中,正是他表现军事才能的机会。如果他来到朱元璋军中,遇到这么重大的战役而毫无建树,只是附和朱元璋的主张,恐怕也不符合他的性格和他在朱元璋军中的地位了。

不管是朱元璋的主意,还是刘基给他出的主意,朱元璋最终决定不去攻打太平,也不迎击陈友谅,更没有出逃、投降,而是设伏龙江。

朱元璋手下的将领康茂才跟陈友谅曾是好朋友,康茂才家中的老仆人也跟陈友谅认识。朱元璋就让康茂才的老仆拿着信去找陈友谅,说愿意做内应。等到陈友谅的大军一到,他就在江东桥接应,到时候喊"老康"就行。

信送出去以后,朱元璋就布下埋伏,亲到卢龙山上指挥,又把原本是木桥的江东桥连夜改建成了石桥。

陈友谅得到康茂才的信,不由大喜,连忙率军疾进,并且亲率主力来到江东桥。

可是等到他率军来到江东桥，他不由得大吃一惊：怎么找不到那座木桥了？眼前分明只有一座石桥？陈友谅心里疑惑，只好连声喊"老康"。哪里会有人答应！狐疑间，只见山上黄旗一展，这正是朱元璋发起进攻的命令。陈友谅见势不好，无心恋战，想要撤退，却无路可退，被朱元璋的伏兵围起来一顿猛打。有被杀死的，有掉进江里淹死的，还有两万多人被俘。陈友谅带着残兵败将逃走，那上百艘战舰也都落入朱元璋手中。

朱元璋乘胜追击，不但收复了太平，还占领了安庆、信州、袁州。张士诚本来是跟陈友谅约好一起打朱元璋的，一看陈友谅被打败，他便按兵不动了。

龙江战役，朱元璋大获全胜，不仅军中上下高兴，就连小明王也高兴。第二年正月，小明王就给朱元璋加官，封他当了吴国公。

龙江战役算是朱元璋跟陈友谅之间力量对比的一个转折点。这场战役以后，朱元璋的力量日益壮大，陈友谅的力量日益衰败，陈友谅占有的一些地盘也慢慢落到了朱元璋手里。

至正二十一年（公元1361年），朱元璋主动对陈友谅发起进攻，先是率大军包围了安庆。守卫安庆的大将名叫张定边，非常能打仗，朱元璋的大军久攻不下。谋臣刘基发觉这里面有问题，因为张士诚也跟朱元璋作对，说不定此时会趁火打劫，这对朱元璋很不利。刘基就劝朱元璋放弃攻打安庆，转去攻打陈友谅的老巢江州。朱元璋听从建议，率水军沿江火速而上，神不知鬼不觉地把江州包围起来。毫无准备的陈友谅以为是神兵从天而降，只得携妻儿老小连夜逃往武昌。

江州被攻下后，洪都就孤立了。驻守洪都的官员分成两派，有的主张投降朱元璋，有的反对投降。这些反对投降的人，主要是心存疑惧。他们跟朱元璋打了这么多年的仗，是老对头了，恐怕投降以后没有好果子吃。商量来商量去，他们觉得如果能保住部下军队，虽说投降了，也还有自己的本钱。于是，他们派人去江州找朱元璋谈判，提出一个条件，即不能改编原有部队。朱元璋一听这条件，立刻就要发火，刘基在后面踢了踢他的座椅，朱元璋立刻明白过来，答应了对方的要求。结果朱元璋不用一兵一卒，又拿下了洪都。这样一来，江西就都归朱元璋了。

第八章
血染鄱阳

1. 腹背受敌

正当朱元璋在长江流域发展的形势一片大好之际，全国局势发生了一些变化。这个变化差点儿影响到朱元璋政权的命运。

当年跟朱元璋一起在濠州"干革命"的红巾军主帅赵君用跟另一个红巾军领袖毛贵发生了矛盾。赵君用是响当当的红巾军头领，最恨元朝官吏和支持朝廷的地主武装；毛贵则跟他不一样，不但任用那些元朝官员，还吸纳跟红巾军作对的地主武装。毛贵见赵君用反对他，干脆让人把赵君用杀了。红巾军内乱，那些投降不久的地主武装见机反水，投降朝廷，一起围剿红巾军，山东全省一下子就又都落入元廷手中。

这一来，朱元璋可就有麻烦了。朱元璋跟陈友谅、张士诚之所以能在长江流域争来争去，靠的就是有小明王在江北一带跟元朝对抗。有了这个屏障，朱元璋根本不用担心北边的安全，只要专心对付陈友谅、张士诚就行了。现在江北红巾军失利，朱元璋就失了这道屏障，要直接面对元军了。

就在这时，有人给他出了个主意——和元廷讲和。朱元璋觉得这不失为一个缓兵之计，于是派人去朝廷议和。

元廷知道朱元璋势力不小，比起投降多次、反复无常的张士诚、方国珍要强大得多。现在朱元璋表示愿意讲和，当然是难得的机会，也顾不上朱元璋是不是真心合作、能不能长久，连忙派人带了诏书，从海上来到浙东，带着御酒、八宝顶帽，要任命朱元璋为荣禄大夫江西等处行中书省平章政事。

要说这个官职确实也不小，朱元璋要是接受了这个官职，也能跟张士诚他们一样，我行我素地过着占据一方的日子。可是，他要是接受了元朝的官位，就是投降元朝，背叛小明王龙凤政权，在道义上就失了制高点，所以朱元璋还真有点拿不定主意。直到至正二十二年（公元1362年）十二月，朱元璋才答应见朝廷使臣。

说来也巧，就在元朝使臣来到应天的同时，朱元璋收到了一封很特殊的来信。写这封信的人名叫叶兑，是浙江宁海人。史书中说他"以经济自负，尤精天文、地理、卜筮之书。元末知天运有归，以布衣献书太祖，列一纲三目，言天下大计"（《明史·叶兑传》)。

叶兑在信中先是列举了历史上韩信见汉高祖画楚汉之成败，诸葛亮在草庐与刘备论三分天下，然后说："今之规模，宜北绝李察罕，南并张九四，抚温、台，取闽、越，定都建康，拓地江、广，进则越两淮以北征，退则画长江而自守。"（《明史·叶兑传》）意思是要朱元璋拒绝元朝招降，消灭张士诚，据应天以待时机。

朱元璋听从了叶兑的建议，把元朝的使臣大都杀了。主使张昶熟悉朝章典故，朱元璋觉得有用，就把他留了下来。

这件事对于朱元璋一生的事业来说很是重要，他没有归降朝廷，没有接受元朝的官职，在政治上就主动了，大家也都明白了，他的目标就是取代元朝，建立新朝。

元至正二十三年（公元1363年）二月，张士诚兵围安丰。安丰是小明王所在地，刘福通只好向朱元璋求援。

要不要去救援小明王韩林儿，朱元璋跟刘基的主张大相径庭。此时的朱元璋跟小明王还有君臣的名分，从道义上讲他有这个责任；另外还有一点，他觉得安丰是应天的屏障，不能丢掉。

刘基不同意去救安丰的理由是无法安置韩林儿。留着他，就是给自己找了个顶头上司；杀了他，那还救他干什么呢？让他被张士诚杀了不是更好吗？此外，如果去救安丰，跟张士诚作战，就会给陈友谅以可乘之机，假使陈友谅来攻，就会形成腹背受敌之势。

刘基刚来应天时就说过："士诚自守虏，不足虑。友谅劫主胁下，名号不正，地据上流，其心无日忘我，宜先图之。陈氏灭，张氏势孤，一举可定。然后北向中原，王业可成也。"（《明史·刘基传》）

刘基的看法无疑是正确的。张士诚胸无大志，只想占据富庶之地过好日子。陈友谅就不同了，他是有当皇上的野心的人。如果跟陈友谅作战，张士诚不会贸然出兵相助；如果跟张士诚作战，陈友谅就一定会出兵相助，趁机消灭朱元璋。这次去救援安丰，就是要跟张士诚作战，显然不符合当初确定的战略部署，是相当冒险的事情。

可是这一回朱元璋没有听刘基的，他还是率军前往救援安丰。张士诚当然不是朱元璋的对手，大军一到，安丰之围立解。不过安丰的事情解决后，朱元璋还是考虑到了刘基的意见，他没有把小明王韩林儿接到应天，而是把他安排在滁州，控制了起来。至此，小明王真正成了朱元璋直接控制的一个傀儡皇帝。

2. 生死决战

不出刘基所料，陈友谅果然从背后来袭。这些年，陈友谅在跟朱元璋的争战中丢了不少疆土，他心有不甘。见朱元璋去解安丰之围，他立刻抓住这个时机。这一年的四月，陈友谅率领大军向朱元璋的领地发起了进攻。

可以说陈友谅这次是倾国而来，号称大军六十万，巨型战舰数百艘。陈友谅的大军首先围困洪都，并且占领了吉安、临江、无为。

朱元璋派守洪都的将领是他的亲侄儿朱文正。洪都城的地形原本跟太平城有些相似，都是城墙紧临江河。太平城临长江，洪都城临赣江，如果陈友谅用巨舰从江上进攻，很容易得手。太平一战，朱元璋总结了经验，下令改筑洪都城墙，离开江边，陈友谅的大军只好弃船登岸攻城。

洪都之役揭开了朱元璋与陈友谅之间生死决战的序幕。史书中用了这样一句话形容这场战役："友谅尽攻击之术，而城中备御万方，杀伤甚众。"（谷应泰《明史纪事本末》卷三《太祖平汉》）此时陈友谅的军队已经攻陷吉安、临江，他下令把从那里俘虏的守将押到洪都城下杀死，以动摇守城将士的决心，可是洪都守将不为所动。陈友谅屡攻不下，十分恼怒，他加强了攻势，不肯罢休。

守将朱文正见形势危急，派了一名叫张子明的军官，悄悄出城去向朱元璋告急。张子明见到朱元璋后，朱元璋问他："陈友谅兵势如何?"张子明回答："陈友谅虽然兵势很盛，但战死的也不少。而且如今旱季已到，江水日减，对于陈友谅的巨舰不利；加上日久乏粮，如果援兵一到，一定能够大破敌军。"朱元璋对他说："回去告诉朱文正，再守一个月，我亲自率军前去。"

张子明返回洪都时，在湖口被陈友谅部下俘获。陈友谅劝他投降，说："你要是能够去城下帮我诱降城里守军，我不但不杀你，还给你富贵。"张子明说："行。"于是把他押到洪都城下。陈让他向城里喊话，张子明喊道："主上令诸公坚守，大军且至矣!"这下不但没能诱降，反而助长了城里守军的士气。陈友谅恼羞成怒，杀了张子明。

转眼到了七月，朱元璋命大将徐达、常遇春放弃包围庐州，转向洪都，他亲率二十万大军解洪都之围。

陈友谅见洪都久攻不下，朱元璋又率大军前来救援，不得不放弃攻打洪都。等到朱元璋的水师进军到鄱阳湖康郎山的时候，陈友谅已经列巨舰迎在那里了，于是朱元璋与陈友谅就在鄱阳湖展开了一场生死决战。

这时候，朱元璋的军队士气虽盛，却没有陈友谅的那些巨舰，加上陈友谅这次是来拼命的，所以谁胜谁败，谁也没有十足的把握。

朱元璋见敌船巨大，而且首尾相连，便下令将战船分为二十队，并备好火器弓箭，在接近敌船时，先发火器，然后是弓箭，力争与敌船短兵相接打肉搏战。

第二天，双方正式开战，朱元璋手下的大将徐达身先士卒，击败敌军前锋，缴获了一艘巨舰。朱元璋的军队士气大振，又乘风发火炮轰击敌船。陈友谅的二十多艘战船被烧，死伤甚众。

就在这时候，陈友谅部下勇将张定边率舟师拼死冲向朱元璋的战船。朱元璋连忙下令后退，可是船搁浅不能动。眼看张定边就要攻上船上，危急之间，一名叫韩成的下级军官赶紧穿上朱元璋的冠袍，故意让敌方看着跳入水中。张定边果然以为朱元璋投水了，将注意力放到水上，对朱元璋那艘船的攻势有所缓解。常遇春连忙赶来救援，一箭射中张定边。因为船速很快，冲起波浪，朱元璋那艘战船趁机摆脱了搁浅困境。韩成却代替朱元璋牺牲了。这段故事被后人记述下来，就叫"韩成救主"。

因为陈友谅的战舰巨大，朱元璋的战舰较小，双方交战时，陈友谅那边从上向下打，朱元璋这边从下向上打，这跟攻城和守城一样，仰攻的一方总是处于不利地位。朱元璋见这样打下去不是办法，最好是用火攻，于是下令找来一些渔船，装上干草火药，组成敢死队，趁着天色将晚，悄悄逼近敌舰。天晚时渐渐刮起东北风，敢死队的将士乘风纵火，小船上的火药爆炸，立即将敌舰点燃。陈友谅的大船为了作战方便，首尾相连，无法立即分开，一舰燃烧，立即蔓延到其他舰船。朱元璋趁机挥师而进，一场混战下来，陈友谅损失惨重，两个弟弟和手下丞相先后战死。不过朱元璋的损失也不小，主要将领丁普郎、张志雄也都战死。朱元璋当了皇帝后，为了纪念在这场战役中牺牲的将领，特别建了南昌功臣庙和康郎山功臣庙，每年祭奠。

双方连续作战几天，都感到筋疲力尽，朱元璋决定采用心理战术。他写信给陈友谅说："公乘尾大不掉之舟，殒兵敝甲，与吾相持。以公平日之强暴，正当亲决一死战，何徐徐随后，若听吾指挥者，无乃非丈夫乎！"（谷应泰《明史纪事本末》卷三）陈友谅见到朱元璋的书信，果然大怒。他扣留了使者，又让人把俘虏来的朱元璋的士兵全部杀掉。而朱元璋对俘虏来的陈友谅的部下士卒有伤的治伤，有病的医病，全都释放了，还下令祭奠陈友谅战死的弟侄将士。这样一来，陈友谅的部下在心里可就有一个比较了。

朱元璋见局势已定，就派兵控制了湖口，把陈友谅的战船困在湖中，使其不能退回长江。然后又不断写信给陈友谅，搅乱他的军心。陈友谅被困在湖中，军粮已尽，便到洪都抢粮。结果粮食没抢到，又被朱文正烧掉了一些船只。

八月中，陈友谅走投无路，冒死突围，朱元璋率军追击，奔走数十里，双方激战五六个时辰，陈友谅舟师损失殆尽。

虽然胜局已定，但是不知陈友谅死活，朱元璋不敢轻举妄动，他派人前去陈友谅军中刺探，结果派去的人都没能回来。直到陈友谅的部下前来投降，才从他们口中得知陈友谅战死的准确消息。陈友谅之死也真的有点偶然性，他是在战船上指挥战斗的时候，被流矢击中眼睛，贯穿头颅而死的。

陈友谅一死，部下再无斗志，纷纷投降。只有张定边趁夜色用小舟载了陈友谅的遗体，带上陈友谅之子陈理，逃回武昌。

3. 柯陈二姓

回到应天，朱元璋部署了军队。这一年十月，朱元璋留下徐达率部分将士驻守应天，以防张士诚，他亲率大军再征武昌。

陈友谅虽然已死，但其余部在张定边率领下，固守武昌。武昌城高池深，易守难攻，朱元璋围攻数月，硬是攻不下来。直到第二年二月，朱元璋的军队攻下城东高冠山，占据了俯视城中的高地，又袭击了岳州来的援军，才使武昌处于孤立无援的境地。朱元璋见时机已到，在进行军事行动的同时，又展开心理攻势，不断派人劝降。守将张定边见大势已去，跟陈友谅儿子陈理一起开城投降。陈友谅建立的大汉，至此为朱元璋所灭。

朱元璋打胜了这场生死之战后，有一个儒生前来求见。这个儒生求见朱元璋不为别的事情，就是专门来找他讨论这场战役的得失的。

儒生问："当初在九江打败陈友谅后，您为什么不乘胜进攻武昌？如今虽然取胜，可是多费了不少力气。"

朱元璋回答说："你是读书人，听说过'覆巢之下无完卵'吗？陈友谅兵败之时，我难道不知乘胜追击吗？可是兵法上说'穷寇勿追'。如果我追得太急，他们必定死斗求生，那损失可就大了。他们见大势已去，人各有偷生之念，喘气还来不及呢，怎么还敢再战？我以大兵压境，再下功夫劝降，不伤将士性命而获胜，这不是大好事吗？"

那位儒生听了，也不得不佩服朱元璋的远见。

朱元璋跟陈友谅真正的生死之战，就是洪都和鄱阳湖的战役。朱元璋在这两场战役中的获胜都有那么一点侥幸。首先，陈友谅犯了战术错误，没有直接进攻应天而是围攻了洪都，后来朱元璋在回顾这场战役时说："如果当时陈友谅不围攻洪都而是顺流而下，直扑应天，恐怕就不是今天这种情况了。"陈友谅围攻洪都，又遇上朱文正、邓愈等人拼死守城，最终形成鄱阳湖大战。而在鄱阳湖大战中，如果张定边攻上了朱元璋的战船，或者朱元璋被流矢射中而死，战局随时会发生变化。

可是如果从历史角度来看这场战争的胜败，就不是偶然了。

在陈友谅与朱元璋的这场斗争中，朱元璋本来是处于弱势的，无论军队还是地盘，都不如陈友谅。可是陈友谅早早杀死徐寿辉，自己称帝，为人又强暴，不得人心；朱元璋一直尊奉小明王韩林儿，也没有投降元朝，做的事上得了台面，又能收买人心。相比之下，陈友谅的部将除去张定边等少数几个忠勇之士外，大多数不如朱元璋的部将。再有，朱元璋身边谋臣众多；而陈友谅对部下驭之过严，他的意见谁也不敢违背，他一颗脑袋作决策，要是一错再错，战局就很难改变了。所以后人在评议他们之间的胜败时说："太祖屡挫而气不折，友谅小胜而志益骄，此明之所以兴，汉之所以亡也。"（谷应泰《明史纪事本末》卷三）

据说陈友谅失败以后，他的后人隐名埋姓，在长江边上居住下来，有的还改姓为柯。长江里面有鳄鱼叫扬子鳄，明朝人把它们叫猪婆龙。猪婆龙的猪，跟朱元璋的朱同音，一些老百姓就说，猪婆龙为害长江，人见人怕，只有打鱼的柯、陈二姓人不怕，他们还敢吃猪婆龙。柯、陈二氏，就是陈友谅的后人，也都是江上打鱼人。

第九章

姑苏城下

1. 民谣成真

朱元璋灭掉劲敌陈友谅后，还有些难题等着他去解决：跟他敌对的张士诚还在，元朝政权也还在，小明王韩林儿这个傀儡也还在。按照当初刘基给他确定的战略部署，他的下一个目标就是占据苏州富庶之地的张士诚了。

张士诚有两个优势，一是他占据了苏州、浙西及周边最为富庶的地区，吃喝不愁；另一个优势是他招纳了不少当时有影响力的文人士大夫。苏州因为富庶，地灵人杰，读书人多，知名的文化人也多。别看张士诚本事不大，可他特别尊重文化人，这些文化人受到他的礼遇，也都愿意跟随他。史书中说："时浙西殷富，士诚兄弟骄佚无断，政在文史。然士诚尚持重寡言，好士，筑景贤楼，士无贤不肖，舆马居室，多厌其心，亦往往趋焉。"（谷应泰《明史纪事本末》卷四）

朱元璋在应天建礼贤馆，张士诚在苏州建景贤楼，同样是为了吸引人才，实际情形又有什么异同呢？

朱元璋的礼贤馆，是真正礼贤、引进人才的地方，住在里面的都是有影响力的文化人，或者是对朱元璋打天下起作用的有谋略的人才。张士诚的景贤楼，听起来也是吸引人才的地方，事实上是"无贤不肖"，不分好坏，统统请来。这就不是真正重视人才了，说不好听点，这是沽名钓誉，附庸风雅，不实用。

那么张士诚用的都是些什么人呢？起初，张士诚一切都靠他弟弟士德和史椿两个人。后来士德被朱元璋俘获，史椿受到怀疑，想投靠朱元璋，事情泄露后被杀，张士诚就把事情全都交给他的另一个弟弟张士信了。张士信就是个荒淫无度的家伙，据说他出师打仗时还要带上樗蒲、蹴鞠等玩具，以及妇女和宴会器具。

在用人方面，他们喜欢的是那些"游谈之士"，就是光有嘴上功夫的那种人。有人看出这个问题，编了个歌谣："丞相做事业，专用黄、菜（蔡）、叶，一朝西风起，干瘪。"（谷应泰《明史纪事本末》卷四）此时张士诚已经称王了，这里说的丞相是他弟弟张士信。张士信用的三个人，一个姓黄，一个姓蔡，一个姓叶，正好是个"黄菜（蔡）叶"。西风就是朱元璋，因为朱元璋在张士诚西边。

不过苏、松、浙西也是人才荟萃之地，难道就没有人帮张士诚出点好主意吗？那也不是。当时很多名流学者投到张士诚幕下，但他们要不就是见张士诚气数已尽，离他而去，要不就是有谋略而不能为其所用。

昆山人郭翼就是个有眼光的人，他上书给张士诚说："如今您能率军占据吴、越地方数十座城池，原因是老百姓苦于元朝统治，地方官员贪残无道。您若能反其道而行，对老百姓好些，再趁机进取，可以成就霸业。可是如今您成天歌舞升平，自求安乐，四方豪杰并起，您想闭城自守，能有好结果吗？"

这本来是一番好话，可是张士诚听不进去，想要杀了这位儒士。郭翼得到消息，一走了之，再不跟着张士诚干了。

还有一次，元廷向张士诚征粮，张士诚不想交，跟官属们商量。一位参军说："行事必有一定规矩，否则不能取信于人。过去我们为贼，可以不贡皇粮，如今当了朝廷的官，不可不贡。"这本来是一番好话，可是张士诚听后，恼羞成怒，气得把面前的案子都掀翻了。那位参军见此情形，第二天就称病辞职了。

能人留不住，那些专事阿谀奉承的小人却如鱼得水。仅从用人这一点就可以看出张士诚绝对不是朱元璋的对手。

2. 兵临姑苏

元至正二十五年（公元1365年），朱元璋与张士诚之间的全面战争拉开了序幕。但是，不等朱元璋出马，朱元璋的外甥李文忠就跟地方守将一起，大破张士诚的二十万大军。在这场大战开战之前，李文忠誓师时说："昔谢玄以兵八千，破苻坚百万众，兵在精不在众也！"（《明太祖实录》卷十六）他身先士卒，冲锋陷阵，大败敌军，此战成为朱元璋平天下的战事中以少胜多的一个经典战例。

这边的主将是朱元璋的亲外甥，张士诚那边的主将中也有一个张士诚的养子，人称五太子。据说这个五太子个儿不高，但是弹跳力极佳，又能潜水，被传得神乎其神。可是一仗打下来，他什么本事也没发挥出来，就丢下大军，一个人逃命去了。

张士诚控制的地盘，南边到绍兴，跟方国珍接境；北边有通州、泰州、高邮、淮安、徐州、宿州、濠州、泗州，至济宁，与山东接境，地盘也真不小。朱元璋决定先取淮东，消灭张士诚在长江南北的外围势力，把外围都扫清以后，再一举进攻张士诚的老巢姑苏城。

第一仗，朱元璋便派大将军徐达去攻打扬州附近的泰州，张士诚则以舟师四百艘出长江，摆出要进攻应天的样子。可是他的这点计策，早就被朱元璋看穿了。朱元璋对部将们说："你们看，他的舟师停在那里，不敢再向上游进发，这明显是想让我们分散兵力，好为泰州解围。不要去理他，集中力量攻克泰州。泰州一克，江北就瓦解了，敌人不战自溃。"果然，没有几天，泰州就被攻陷了。张士诚的舟师没有起到一点作用。

第二年春天，朱元璋又命徐达攻下了高邮。高邮是当年张士诚的起家之地，对于张士诚来说，是至关重要的地方。此时，朱元璋的老家濠州也在张士诚手里。从这件事也可以看出朱元璋的与众不同之处。要知道，古人是很看重父母坟茔之地的。朱元璋父母的坟墓就在濠州，可是他居然能够放弃自己的老家和父母的坟墓，去占据那些有利于自己今后发展的地区，不求一时之得失。这正是他高于元末群雄之处，有点像当年的刘邦。楚汉相争的时候，项羽要杀刘邦的父亲。当时刘邦对项羽说，我父即尔父，你要是杀了他，请分给我一杯羹。其实他们真的毫不在意吗？当然不能，朱元璋决心夺回濠州的时候，对部下说："濠州吾家乡，今为张士诚窃据，是吾有国而无家也！"（谷应泰《明史纪事本末》卷四）濠州守将投降后，朱元璋专门带上身边儒臣前去祭奠父母。

看到父母坟墓凄凉的样子，朱元璋心里很不是滋味。他本想将父母改葬，可是有人说："您现在这么发达，一定是您父母坟地风水好，后代才会出贵人。如果改葬，恐泄了山月灵气，破坏了祖坟的风水。"朱元璋听了，觉得有道理，于是改变了主意，只是让人把父母的坟地重新修理了一番。

朱元璋觉得自己帝业将成，回忆这么多年来的经历，不由得感慨："吾昔微时，自谓终身田野间一农民尔。及遭兵乱，措身行伍，亦不过为保身之计。不意今日成此大业。自吾去乡里十有余年，今始得归省陵墓，复与诸父老子弟相见，追思曩时，诚可感也。"（《明太祖实录》卷二十）

一开始朱元璋认为自己这辈子也就当个农民，后来虽然参军当了兵，那也只是为了生存。后来一步步发展，终于有这一番成就，其实是他当初意想不到的。所以想起这些年的经历，也很感慨。不过既然已经走到今天这一步，朱元璋就不再是为求生存，而是要治国平天下。

朱元璋占领了淮北一带，又夺回老家，下一步就是攻取苏州消灭张士诚了。

朱元璋跟主要官员商量这件事情的时候，已经当上右相国的李善长说："张氏宜讨久矣。然以臣愚观之，其势虽屡屈，而兵力未衰，土沃民富，又多储积，恐难猝拔，宜视隙而动。"（《明太祖实录》卷二十）这显然是个谨慎派。

左相国大将军徐达跟他的看法不一样，他说："张氏骄横，暴殄奢侈，此天亡之时也。其所任骄将如李伯昇、吕珍之徒，皆龊龊不足数，徒拥兵众为富贵之娱耳。居中用事者黄、蔡、叶三参军辈，迂阔书生，不知大计。臣奉主上威德，率精锐之师，声罪致讨，三吴可计日而定。"（《明太祖实录》卷二十）徐达显然是个主征派。

相比之下，徐达的分析知己知彼、合情合理，当然也就得到了朱元璋的支持。

至正二十六年（公元1366年）八月初二（辛亥），朱元璋命徐达为大将军，常遇春为副将军，率领二十万大军征讨张士诚。

张士诚的实力不比陈友谅，朱元璋对于消灭张士诚信心十足，可是真要打起仗来，也不能掉以轻心。朱元璋召集将领们布置征伐大计，对他们说："你们此次前去，直取平江（苏州），你们要约束士卒，'毋肆虏掠，毋妄杀戮，毋发丘垄，毋毁庐舍。闻士诚母葬姑苏城外，慎勿侵毁其墓，汝等毋忘吾言'。"（《明太祖实录》卷二十一）

布置完出征的任务，朱元璋又把徐达、常遇春和少数几个将领叫过去，私下里问他们："这次出师，你们准备怎么打呀？"

常遇春回答说："逐枭者必覆其巢，去鼠者必熏其穴，此行当直捣姑苏！"（《明太祖实录》卷二十一）

谁知朱元璋却变了主意。他说："不行，张士诚是贩私盐出身，这一伙人都是强梗之徒，而且讲义气，你去打张士诚，他的弟兄们一定会相助。你去打苏州，湖州、杭州救兵来援，就难以取胜了。不如先去打湖州，消灭他的有生力量，让他们疲于奔命，这场仗就好打了。"

常遇春是员勇将，心想：哪这么多事呀？还是一鼓作气打下平江，活捉张士诚为好。

朱元璋见他不听，生气了："好吧，打湖州失利我负责，打平江失利你负责！"

见朱元璋发了怒，常遇春这才不坚持了。朱元璋说："我对外面说直捣平江，那是说给别人听的。那个刚投降来的陈友谅的部下熊天瑞，不是真心归附，这一回他一定去投张士诚，就让他把这个假情报告诉张士诚，我们会更主动。"后来熊天瑞果然投降了张士诚，带去了假情报。

于是朱元璋命徐达、常遇春率领二十万大军直取湖州，李文忠率另一支大军直扑杭州，小将华云龙率军前往嘉兴。表面上是分为几路出击，其实还是以湖州为主要目标。张士诚也很重视对湖州的守卫，湖州地近太湖，水战加上陆战，战况十分激烈。好在朱元璋跟陈友谅决战鄱阳湖时在水战陆战方面都积累了丰富的经验。打到十月间，张士诚的部将先后投降，湖州成了一座外无援兵的孤城，被徐达、常遇春团团围住，守将只得举城投降。

在徐达、常遇春攻克湖州的同时，李文忠也兵进杭州。杭州守将更痛快，一仗未打，举城而降。与此同时，华云龙也攻克了嘉兴。平江周边就这样被一步步扫清，到最后只剩平江和无锡两城在张士诚手中。

张士诚虽然只剩下最后一点家当，可是他决不甘心束手就擒。

平江城被张士诚经营了多年，十分坚固。仗打到最后这一步了，朱元璋也不愿意有过多牺牲，他写了劝降信给张士诚，在信上大讲历朝更替和"天命所在"，劝张士诚"畏天顺人"（《皇朝平吴录》），投降以后不失其富贵。

可是张士诚也是下了决心死守，这一场攻守战居然从二月打到九月，最后城里木石俱尽。没有守城之具，只好拆祠堂、民居的木石来用。到了这一年九月，平江城终被攻破，张士诚组织了残兵两三万，与朱元璋的军队展开巷战，但是很快被击溃。

张士诚家中女眷见大势已去，不愿意被朱元璋俘虏，自焚而死，夫人刘氏自缢身亡。不过据说刘氏临死前让乳母带着张士诚的两个小儿子逃出了平江城，隐姓埋名，不知所终。

巷战再败，张士诚的人全都跑光了，只剩下他独自躲在一间屋子里面。这个昔日称霸一方的枭雄，如今是真正的穷途末路了。

徐达真算得上是能够理解朱元璋为人处世的老朋友，他没有对张士诚赶尽杀绝，而是派了张士诚的旧部去劝降。眼看天色已晚，里面还没有动静，徐达才让人把门撞开。没想到张士诚准备悬梁自尽，大家七手八脚地把他救下来，徐达再次让人劝降。张士诚只是紧闭双目，一言不答。徐达没有办法，只好让人把他抬到船上，送往应天。

此时的张士诚已经不存生念，一心求死。从被俘上船的那一刻，他就开始绝食。谁问他什么，都是闭目不答。到应天后，他被送到中书省衙门，由李善长讯问，这一回他倒是开口了，可是因为他出言不逊，两个人竟然吵了起来。据说李善长大骂了他一顿，张士诚因此自缢而死。不过也有史书说张士诚和黄、蔡、叶三人都是被朱元璋下令绞杀的。

消灭张士诚的割据势力后，朱元璋下令改平江为苏州，至此长江流域全都归为朱元璋的地盘。

3. 书生之言

说起来，无论是陈友谅还是张士诚，他们都有机会在群雄纷争中一统天下，只是他们没有抓住机会，而且一误再误，最终自取灭亡。朱元璋取胜了，他把这说成是天意，那是为了神化他自己。其实哪里有什么天意，都是人意。

被朱元璋围攻的时候，张士诚出城迎战，马惊了，他掉入水中，差点儿丧命，马也骑不上去了，部下只好用轿子把他抬回城里。张士诚因此对守平江失去了信心，不知道怎么办才好。就在这时候，有一位书生求见。张士诚把他请进来才知道，这书生是他的一位旧人请来当说客的，主要是跟他讨论这场纷争中成败得失的原因。这段对话，堪称是对张士诚失败原因的一次精辟的全面总结。

书生说："吾乃为公陈兴亡祸福之计，愿公安意听之。"书生接着说，"公知天数乎？……公初以十八人入高邮，元兵百万围之，此时如虎落阱中，死在旦夕。一旦元兵溃乱，公遂提孤军乘势攻击，东据三吴，有地千里，甲士数十万，南面称孤。此项羽之势也。诚能于此时不忘高邮之危，苦心劳志，收召豪杰，度其才能，任以职事，抚人民，练师旅，御将帅，有功者赏，败军者戮，使号令严明，百姓乐附，何特可保三吴，天下可取也！"（《皇朝平吴录》）

张士诚听了，瞪大眼睛说："这么好的主意，你怎么不早跟我说呢？现在说也晚了呀！"

书生说："吾彼时虽有言亦不得闻也。何则？公之子弟亲戚将帅罗列中外，美衣玉食，歌妓舞女，旦夕酣宴，身衣天下至美，口甘天下至味，犹未厌足。提兵者自以为韩、白，谋画者自以为萧、曹，傲然视天下不复有人。当此之时，公深居于内，败一军不知，失一地不闻，纵知亦不问，故沦至今日。"（《皇朝平吴录》）

听到这里，张士诚说："我现在也是又恨又悔，那我接下来该怎么办呢？"

书生说："现在只有一条路，投降朱元璋，不仅能保全你的身家性命，还能保全全城百姓。"

张士诚听了，半天没有说话，最后叹口气说了一句："让我再好好想想吧。"

张士诚最终没有投降，落得个身死的结局。

平汉、平吴之后，朱元璋可以称王，甚至称帝了吧？还不行。为什么不行？因为他上面还有一个皇帝。

朱元璋还是小明王韩林儿的部下，用的是龙凤年号，他的吴国公也是小明王封的。

朱元璋想称王称帝，该怎么安置小明王呢？

第十章

国号大明

1. 登基大典

　　至正二十六年（公元1366年）十二月，朱元璋让部将去滁州见小明王，说要接他去应天，但是却在暗中指使部将在瓜州渡江时把船沉掉，将小明王韩林儿淹死在长江中。不过这一切都是秘密进行的，对外只说小明王在江上出了事故，不幸身亡。明眼人都知道这是怎么一回事，《明史·韩林儿传》中记述说："明年，太祖为吴王。又二年，林儿卒。"又说："或曰太祖命廖永忠迎林儿归应天，至瓜步，覆舟沉于江云。"

　　这一切显然都是经过精心安排的。朱元璋选的这个日子正好是元至正二十六年（公元1366年）的年末，再过几天就是新的一年，可以变更纪年。于是到了第二年，即元至正二十七年（公元1367年）正月，朱元璋就不再用龙凤年号了，因为早在两年前他就已自称吴王，所以新的一年即为吴元年。

朱元璋自称吴王其实是个无奈之举，因为那时候张士诚已经自称吴王了。这样一来，就有了一个东吴和一个西吴。张士诚是东吴，朱元璋是西吴。

既然张士诚已经叫吴王了，朱元璋干吗也叫吴王呢？其实，朱元璋自称吴王，除了跟他当年被韩林儿封为吴国公有关之外，还有两个原因。一个是地理原因，朱元璋占据的应天，是三国时候吴国的都城。另一个更重要的原因，是当时流传着这样一首民谣："富汉莫起楼，贫汉莫起屋，但看羊儿年，便是吴家国。"（权衡《庚申外史》）歌谣的意思是说，大家等着吧，不管你有钱还是没钱，都别置家当，天下还没稳定呢。等到了羊年，就是吴国的天下了，天下就稳定了，到那时候再置家业也不迟。歌谣流传之后的第一个羊年就是丁未年——元至正二十七年（公元1367年），也就是朱元璋的吴元年，还真应验了"吴家国"的预言。

朱元璋并没有建立吴朝，他建立的是明朝。他为什么要给自己建立的新朝起名叫明朝呢？经学者们考证，这是因为朱元璋是信奉明教的，韩林儿不是叫小明王嘛，他是小明，朱元璋是大明，也算是继承了明教的名号。

据说这也是谋臣刘基出的主意，这个主意得到了大伙的支持。传说当年刘基看到朱元璋尊奉小明王韩林儿很不以为然，劝他："大丈夫当自立成事。"（蒋一葵《长安客话》卷一）不要学项羽，到最后还得杀了义帝。可是朱元璋不知道怎么除去韩林儿才好，刘基说："没关系，他不是小明王吗？咱们就叫大明，您就是明王，把他压住。"

朱元璋的队伍里不外乎两种人，一种是武将，大都是农民出身的明教教众。明教说"明王出世，天下太平"，大家打下天下，叫大明，朱元璋就是明王。另一种人是士大夫，这些人看事情另有门道，讲立朝有金、木、水、火、土五行相生相克之说。大明是火，明教也是敬火的。另外，这跟朱元璋本人也有一定关系，朱元璋姓朱，朱就是红色，也是火色。中国人把南方七个星宿合称为朱雀，朱元璋又起兵开国于江南，崇尚火德，正应了五行之说。

此时，朱元璋虽然任命徐达为征虏大将军，率军北伐，而且已经攻入山东，形势一片大好，可是元顺帝还在元大都，元朝还没有被推翻。但朱元璋还是决定在北伐的捷报声中，在应天登基称帝。

这么重大的事情，当然得有一套规范的礼仪，《明史·礼志一》载："明太祖初定天下，他务未遑，首开礼、乐二局，广征耆儒，分曹究讨。"中国是礼仪之邦，礼仪文化的传统源远流长。传统的"五礼"，有吉礼，即祭祀的礼仪；嘉礼，即登基、朝见、宴会、结婚、册封等，总之是些办好事的礼仪；宾礼，就是外交礼仪；军礼，主要是进行军事行动的礼仪；凶礼，就是葬礼。皇帝登基属于嘉礼，登基典礼的事情都得交给文官去办。

当时的文官之首是最早投奔朱元璋的李善长，《明史·礼志一》中说："明兴，太祖以吴元年十二月将即位，命左相国李善长等具仪。"虽然说是由李善长牵头厘定登基礼仪，但是他并不大懂这些事情，只是当初参加革命早，资格老，有威望，所以由他牵头，真正倚赖的还是刘基、宋濂、朱升等人。

第二年，按照元朝的纪年是至正二十八年（公元1368年），这一年朱元璋四十周岁，他正式建立了大明王朝，年号洪武。正月初四这一天，举行了隆重的登基仪式。

这一天一大早，朱元璋就带着文武百官，先去祭天。礼毕之后，由校尉把一个金椅子放到天坛前面，朝着东南，又把放有皇帝冕服的桌案放到金椅前面，然后行望瘗礼。所谓"瘗"，就是祭土。祭过后，丞相率文武百官跪下上奏说："告祭礼成，请即皇帝位。"群臣于是扶着新皇帝朱元璋到金椅上坐下，执事官把放着冕服的桌案和放着皇帝玉玺的桌案放到朱元璋面前，丞相等把皇帝冕服加到朱元璋身上，这就叫龙袍加身。然后百官回到自己的位置，司仪说："排班，班齐，鞠躬，乐作。"在奏乐声中，他指挥着大家，下跪起来，下跪起来，再下跪再起来，然后平身。拜完后众人高呼"万岁"，仪式达到高潮。

之后要到太庙，就是到皇帝的祖庙去祭拜，追尊上辈五代考妣；还要去社稷坛祭社稷，然后才能回到皇宫大殿，当时叫奉天殿，接受文武百官的上表朝贺；最后还要册封皇后和太子，当时册封了马氏为皇后，大儿子朱标为太子。

据说这一天是刘基发布的天气预报，他说会是个大晴天，结果还真准，这一天，南京地区风和日丽。

2. 北伐大都

在朱元璋登基称帝的前一年，即元至正二十七年（公元1367年）十月，他派大将军徐达、副将军常遇春率领大军北伐，这时候的元朝已经名存实亡了。

大军出征前，朱元璋分析说："山东则有王宣父子，狗偷鼠窃，反侧不常；河南则有王保保，名虽尊元，实则跋扈，擅爵专赋，上疑下叛；关、陇则有李思齐、张思道，彼此猜忌，势不两立，且与王保保互相嫌隙。元之将亡，其机在此。"讲到北伐的战略部署，朱元璋说："元建都百年，城守必固。……吾欲先取山东，撤其屏蔽；旋师河南，断其羽翼；拔潼关而守之，据其户槛。天下形势，入我掌握。然后进兵元都，则彼势孤援绝，不战可克。既克其都，鼓行而西，云中、太原，以及关、陇，可席卷而下。"（《明太祖实录》卷二十六）朱元璋关于北伐的战略部署堪称清楚、明了、实用。

朱元璋登基时，正是徐达他们刚刚攻占山东之时。朱元璋登基后不久，徐达就率大军攻占了河南开封。这一切都按照朱元璋既定的战略部署进行。

徐达和常遇春是朱元璋部下最能打仗的两个将领，尤其是常遇春，不仅能够指挥作战，还能亲自冲锋陷阵。他自称带兵十万，可以横行天下，所以人称"常十万"。

常遇春跟徐达率大军从虎牢关进入河南的时候，遇到元军，双方列阵。常遇春单骑冲入敌阵，一箭射死敌人前锋。徐达挥师而上，大败敌军，攻占洛阳。不过朱元璋不喜欢常遇春亲自冲锋陷阵的做法，批评他身为大将，与小校争能，以身犯险，这种个人英雄主义是要不得的。

徐达、常遇春打到河南裕州时，遭遇了守将郭云。这个郭云有勇有谋，当时河南全境基本被明军占领了，唯独裕州攻不下来。明军多次派人去招降，郭云也不肯降附。结果这一仗打得特别艰苦，直到裕州守军弹尽粮绝，明军才攻下裕州城。明军将士们恨死裕州守将郭云了，抓住郭云后，坚决要杀掉他。可是报到朱元璋那里，朱元璋却表扬郭云忠义，不但不杀，还把他释放了；不但释放了，还给他安排了官位。这虽然是朱元璋收买人心之举，可是要真正做到，也还真得有点度量。

明军攻取山东后，发现这里的百姓生活极为艰难。山东的百姓之所以生活最苦，是因为这里一直是元末红巾军跟朝廷的主要战场，战乱之中，百姓难免流离失所。朱元璋得知情况后，立即下令免去山东的税粮，还派人去放粮赈济。山东不是朱元璋的老家，也不是"老解放区"，他这么做就是要让大家明白，天下百姓都是他的子民，他都会惦记。

这一年的五月，朱元璋又亲临汴梁。他在汴梁停留了两个多月，干什么呢？召集众将开前敌会议，商量攻取元大都的计划。

六月初一，徐达知道朱元璋到开封了，连忙从洛阳赶了过来。朱元璋一见徐达就问起攻克元大都的战略谋划。

徐达对攻克大都信心十足，他向朱元璋报告作战形势时说："如今平齐、鲁，下河、洛，元将王保保在太原观望，张思道、李思齐向西逃窜，元廷已经没有援兵了，我们只要直捣大都孤城，必克无疑。"

朱元璋听后，让人把地图打开，指着地图部署说："卿言固是，然北土平旷，利于骑战，不可无备。宜选偏裨提精兵为先锋，将军督水陆之师继其后，下山东之粟以给馈饷，由邺趋赵，转临清而北，直捣元都，彼外援不及，内自惊溃，可不战而下。"（《明太祖实录》卷三十二）

朱元璋确实是一位军事家，他的意图是用强大攻势震慑敌人，追求的是不战而降的效果。

一个月以后，潼关以东的地方全部被平定，朱元璋命诸将会师，进兵元大都。一切布置安排妥当后，他才离开汴梁回应天去。

徐达率领大军，一路势如破竹，闰七月二十四日，明军在河西务大败元军，三天后兵进通州。

这时元顺帝果真慌了手脚，召集群臣商量办法。有人劝他固守京城，以待援兵。"天下者，世祖之天下。陛下当以死守，奈何弃之！"（《元史》卷四十七）"世祖"就是元朝开国皇帝忽必烈。可是元顺帝明白，祖宗的天下气数已尽，如果再不逃走，就来不及了，他叹息道："今日岂可复作徽、钦！""徽、钦"说的是宋徽宗和宋钦宗，这两个皇帝被金国抓去当了俘虏。元顺帝的意思很明白，这个当俘虏的罪他不会去受。当天夜里他就带着后妃太子等从健德门，就是德胜门逃走，出居庸关，跑到上都去了。

朱元璋的部署起到了实际作用。

几天后的八月二日，徐达率军兵临大都城下，从齐化门攻入城内，齐化门就是今天的朝阳门。皇帝都跑了，城里面的元军自然无心恋战，面对明军，不堪一击。明军很快就把大都占领了。徐达下令把府库图籍宝物和元故宫殿门都封了起来，派兵把守。号令士卒不准扰民，并且通知元朝大小官员登记报到。

那些没跟随元顺帝出逃的官员有的被杀，有的自杀。有一位名叫危素的学士当时住在寺庙里，见大势已去，也想投井自尽，被身边的僧人劝止了。僧人对他说："国史非公莫知。公死，是死国史也。"（《明史·危素传》）危素没有自杀，还把详细记述元朝历史的实录保留了下来。

明军攻克大都以后，常遇春派精锐骑兵，带十日粮，日夜兼程再破上都，元顺帝只好再向北走，逃入大漠中的应昌。后来明朝大将军李文忠又率军攻克应昌。不过那时候元顺帝已死，元太子只好再向北退至大漠以北。元朝虽然灭亡了，但是元朝的残余势力仍然与明朝对抗，这支残余势力在历史上被称为"北元"。

徐达、常遇春攻克元大都的这一年十月，明朝改元大都为北平府。

3. 兵进东南

朱元璋消灭陈友谅、张士诚以后，北伐、南征几乎是同时进行的。有些是出于形势需要，比如他消灭了张士诚，就与方国珍接境了，必然与方国珍发生冲突。

方国珍自知实力不济，不能跟朱元璋抗衡，就跟元廷联系，让扩廓帖木儿，就是王保保当他的帮手，又联系福建的陈友定，互相声援。

朱元璋知道后大怒，写信给方国珍，列举了他的十二大罪状，让他送上军粮二十万石以补过失。方国珍找部下商量，多数人主张不理睬朱元璋，只有少数人认为，既然实力不能与朱元璋抗衡，不如投降，还能保住身家性命。方国珍想来想去，觉得三十六计走为上。他是海寇出身，在海上漂泊惯了，于是成天收拾珍宝，打造船只，做好了航海准备。

朱元璋消灭张士诚后，派兵攻占了台州、温州。方国珍走投无路，只好逃到海岛上去。结果海岛也守不住，部下相继投降，方国珍只好上书请降。那份投降书出自他手下的一位谋士，写得十分精彩感人。据说朱元璋看了以后也被感动了，因此答应了方国珍的投降请求，让他入朝，做了广西行省左丞，只食禄不理事。又过了几年，方国珍病死在南京，他的几个儿子都在明朝当了官。

别看朱元璋是农民出身，没有读过多少书，可是他的心智远远超过当时群雄。平心而论，他心胸还是够宽广的，对于曾经的敌人，只要放下武器投降了，他都能接受。古人对此早已有所评论："然究竟友谅凶强，士诚绐富，无不先期殄灭，而国珍以弹丸之地，乃更支离后亡者，非国珍之善守御，而太祖之善用兵也。太祖之意，以用兵如攻木，先其坚者，后其节目。故先平吴、汉，后议国珍，缓急之势所不得混也。"（谷应泰《明史纪事本末》卷五）

南征的另一目标是仍然由元朝官员据守的福建。

福建的官员名叫陈友定，也叫陈有定，本来是福建清流的一个农民，史书中说他："为人沉勇，喜游侠。乡里皆畏服。"（《明史·陈友定传》）

陈友定虽然也是个起于元末乱世的农民，但是跟陈友谅、张士诚、方国珍不同，他不是造反起家的，恰恰相反，他是应官府之征，被招募"讨贼"起家的。他靠平定地方义军，当上了行省参知政事；后来分设福建行省，他又当上了行省平章，成为行省最高官员。

当时有不少被元廷招募的义兵，他们势力强大以后，时附时叛，成为元廷无法控制的势力。陈友定虽然也是"义兵"出身，可是他不但英勇善战，还一直忠于元廷。

朱元璋兵下婺州时，就与陈友定发生过战事，竟然为陈友定所败。那时候方国珍未平，朱元璋顾不上对付陈友定；等到平定方国珍，又派汤和等人率军征讨。

大兵压境，陈友定杀了朱元璋派来的劝降使臣，与诸将饮酒立誓，不肯归降。这时候朱元璋已经统一了大江南北，陈友定以一隅之地，无法对抗，最后兵败自尽。但是他自尽未死，被俘至应天，由朱元璋亲自审问，因不肯归降，父子同时被杀。因为陈友定始终忠于元朝，死后被人称为"闽中三忠"之一。

攻取了福建之后，朱元璋的外甥李文忠就率领大军进取广东。元朝守广东的官员名叫何真，因为治理地方很有办法，颇受朝廷重视，在当地也有较大的影响力。关于他有个小故事流传得很广。广东有一支义军，为首的名叫王成。何真屡攻不下，悬赏谁能将王成捉来，赏钞十千。结果王成的家仆图赏钱，把王成捉起来，送到何真这里。何真如数给了仆人钱钞，然后在一辆车上放了一口大锅，架火把锅里水烧开。王成以为何真要把他烹煮了，谁知何真让人把那个出卖他的仆人捆了起来，放到锅里，一边鸣锣开道，说："奴叛主者视此！"

李文忠兵临两广，何真举地投降。后来他在朱元璋那里混得不错，先后立了不少战功，当过浙江省和湖南、湖北两任省长，当时叫布政使。退休的时候还被封了东莞伯的爵位。

平定福建、两广后，天下初现统一，朱元璋真的当了统一王朝的开国皇帝。可是直到这时候，朱元璋还有一件大事没有做。这件大事不做，这个国家就有点问题。

第十一章

大明帝国

1. 一国三都

当初朱元璋攻取太平时，一个名叫陶安的儒生就劝他攻取集庆，当时也叫金陵，并以这里为根据地。因为集庆曾经是六朝故都，据其形势以临四方，显然是不错的。一个名叫叶兑的书生致书朱元璋时还说："定都建康，拓地江、广，进则越两淮以北征，退则画长江而自守。夫金陵古称龙蟠虎踞，帝王之都，藉其兵力资财，以攻则克，以守则固。"（《明史·叶兑传》）

说金陵是帝王之都不错，可是它大多是偏安于江南的帝王之都，不是大一统时期的帝王之都。所以朱元璋在跟陈友谅、张士诚相争，乃至命将北伐的时候，金陵都不失政治、军事、经济、文化中心的地位；但是等到朱元璋攻克大都，推翻了元朝统一了北方以后，金陵的位置就有点问题了。这个地处江南临江的古都，距离北方还是远了一些。

按说朱元璋都在应天举行登基大典了，就算是把应天当成国都了。其实不然。洪武元年（公元1368年），朱元璋进攻元大都之前，曾经到河南汴梁视察，与诸将制订进攻元大都的方略。当时朱元璋的一个打算是建都汴梁。那里曾是北宋的国都，有点历史渊源。可是他到了那里一看，条件太差。军事上无险可守，经济上也缺乏基础，就连文化氛围也荡然无存了。可是，由于当时对北方和西北作战的需要，一时又找不到更合适的地方，朱元璋还是决定利用这个前朝旧都。所以这一年的八月，他便宣布以应天为南京，以汴梁为北京，实行两京制。

一年以后，北方形势渐趋稳定，西北也已经平定，全国形势又发生了变化，这时不得不重新考虑定都哪里的问题。

有主张汴梁的，有主张元大都的，也有主张建在朱元璋的故乡濠州的——这时已改叫临濠。朱元璋当然也想在家乡建都，可是临濠这个地方基础更差，当年朱元璋和郭子兴在那里，多了几支部队就无处安身。可是朱元璋的家乡观念还是很浓，他决定把那里定为中都，开始建造城墙宫殿。对于朱元璋的这个做法，刘基是坚决反对的。他认为临濠这个地方根本没有建都的基础，朱元璋的做法是白费力气，耗费民财。在刘基的坚决反对下，朱元璋停止了中都的建设。

一晃十年过去了，大明帝国的都城还是没定。这在中国历史上也是从来没有的事情。到了洪武十一年（公元1378年），朱元璋才下定决心建都南京。

虽然宣布了以南京为京师，朱元璋还在做着迁都西北的打算。洪武二十四年（公元1391年），朱元璋派太子朱标巡视西北，考察长安和洛阳哪个地方更适合建都。没想到太子朱标从西北回来后患病不起，第二年病逝。这时候朱元璋已经六十多岁了，受此打击，再也没有精力迁都了。岁末祭灶神的时候，朱元璋在祭文中说："朕经营天下数十年，事事按古有绪。惟宫城前仰后洼，形势不称。本欲迁都，今朕年老，精力已倦。又天下新定，不欲劳民。且废兴有数，只得听天。惟愿鉴朕此心，福其子孙。"（顾炎武《天下郡国利病书》）

在中国的传统观念中，建宫殿要选择风水好的地方，即建在城市的中轴线上。可是南京城的一个特点是城中有湖，北边是玄武湖，南边是燕尾湖，燕尾湖中还有一座灵谷寺，要想在这条中轴线上建宫殿，就得填湖迁寺。最终虽然填湖修建了宫殿，可是填湖的地基不够坚实，时间久了，便出现了前高中洼的现象。朱元璋认为这破坏了皇宫的风水，所以导致儿子早逝。但是天命如此，也没有办法，只能求老天爷保佑了。

2. 奉天承运

朱元璋不仅自己信天命，也要别人相信天命所在，相信他所做的一切，都是代表上天的意志。他占据集庆后，立即改称其为"应天府"；建好了宫殿，大殿就叫"奉天殿"。应天也好，奉天也罢，他认为他所做的一切都遵循了天意。

影视作品中经常会出现太监宣读皇帝的诏书的镜头，诏书开头一定有这么一句话："奉天承运，皇帝诏曰。"这句话就是朱元璋发明的。元朝的诏书开头用的是"长生天气力里，大福荫护助理"十二字，翻成汉语文言就是"上天眷命"。（吴晗《朱元璋传》第四章）

朱元璋也承认上天曾经眷顾过元朝。他在北伐大都时的《谕齐鲁河洛燕蓟秦晋之人檄》中说："自古帝王临御天下，皆中国居内，以制夷狄，夷狄居外，以奉中国，未闻以夷狄居中国制天下者也。自宋祚倾移，元以北狄入主中国，四海内外，罔不臣服，此岂人力？实乃天授。彼时君明臣良，足以纲维天下。……自是以后，元之臣子，不遵祖训，废坏纲常。……虽因人事所致，实天厌其德而弃之之时也。……当此之时，天运循环，中原气盛，亿兆之中，当降生圣人，驱逐胡虏，恢复中华，立纲陈纪，救济斯民。"（《明太祖实录》卷二十六）

意思是说宋失其道，元朝入主，实为天意。今元失其道，我一统天下，也实为天授。

朱元璋是相信天命的。他还俗投军那天，去伽蓝神那里占卜，表示听神佛的安排。投军以后，更把自己做的每一件大事说成是有神灵相助，就连他手下的重要将领常遇春来投奔他，都说是因为在田地里睡觉，梦见有神灵指示。

朱元璋攻打婺州的时候，城中守将看到城外有五彩云罩，说这是瑞气，说明攻城的人有老天爷保佑，那城还守得住吗？两天后，守将们干脆开城投降。

朱元璋跟陈友谅决战的时刻，更离不开神话。据说有一位书生去张士诚那里劝降时提到鄱阳湖大战，说陈友谅本来要用火烧朱元璋的战船的，结果风向大变，把陈友谅自己的船给烧了，这不是天意是什么？

　　朱元璋本人不仅迷信，还想去学这些天文地理、兵家数术的本领。传说早在朱元璋出征婺州时——那时他还没有得到刘基——就见到了一个名叫孟月庭的僧人。孟月庭颇通天文地理，朱元璋得到了他的天文地理书，甚喜，跟他一起登上观星楼，仰观天象，多方请教。刘基来后，孟月庭比不上他，就被疏远了，后来因毁谤罪被杀。

　　在朱元璋打天下的过程中，除得到刘基这位上知天文下晓地理的谋臣支持外，还有一些神人奇士相助，其中最有名的就是周颠仙和铁冠道人张中。朱元璋还专门写了一篇《周颠神人传》。据说周颠十四岁时得了疯病，在南昌城里讨饭，人们都叫他周颠子。朱元璋打下南昌后，他就到朱元璋那里去，说是要"告太平"。朱元璋给他烧酒喝，他喝多少都不醉。把他放进大缸里面，上面盖上盖子，下面用火烧，烧了三天，他只是出了一点汗，简直跟太上老君炼丹炉里的孙悟空一样。朱元璋给他摆了一桌酒席，让他大吃一顿，然后把他关到空屋子里面，一个月不让他吃东西，他照样好好的。这下子大家都知道周颠是位仙人了。军士们请他吃饭，他随吃随吐；而跟朱元璋一起吃饭时，他规规矩矩，他只服朱元璋一人。既然周颠这样的仙人都服朱元璋，那朱元璋不就是有仙人相助的人了吗？什么人才会有神仙相助？当然是不同凡响的人物，所以朱元璋才是真命天子。

朱元璋打九江的时候，战船出发时，没有风。因战船要逆江而上，没有风就行不了船。周颠说："只管行。"结果真的刮起了东风。朱元璋出征陈友谅，问周颠："此行可否？"周颠回答说："可。"又问："他已经称帝了，要打败他是不是有点难？"周颠仰头望天，说："天上无他座。"（《明史·周颠传》）天上没有陈友谅的座位，那会有谁的座儿呢？当然是朱元璋了。

铁冠道人张中，因为经常戴着个铁冠而得名。这个张中也是占验"多奇中"（《明史·张中传》）。朱元璋攻取南昌，兵不血刃，他就问张中："是不是这里从此就安定了？"张中说："不是，过不了多久，这里会血流成河，庐舍尽毁，我那个铁柱观也只能留下一座殿宇。"果然，没过多久朱元璋的部将就发动了叛乱，不少人死于这场战乱。朱元璋部下重要将领邵荣叛变，也是张中预先占卜出来的。朱元璋跟陈友谅决战鄱阳湖时，朱元璋的船队出发到了孤山，因为没有风，不能前进，也是张中用"洞玄法"招来大风，朱元璋的战船才顺利到达鄱阳湖。

朱元璋当了皇帝以后，继续神化自己。民间传说太极拳始祖张三丰还活着，一百多岁了。朱元璋就派人到处找这位仙人。当然没有找到，也不可能找到。但找神仙这事本身就有寓意，目的是告诉人们，世上真的有神仙。朱元璋死后，他的第四个儿子燕王朱棣在北平起兵造反，从建文帝手中夺取了皇位，也学朱元璋的做法，派人去找张三丰。找不到张三丰，就动工大建武当山，为今人留下了一处了不起的历史文化遗迹。

后人修史，专门把这些奇人异士的故事放到了《方伎传》里面。

3. 华夷一家

事实上，朱元璋也不相信这一切全都是上天的安排。有一次他让群臣一起讨论元朝所以灭亡、明朝所以兴起的原因，刘基就把天命和人为结合了起来，他说："自古夷狄未有能制中国者，而元以胡人入主华夏几百年。腥膻之俗，天实厌之。又况末主荒淫无度，政令隳坏。民困于贪残，乌得而不亡？陛下应天顺人，神武不杀，救民于水火，所向无敌，安得而不兴？"（《明太祖实录》卷五十三）上半段说的是天意，下半段说的是人为。

朱元璋说："当元之季，君宴安于上，臣跋扈于下，国用不经，征敛日促，水旱灾荒，频年不绝，天怒人怨，盗贼蜂起，群雄角逐，窃据州郡。朕不得已，起兵欲图自全，及兵力日盛，乃东征西讨，削除渠魁，开拓疆宇，当是时，天下已非元氏有矣。向使元君克畏天命，不自逸豫，其臣各尽乃职，罔敢骄横，天下豪杰焉得乘隙而起？朕取天下于群雄之手，不在元氏之手。今获其遗胤，朔漠清宁，非天之降福，何以致此？诗曰：'商之孙子，其丽不亿，上帝既命，侯于周服。'天命如此，其可畏哉！"（《明太祖实录》卷五十三）朱元璋这段话，上半段说的是人为，下半段说的是天意。

总之，朱元璋君臣心里很清楚，这其实就是人为，但是却一定还要说成是天意，因为秉承"天意"更能让人信服。

朱元璋有一句名言："朕思之，人在世也，若不畏人神，是不可教者也！"（《洪武圣政记》卷一）畏人，就是敬畏皇帝；畏天，就是认可天命。

朱元璋在北伐时的告北方各地人民书中也提到了天命："古云，胡虏无百年之运，验之今日，信乎不谬。当此之时，天运循环，中原气盛，亿兆之中，当降生圣人，驱逐胡虏，恢复中华，立纲陈纪，救济斯民。"（《明太祖实录》卷二十六）他把天意和结束蒙古贵族统治结合在一起，打出了这样的旗号。可是他也知道，历史上入主中原的少数民族，虽然都不过百年的统治，却也是公认的朝代，按照朱元璋宣扬的天命说，虽然是少数民族政权，也是天命所在，所以，朱元璋在提出驱逐胡虏的同时，也提出了另一个口号——华夷一家。

元朝存在的一个极大的社会问题，是它把全国人民分为了四个等级，所以元朝末年的社会矛盾比任何时代都要复杂。最初起义反抗元朝统治的主要还是像朱元璋这样的社会下层的贫苦农民，其中也包括了一些像郭子兴那样的社会下层的地主、陈友谅那样渔民出身的官场办事员、张士诚那样的走私贩子、李善长那样的下层文化人。但当这场反抗元朝统治的运动发展到一定程度的时候，像宋濂、刘基、叶琛、章溢这样曾经在元朝为官的汉族社会上层人士，也投身到这场运动中来。这时候，这场运动的民族特色就更加鲜明了，最终把"驱逐胡虏，恢复中华"当作了终极口号。

朱元璋虽然建立的是一个汉族政权，但是在这片多民族共存的土地上，他不可能建立一个只有汉族人的国家。事实上，在朱元璋打天下的队伍中，有很多重要成员是回族，当时叫回回人，比如胡大海、常遇春。所以朱元璋打下天下以后，"驱逐胡虏，恢复中华"的口号就不再用了，要改用"华夷一家"了。

再说，朱元璋提出"华夷一家"的口号，其真实目的还不是为了一统全国吗？此时，他虽然北伐推翻了元朝，南征平定了两广，但他并没有完全统一中国，还有一些地方不肯臣服于他。

第十二章

孔雀毒胆

1. 蜀中小国

远在蜀中的夏国皇帝明玉珍本是湖广随州的一个地主。元末战乱，他组织子弟千余人，屯守自保。徐寿辉称帝，派人来招降，明玉珍带着千余人归附了徐寿辉。

至正十七年（公元1357年），明玉珍率几十艘船入四川江上掠夺粮草，正要回师的时候，遇上了一个从四川出来的"义兵"——元帅杨汉。杨汉本来是应元廷招募入川的，可是到了重庆后，他眼大心也大了，觉得如果能占据四川，就可以搞个独立王国，于是他就想找机会杀掉元朝官员，吞并他们的军队。不承想事情不顺，不但没能吞并人家的军队，反倒败走出川。遇到明玉珍以后，杨汉力劝明玉珍入川。明玉珍拿不定主意，部下劝他说："不如派一部分人把粮草送回，剩下的一部分人去攻打重庆。"他决心试一试。没想到还真的像杨汉说的那样，一下子就把重庆拿下来了。徐寿辉知道了，也很高兴，就任命明玉珍为陇蜀行省右丞。

明玉珍在四川发展得很顺利，先是在嘉定州大败元军，不久又攻下成都，四川各地相继归附。就在这时候，发生了陈友谅杀徐寿辉自立的事件，然后陈友谅进兵应天，在龙江被朱元璋设伏击败。明玉珍得知这些情况后，决心跟陈友谅决裂。他命令手下封锁了瞿塘峡，关起门来，自立为陇蜀王。

当初明玉珍攻打重庆路过泸州时，部将向他推荐了一位名叫刘桢的儒生。刘桢考中过元朝进士，当过官，后来弃官家居，是当地的名人。明玉珍得到这么一位谋士，当然高兴，把他留在身边做了军师。明玉珍跟陈友谅决裂以后，刘桢对明玉珍说："西蜀形胜地，大王抚而有之，休养伤残，用贤治兵，可以立不世业。不于此时称大号以系人心，一旦将士思乡土，瓦解星散，大王孰与建国乎？"（《明史·明玉珍传》）此时的明玉珍已经自称陇蜀王了，再称大号，还能是什么呢？只能是称皇帝了。明玉珍听了，高兴得不得了，把刘桢比作诸葛亮，说："吾得一孔明也！"（《平夏录》）

这时候陈友谅正跟朱元璋打得你死我活，谁也顾不上四川这块地方，再加上四川天险、易守难攻的地理特点，明玉珍就得空建起了一个独立王国。至正二十二年（公元1362年），明玉珍在重庆登基当上了皇帝，国号夏，建元天统。妻子彭氏为皇后，儿子明昇为太子。夏国一切都由刘祯安排，他把蜀地分为八道，置府州县官吏，又设国子监，开科举，定赋税，俨然一个制度完备的小朝廷。

明玉珍当了几年皇帝，于至正二十六年（公元1366年）病逝，儿子明昇即位时才十岁。大臣们谁也不服谁，谁军力强，谁就专权，地方不大，事情不少，国力也就一天不如一天了。

就在这时候，朱元璋派大军北伐，攻克大都，推翻了元朝统治。明昇得到消息，专门派人前去祝贺。朱元璋建宫殿要用大木料，明昇不但送上木料，还送上地方土产，很是讨好朱元璋。可是当朱元璋派人让他投降的时候，他又不干了。

有一次，夏国使者到应天见朱元璋。使者对朱元璋说："其国东有瞿塘三峡之险，北有剑阁栈道之阻，古人谓'一夫守之，百人莫过'。而西控成都，沃壤千里，财富利饶，实天府之国。"颇有些"夜郎"范儿。朱元璋听完，笑道："蜀人不以修德保民为本，而恃山川之险，夸其富饶，此岂自天而降耶！"使者走了以后，朱元璋就用这件事教育臣下说："吾平日为事，只要务实，不尚浮伪。此人不能称述其主之善，而但夸其国险，固失奉使之职矣。"（谷应泰《明史纪事本末》卷十一）

朱元璋办事确实要求务实。山川地理的优势是要利用，但是不能光靠山川险要。要想成功，还得靠人，修德保民，才是发展的根本。

朱元璋北伐南征，中原地区尽入版图后，便于洪武四年（公元1371年）派兵伐蜀。明军分为两路，一路由汤和率领水师，沿长江而上，进攻三峡，直指重庆；另一路由傅友德率领步骑，由河南、陕西直向成都。

朱元璋做这样的军事部署，是有其用意的。傅友德出师前，朱元璋对他说："夏国自以为地理险要，主力精锐一定是东边布置在三峡一带，北边布置在金牛一带。此次出师伐夏，你不要硬攻，要出其不意，直捣阶州、文州。兵贵神速，只是怕你们不够勇敢。"傅友德听后，当场表决心，然后率师出征，按照朱元璋的部署，先攻阶、文二州。阶、文二州的守备果然单弱，没费多大力气就攻取了下来。随后，大军直抵汉江江畔。这时候汤和的大军还在三峡跟夏国守军激战。

五月间，江水暴涨，傅友德命人打造战船，准备渡过汉江。他也想通知汤和，可是江水险阻，山川悬隔，怎么才能把消息告诉给汤和呢？这时候有人出主意说，不如做些木牌，上面写好要说的话，丢到江水里面。木牌顺流而下，汤和将军就能见到了。于是他一面让人向朱元璋告捷，一面让人制作了上千个木牌，写上已经攻克阶州、文州的消息，放到江水里。结果，不但汤和得到了傅友德的消息，一些木牌也被夏国守军得到，"蜀守者见之，为之解体"（谷应泰《明史纪事本末》卷十一），真可谓一举两得。傅友德的进军比较顺利，造船攻克汉州后，大军进抵成都。

朱元璋得到傅友德捷报，恐怕汤和进军太缓，失去战机，下令快速出战。正好此时汤和得到了傅友德放到江中的木牌，士气大振。于是明军将一批小船悄悄从岸上抬到上游，然后分兵从瞿塘关水陆并进，一支军队攻打陆寨，一支水师逆江而上，两面夹击，攻破三峡，进抵重庆。

当时的明异不过是个十来岁的孩子，早已吓得不知所措。有人劝他逃奔成都，他母亲彭氏说："算了吧，逃到成都也不过多活几天而已，干脆投降吧。"于是小皇帝"面缚衔璧，与母彭氏及右丞刘仁等诣军门降"（《平夏录》）。夏国就这样灭亡了。

朱元璋起初封明异为归义侯，还在南京城里给他安排了住所。到了第二年，还是把他打发到朝鲜去了。

刘基得知平夏消息，诗兴大发，当即写了一首《平夏颂》："遥闻捷音，欢喜踊跃，不能自已。"最后说："六军奏凯，声动玄黄，鬓童白叟，蹈舞康庄。四海会同，丰年穰穰，庆云甘露，自天降祥。臣拜稽首，受天之佑，受天之佑，天子万寿。"（《平夏录》）

2. 滇中悲剧

元朝以前，云南的大理国是段氏的天下。元世祖忽必烈率军过大渡河，沿河谷两千里而抵金沙江，然后率全军乘羊皮筏渡过金沙江，灭大理国，派自己的儿子忽哥镇守云南。忽哥死后，儿子松山被封为梁王，仍然镇守云南。到元朝末年，把匝剌瓦尔密承袭为梁王，期间和四川夏国明玉珍发生战事，被明玉珍抢去了一些大象，后来夏国还用这些大象对付过明军。

朱元璋灭夏以后，开始关注云南的事情，于是派了使臣前往，劝梁王归附。

奉命前往云南的使臣名叫王祎，他是明初鼎鼎有名的人物，跟当时的著名儒臣宋濂齐名。朱元璋曾评价他说："江南有二儒，卿与宋濂耳。学问之博，卿不如濂；才思之雄，濂不如卿。"（《明史·王祎传》）

王祎来到云南，见到梁王，送上朱元璋的诏谕。梁王却将他随便安排到宾馆住下，之后就不再理睬了。王祎等了几天，见没有消息，知道梁王犹豫未决，便向梁王君臣们讲了一番道理。

"予将命远来，非为身谋。朝廷以云南百万生聚，不欲歼于锋刃。曾不闻元纲解纽，陈友谅据荆湖，张士诚据吴会，陈友定据闽关，明玉珍据巴蜀，天兵下征，不四五年，悉膏斧钺。帷尔元君北走以死，扩廓帖木儿之属或降或窜，曾无用武之地。当是时，先服者赏，后至者诛。乃今自料，勇悍强犷，孰与陈、张？土地甲兵，孰与中国？天之所废，谁能与之！不然，皇上遣一将军，将龙骧百万，会战昆明池，尔犹鱼游釜中，不亡何待！"此话一出，"梁君臣相顾骇服，颇有降意，改馆祎，厚待之"（谷应泰《明史纪事本末》卷十二）。

就在这个时候，北元朝廷也派了一个名叫脱脱的使臣来到云南，一方面是想要点粮草，另一方面也想和大理联手抗明。脱脱一到云南，就知道了明朝派来使臣的事情。他看出梁王有归降明朝的意思，于是想把王祎杀掉，以断绝梁王归降明朝的后路。

梁王派人把王祎藏到民间，不让脱脱找到。脱脱知道后很气愤地对梁王说："国家被人家颠覆了，我们身为臣子，不能去救，就已经很不对了，如今反而要帮助敌人吗？"梁王自知有愧元廷，便把王祎交了出来。

王祎知道劝降梁王事已不济，但是作为使臣，他不能有辱使命，所以脱脱让他下跪，他义正词严地说："天命让你们元朝灭亡，我大明朝取而代之。你们这些爝火余烬，难道还想与日月争辉吗？我身为使臣，怎么能受你的侮辱！"看到脱脱要杀王祎，有人上前劝说："王公素负重名，不可害。"脱脱却愤然挥臂道："今天就是孔圣人，也不管用！"王祎铁骨铮铮，对梁王说："你朝杀我，我大兵夕将至！"就这样，王祎被杀害了。

这实在是一场悲剧，但也只是发生在滇池悲剧故事中的一个片段而已。

明朝大军未临云南之时，蜀夏明玉珍攻云南，为大理段功所败，梁王为此将女儿许配给了段功。段功因此留在了云南梁王那里，没有再回大理。段功在大理的妻子对他十分惦念，在给段功的书信中写了一首诗，以诗寄情。

段功见到妻子的书信，顿生思乡之情，想回大理去。这件事被梁王得知，梁王大怒，让人杀害了段功。梁王的女儿一直深深爱着段功，见丈夫遇害，悲痛欲绝，留下一首愁愤诗，投水自尽。

段功身边的亲信，十分忠于段功，见主公被杀，也留下一首绝命诗，然后服毒自尽了。那首绝命诗写得十分感人："半纸功名百战身，不堪今日总红尘。死生自古皆由命，祸福于今岂怨人？蝴蝶梦残滇海月，杜鹃啼破点苍春。哀怜永诀云南土，锦酒休教洒泪频。"（杨慎《滇载记》）

段功的亲信自尽时服的毒药就是著名的孔雀胆。孔雀胆有剧毒，是云南一带人人皆知的毒药，没有解药，服之必死。段功被杀和他的亲信服孔雀胆而死的消息传到大理，段功的儿子段宝和段功亲信的女儿愤恨不已，立誓复仇。段功亲信的女儿还亲手绣了战旗给段宝，鼓励他与梁王决战。恰好这时朱元璋统一了中原，建立了明朝，并派人向段宝招降，段宝便以大理归附了明朝。

几年后，朱元璋派王祎出使云南被杀。王祎虽然被杀，朱元璋还是看到了云南归附的可能。洪武七年、八年，朱元璋两次派人前往云南，可惜都没有结果。再三招降不成，朱元璋才下定决心派大军征讨。洪武十四年（公元1381年）深秋九月，朱元璋命将誓师，出征云南。

征南将军傅友德，副将军蓝玉和沐英，都是朱元璋部下能征善战的名将。他们率领大军，兵分两路，一路从四川入云南；另一路则由傅友德亲自率领，从贵州入云南，先后攻占普安、曲靖，直逼昆明。

梁王军队的主力尽在曲靖，曲靖战败后，其军便无力再与明军对抗，梁王只好弃城逃入罗佐山。前方败将陆续归来，梁王知道形势急迫，已无退路，于是带着妻子、部下来到晋宁州忽纳寨。梁王烧掉龙衣，把家人赶入滇池溺死，最后与王妃一起服下事先准备好的孔雀胆自尽。与此同时，傅友德等人率领的大军占领了云南。这已经是洪武十五午（公元1382年）的事了。

3. 奢香传奇

统一云南以后，除去北元的残余势力在北方和西北还有些活动，其他地方已尽入大明帝国的版图。

云南地处西南边陲，山高地险，民族众多，元朝在这一带采用的是设置土司的管理办法。土司的官职虽然由朝廷任命，但基本上还是各民族甚至部族首领对本族群的自治，而且土司是世袭的。这些地方上的土司各自为政，互相之间或结盟，或敌对，对于朝廷也是叛服无常。明朝虽然统一了云南，派兵镇守，可是要想解决当地的叛乱，维持朝廷在这里的统治，也不是一件容易的事情。那该怎么办呢？

一个办法是沿用元朝的土司制度，由朝廷任命各族首领担任地方的土官，比如宣慰使、宣抚使，还有土知府，等等。土官跟朝廷正式的命官不同，虽然也有品级，也是朝廷官员，但是它不归吏部管理，而是归兵部管理。因此它在制度上有些像武官，是世袭的。一般来说，武官大部分是世官，文官大部分是流官。流官不世袭，而是要通过科举考试或者其他途径进入官场，由国家调动安排工作岗位；级别从最低一级的从九品开始，一直到最高一级的正一品，一共九品十八级，不够从九品的叫"不入流"。土司不仅与流官不同，与武官也不同。因为武官也是可以调动的，土司却是不动的，在一个地方世代相传。

这就是少数民族的一种自治形式。虽然明朝在少数民族地区大都设有土司，但是最集中的还是西南地区。这种土司制度是对少数民族地区因地制宜的一种管理模式，目的是更好地对少数民族地区进行管理。

明清两朝对少数民族地区的管理主要采取两个办法：一个办法是安抚土司，让他们管理好当地各族，和平共处，安定团结；

还有一个办法，就是废掉这些土司，改为国家设置的府州县，改设流官——"改土归流"。

朱元璋派兵攻占云南以后，设立了云南布政使司，就是云南省。但是朱元璋说过这么一句话："然霭翠辈不尽服，虽有云南，不能守也。"（谷应泰《明史纪事本末》卷十九）霭翠是贵州的土司；霭翠辈，就是贵州的那些土司。如果贵州的土司不肯臣服于朝廷，那么云南也不可能真正被朝廷所控制。这是为什么呢？这与云、贵两地当时的地理形势和行政设置有关。

朱元璋统一全国的时候，云南是由元朝的梁王控制的，是元朝的一部分，所以朱元璋必须要攻下云南，并且在那里设置行政机构管理。贵州的情况不一样。贵州没有像云南那样由元朝的藩王管理，而是完全由当地的土司管理。当地的宣慰使名叫霭翠，宣慰同知名叫宋钦。朱元璋建立明朝以后，贵州的土司就向明朝投降了。朱元璋于是授予他们官职，还让他们管理当地的事务。等到朱元璋派军队攻入云南的时候，贵州宣慰使霭翠和宣慰同知宋钦恰巧去世了。按照当地的习俗，由霭翠的妻子奢香和宣慰同知宋钦的妻子刘淑贞代替丈夫做了当地的土司。

镇守贵州的都督马烨是个"改土归流"派，一心想废掉当地土司，改设流官，也就是建立贵州省的行政管理机构。正巧此时只剩下奢香和刘淑贞两个女流之辈，马烨便想趁机解决当地"改土归流"的问题。

马烨所谓的解决问题，就是寻找事端，最好的办法就是让当地少数民族造反，他名正言顺地出兵镇压，然后废掉土司，改设流官。可问题是人家没有造反的想法。那怎么办呢？那就要制造出一些事端来。于是马烨无事生非，把奢香夫人抓了来，剥光她的衣服鞭打凌辱。这果然激起了当地少数民族的愤怒，一时间人情汹汹，叛乱随时都有可能发生。

宋钦的妻子刘淑贞是一位很有心计的女性，她知道马烨这样做的用意所在，于是和奢香一起安抚部属，让大家不要轻举妄动，自己则带了几个人火速赶往南京去见朱元璋。

刘淑贞不仅见到了朱元璋，还得到了马皇后的接见，于是她把马烨的所作所为一五一十地向朱元璋和马皇后做了汇报。朱元璋震惊了，他没有想到少数民族的女性有如此的眼光和胆略，他因此改变了原来要在贵州实行"改土归流"的打算。

朱元璋让人把奢香也接到了宫中。马皇后一见奢香这个年轻漂亮的女土司，就十分喜欢。朱元璋私下里对马皇后说："烨忠洁无他。吾欲固西南诸夷之心，宁失烨。"（查继佐《罪惟录·马烨传》）朱元璋明白，马烨是忠于他而且是执行他的意图的，可是要想让贵州地区稳定，取得当地少数民族的人心，他宁肯牺牲一个马烨。

朱元璋又对奢香说："马都督欺辱你，我可以为你报仇，杀掉马都督，可是你又能为我做些什么呢？"

"我可以保证贵州世代忠于朝廷，永不为乱。"奢香当即表态。

朱元璋听了以后却说："这是你当土司守土的本分呀。除了本分之外，你还能为朝廷多做些什么呢？"

奢香说："我还可以为朝廷修一条驿道，通往四川，让朝廷对这里的统治更为便利，也可以证明我们忠于朝廷的心志。"

朱元璋便说:"好,我们一言为定。"

于是,朱元璋下令杀掉马烨。奢香回去后也兑现诺言,修成了驿道。

贵州稳定了,云南也稳定了;云贵稳定了,西南地区就稳定了,朱元璋算是又去了一块心病。不过这件事也造成了明朝在西南地区统治的一个难题:朱元璋时代始终未能建立贵州省,贵州建省是朱元璋的儿子朱棣设立的。永乐十一年(公元1413年),明朝正式建立贵州布政使司。

第十三章
铁券丹书

1. 城中高髻

朱元璋当上了大明朝的开国皇帝，那些追随他打天下的人就成了大明朝的开国功臣。当初大伙跟着朱元璋拼了性命打天下，如今得到天下了，当然要一起坐天下。其实多年以来，随着朱元璋势力的不断扩大，跟随他的那些兄弟们也都在一步步升迁，有了一定的地位；如今得到了天下，这些人的地位和名分就要再升一格了。

别看朱元璋是农民出身，他对这些是很清楚的，只是他没有在建立新朝的同时封赏功臣，而是拖了几年，直到洪武三年（公元1370年），才把除太子之外的其他儿子们封为藩王，并且对开国的功臣给予了封赏。

中国传统爵位一共有五个等级——公、侯、伯、子、男。这五个等级依次排列，公的级别最高，男的等级最低。

朱元璋对开国功臣的封赏，主要依照他们功劳的大小，分别授予其公、侯、伯三个级别的爵位。为什么主要封了三个级别呢？因为明朝初年有过子爵和男爵的封赏，不过都是追封开国死难的功臣，后来就不再有了。另外也有死后被追封为王的，比如徐达死后被追封为中山王，常遇春死后被追封为开平王，李文忠死后被追封为岐阳王。

其时有一位很有名的文人名叫贝琼，他曾经写了这样一首诗："两河兵合尽红巾，岂有桃源可避秦？马上短衣多楚客，城中高髻半淮人。"（《清江贝先生诗集》卷五）

意思是说，江淮一带到处都是红巾军，地方上的士绅们想找个像晋朝人陶渊明描写的那种世外桃源是找不到的。骑在马上的将士大都是楚地人，城里面那些留着高高发髻的新贵，一大半是淮西人。

这还是朱元璋刚刚起家，占领了集庆，改称应天时的情况。等到朱元璋打下天下，这些马上楚客、城中高髻大多成了开国功臣。

洪武三年（公元1370年），朱元璋大封功臣，共封授了六个公、二十八个侯、两个伯。

这六个封公的功臣分别是李善长，韩国公；徐达，魏国公；常遇春因为这时已经病逝，所以封了他的儿子为郑国公；李文忠，曹国公；冯胜，宋国公；邓愈，卫国公。他们无一例外，全都是淮西人。

二十八个封侯的功臣是中山侯汤和、颍川侯傅友德、德庆侯廖永忠、营阳侯杨璟、预章侯胡均美、江阴侯吴良、长兴侯耿炳文、淮安侯华云龙、东平侯韩政、广德侯华高、济宁侯顾时、靖海侯吴祯、南雄侯赵庸、巩昌侯郭兴、临江侯陈德、六安侯王宗原、汝南侯梅思祖、延安侯唐胜宗、吉安侯陆仲亨、平凉侯费聚、河南侯陆聚、荥阳侯郑遇春、宜春侯黄彬、永嘉侯朱亮祖、江夏侯周德兴、南安侯俞通源、蕲春侯康铎、宣宁侯曹良臣。在这二十八个侯中，有二十多个淮西人，而且濠州人最多。

两个伯是忠勤伯汪广洋、诚意伯刘基。

功臣当中，刘基和汪广洋不是淮西人。汪广洋是高邮人，刘基是浙东青田人。

朱元璋宣布功臣的封赏后，诸臣入谢，他还专门解释说："如左丞相李善长，虽无汗马之劳，然事朕最久，供给军食，未尝乏阙。右丞相徐达与朕同乡里，朕起兵时即从征讨四方，摧强抚顺，劳勚居多。此二人者，已列公爵，宜进封大国，以示褒嘉。余悉据功定封……今日所定，如爵不称德，赏不酬劳，卿等宜廷论之，无有后言。"（《洪武圣政记》）

据说当时朱元璋还想封朱升为伯，朱升不愿意接受。这位朱先生实在是位高人，他深知"狡兔死，走狗烹；飞鸟尽，良弓藏"的道理，所以不愿意接受封爵。更聪明的是，他自己不受封，却向朱元璋提出了一个要求，让朱元璋赐给他家里一道免死诏，为的是万一将来子孙有罪可以免去一死。朱元璋觉得这个要求也不过分，就答应了。应该说，朱升是有大智慧、有远见的人。然而，最是无情帝王家，后来朱升的儿子朱同官至礼部侍郎，被牵连到案件当中，史书中说他"坐死"。看来朱升深谋远虑讨来的那份免死诏最终也没有起到作用。

2. 岁禄世券

明朝制度规定，这些被封为公、侯、伯的功臣，不仅有名誉、有地位，而且有实惠。

首先是经济待遇。那时候官员们都是年薪制，一般官员的收入叫年俸，功臣的年薪叫岁禄。这些功臣的年薪是多少呢？不同级别的待遇也不相同。那时候的年薪都是按粮食计算的，即每年每人多少石粮食。

明朝岁禄最高的是亲王。明朝制度规定："皇子封亲王，授金册金宝，岁禄万石，府置官属。"（《明史·诸王传序》）朱元璋分封的亲王，岁禄高的可达五万石。

功臣的岁禄就少多了，其中最高的是徐达，五千石，是岁禄最高的亲王的十分之一。正常情况下侯的岁禄应该是一千五百石，但是有些侯在封爵时有这样那样的问题，就减去了岁禄，有的只有几百石了。功臣中岁禄最少的是刘基，分封之初只有二百四十石。汪广洋比他还要多一点，是三百六十石。不过后来刘基的后人沾了他的光，不断加薪，最终岁禄达到了七百石。

其次是政治待遇。在史书中经常可以看到某某人因功封公封侯，岁禄多少石，"予世券"的记载。"予世券"就是发给"世券"。什么是"世券"呢？"世券"是皇帝发给功臣们的一个证明，一般用铁铸造而成，上面刻着钦赐的爵位，并且写明世代承袭。

功臣铁券一共分为七种样式，从大到小，长宽都递减五分。比如公爵铁券有两种：大的长一尺、宽一尺六寸五分；小一些的长九寸五分、宽一尺六寸。侯爵铁券分三等，大的长九寸，宽一尺五寸，以下递减五分。伯分二等，最小的长六寸五分，宽一尺二寸五分。铁券越大，级别越高。

这些铁券是功臣们家里的宝贝，凭着这个东西，他们就可以世世代代享受特权，因此明朝也就有了一个相应的处罚项目——夺世券。如果家里有世券的勋臣或者后人犯了错误，皇帝可以把已经发给他们的世券要回来。

这些功臣们在各地有国家赐拨的庄田，有成群的奴仆。明朝规定罪犯家属被发配为奴仆，只能给功臣家。这些功臣里的子弟中品行不端的，往往倚仗权势，侵吞土地，欺男霸女，成为戏剧中典型的恶霸原型。

比如永嘉侯朱亮祖，他常驻广东番禺，是当地一霸。他成天跟当地富商混在一起，成为他们的后台靠山。当地有个知县名叫道同，是个清正廉明、不畏权势的好官，当地豪强富商有不法行为，他就抓来治理。这些豪强富商就去找他们的后台朱亮祖，于是朱亮祖就请道同吃饭，让他看在自己的面子上，把抓的人放了。谁知道同不买账，他严肃地对朱亮祖说："公大臣，奈何受小人役使！"意思是说，您身为国家大臣，怎么收了贿赂就给那些行贿的人干事，受人家驱使？这下可戳到了朱亮祖的要害，把他给激怒了。朱亮祖竟然不顾国家法纪，派人硬把这些坏人从县大狱中抢了出去。

当地有个恶霸，为了讨好朱亮祖，把自己的女儿送给他当小妾，这样一来就可以仗着朱亮祖的势力横行霸道了。耿直的道同可不管你的女儿是谁的小老婆，如果违法，照抓不误。

道同一个小小的知县，当然没有力量对付朱亮祖这样军权在握的功臣，他因此写了奏疏，请皇帝处理。朱亮祖得知消息后，来了个恶人先告状，也写了奏疏，说道同一个小小知县，竟然污蔑功臣，实在是大不敬。

结果朱亮祖的奏疏先到，朱元璋看过后大怒：一个读书人当个小官，竟敢对我的开国功臣不敬，这还得了？于是派人前往番禺，要将道同处死。可是他把人派出去不久，就收到了道同的奏疏。一看这份奏疏，他就明白了真相：显然是朱亮祖与地方黑恶势力勾结违法，道同不畏权势，依法治理，是一位难得的好官。朱元璋赶快派人去追先前的诏书，可还是晚了一步，道同已经被杀了。这件事把朱元璋激怒了，但他当时隐忍不发，而是到了第二年，找了个机会，把朱亮祖父子抓了起来，用鞭子将其活活打死。

道同死后，当地百姓非常怀念他，有的人把他的名字刻成木主，放在家里，有事情的时候就向他求卜，必有灵验，于是人们都把道同传为神仙了。

3. 烧饼问答

有一天早晨，朱元璋起床沐浴更衣后，开始吃早餐。这天的早餐中有个烧饼。朱元璋拿起烧饼刚吃了一口，内侍便进来报告说诚意伯刘基前来求见。朱元璋便让人拿了个碗扣在烧饼上面。

刘基走了进来。朱元璋想：这个刘基，号称上知天文下晓地理，是个无所不知的人，我今天就考考他，看看他到底有没有这么神奇。于是朱元璋就问刘基："先生既然能知过去未来之事，那你知不知道这个碗下面是什么东西呀？"

刘基看了看那只扣着的碗，说："半似日兮半如月，定是金龙咬一缺。"

这说的不就是那个被朱元璋咬了一口的烧饼吗？朱元璋一听，真是神奇，他居然知道碗里面放的是烧饼，而且还说是被金龙咬过。见刘基这么神奇，朱元璋就问起他最关心的事情了："这天下后事会是什么样子？我们朱家能不能长享天下？"

刘基说："皇上您万世子孙，这还要问吗？"

朱元璋说："自古木有枯荣，天下也不永远是一姓天下呀。"

刘基说："如果泄露天机，罪过不轻。"

朱元璋说："我赐你无罪，但说无妨。"

刘基拜谢，然后用歌谣把大明朝三百年历史预见得清清楚楚。从朱元璋死后朱棣起兵北方，"虽然太子是嫡裔，文星高照妨乃孙"，说到朱棣亲征漠北，"北方胡虏害生民，御驾亲征定太平"；又说到明英宗"土木之变"，被蒙古瓦剌部俘虏，后因于谦等忠臣率领军民保卫北京，瓦剌又被迫把英宗送回，"相送金龙复故旧，云开边日照边疆"；最后说到明朝末年宦官魏忠贤专权，"任用阉人保社稷，八千女鬼乱朝纲"——"八千女鬼"合起来就是一个"魏"字，指的就是魏忠贤专权乱政。

刘基虽然是一位了不起的谋臣，但是他绝不可能预知未来，这个故事显然是后人编造的。

尽管如此，朱元璋对刘基是充分信任的，《明史·刘基传》中说："帝察其至诚，任以心膂。每召基，辄屏人密语移时。""帝每恭己以听，常呼为老先生而不名，曰：'吾子房也。'又曰：'数以孔子之言导予。'"

洪武元年（公元1368年），朱元璋登基之初，刘基被任命为御史中丞。那时候明朝的官制还没有确立，仍沿用元朝的官制。御史中丞是御史台的官员，正二品，地位仅次于御史大夫，是一个重要的职务。所以朱元璋到汴梁去指挥徐达、常遇春北伐元大都的时候，就让刘基和李善长一起在应天的朝廷"居守"，主持中央工作。

刘基是管御史的，他让御史们"纠劾无所避"，凡有过失者，全部上报太子处理。这样一来，不少官员都对刘基不满。当时中书省有个官员名叫李彬，犯了贪污罪。李彬跟李善长的关系很好，李善长就向刘基求情。谁知刘基一点面子也不给，派人赶到汴梁，报告朱元璋，并把李彬给杀了。等到朱元璋回来，官员们异口同声地告刘基的状，朱元璋也开始对刘基有所猜疑。

正好这时候天旱无雨，刘基便对朱元璋说："天旱是因为三件事，一是阵亡将士的妻子数万人，都在寡妇营居住，阴气太盛；二是建国都的工程役死的民夫太多，尸骨不收；三是从张士诚部投降来的头目们不应该充军。"朱元璋听了，立刻下令让寡妇再嫁，不愿再嫁的可以回乡；释放工役；投降的头目免去充军。

之所以发生这三件事，其实都是朱元璋一手造成的，刘基知道要让朱元璋改变做法不容易，于是他就打着求雨的旗号，让朱元璋做了这三件事。朱元璋为了求雨，没有办法，只好照办。可是三件事都办了，还是没有下雨。这下朱元璋可找到理由了，他大怒，"刘基还乡为民，御史、按察司官俱令自驾船只发汴梁安置，被问官吏赦罪还职"（刘辰《国初事迹》）。

刘基回到家乡，隐居到山中，成天饮酒下棋，从来不谈自己的功劳。地方官员想求见，他总是回避不见。青田知县求见，刘基婉言相拒，不接待，知县只好改装成老百姓来见刘基。刘基正在洗脚，就让侄子把他引了进来，并且准备留他吃饭。这时候知县才说："我就是青田知县。"刘基听了赶紧起身称民，拜谢而去，再也不肯出来见这位县太爷了。

刘基为什么这么小心呢？以他的才智，自然知道朱元璋对自己的信任不复存在，也深知朱元璋身边有很多说他坏话的人，所谓"三人成虎""积毁销骨"，所以要处处小心。然而防不胜防，没过多久，又出事了。

刘基家乡有一个地方叫谈洋，因为介于浙、闽两省之间，是个三不管的地方，一些贩私盐的人经常聚集在这里，当年方国珍就是从这里起事的。明朝建立后，在当地设置了巡检司。有地方逃兵作乱，官吏隐瞒不报，刘基就让他儿子上奏了这件事。刘基上奏这件事没有通过中书省，直接告到了朱元璋那里。当时主持中书省工作的是左丞胡惟庸，他见刘基越级报告，加上以前的矛盾，于是指使手下向朱元璋报告说，谈洋这个地方有王气，刘基是想在那里给自己修墓，当地老百姓不愿意，刘基就在那里建巡检司，驱赶百姓。朱元璋听了，半信半疑，于是下令停发刘基的俸禄。刘基只好来到京城向朱元璋检讨，并且住了下来，好让朱元璋放心。

不久，胡惟庸当上了丞相。刘基知道后心里郁闷，一病不起，眼看要不行了，朱元璋才让人护送他回浙东老家。回家才一个月，刘基就病故了。

刘基原本好好的，怎么说不行就不行了呢？这件事引起很多人的怀疑。后来人们注意到了一个细节：刘基得病的时候，胡惟庸派人来看望过他。

第十四章
淮西书吏

1. 权倾中外

胡惟庸是定远人，早在朱元璋攻取和州时，他就投奔了朱元璋，在元帅府里面当奏差。后来朱元璋攻取集庆，建应天府，事业做大了，旧人也得到升迁，胡惟庸也当上了知县。后又从知县升到府里，再从府里升到省里，顺风顺水，步步高升。朱元璋登基前夕，胡惟庸已经是太常寺卿了。

太常寺虽然只是管理祭祀的机构，但也是朝廷中央一级的官署，比起一般的地方官员来说，向上发展的机会还是多一些。再加上胡惟庸是淮西人，跟丞相李善长是老乡，他又有心计，把自己的亲侄女嫁给了李善长的侄子，因此到洪武三年（公元1370年）朱元璋分封功臣的时候，胡惟庸就当上了中书省参知政事，也就是中书省丞相的副手。不久，在他升任中书省左丞的时候，发生了他指使人诬告刘基选谈洋为墓地的事情。

洪武六年（公元1373年），右丞相汪广洋被降职去了广东，中书省没有了主持工作的人，胡惟庸就以中书省右丞的身份主持起中书省的工作。几个月以后，胡惟庸被正式任命为中书省右丞相，后来又升为左丞相。刘基知道以后，竟然郁闷得病倒了。

其实朱元璋早就看上胡惟庸了。朱元璋在用人方面称得上是目光如炬，知人善任，也非常善于平衡各种势力之间的关系。就拿丞相这个最重要的岗位来说吧，除任用李善长、徐达这些功臣外，他还先后选择试用了好几个人。

有一次李善长犯了错误，朱元璋想另立丞相，他为了这件事去问刘基。

刘基说："善长勋旧，能调和诸将。"

朱元璋说："他整天想害你，你还替他说好话？我想让你取代他当丞相。"

刘基说："是如易柱，须得大木。若束小木为之，且立覆。"刘基说李善长好比一根大木，能够承担大事，找不成材的人来干大事，国家就危险了。

后来朱元璋还是罢了李善长的官，他想让杨宪当丞相，又去咨询刘基。刘基跟杨宪私人关系甚好，可是在朱元璋征求意见的时候，刘基说："宪有相才无相器。"选择丞相，管理全国政务，不能光有才能，还要有当丞相的素质才行。

朱元璋又问汪广洋合不合适。刘基说："此褊浅殆甚于宪。"还不如杨宪。

再问胡惟庸怎么样，刘基说："譬之驾，惧其偾辕也。"好比让他拉车，不知道会给你拉到什么地方去。

朱元璋说："这么说，丞相这个位置，没有比先生更合适的了？"

刘基说："臣疾恶太甚，又不耐繁剧，为之且孤上恩。"——我有自知之明，疾恶如仇，锋芒太甚，又不耐琐细之事，也不合适。

刘基的分析很客观、很公正，可是国家不能没有丞相，朱元璋还是先后选择杨宪、汪广洋和胡惟庸做了丞相。

杨宪这个人果然如刘基所说，心胸和素质都不够。汪广洋则像个受气包，一切都听杨宪的。汪广洋为人平和，又有那么点好酒贪杯，做点具体工作还行，掌管天下政务，实在力所不及。后来他跟胡惟庸共事，又一切都听胡惟庸的，史书中说他"浮沉守位而已"（《明史·汪广洋传》）。

胡惟庸是吏员出身，不仅干练，而且熟悉官场规则，性格霸道，"独相数岁，生杀黜陟，或不奏径行。内外诸司上封事，必先取阅，害己者，辄匿不以闻。四方躁进之徒及功臣武夫失职者，争走其门，馈遗金帛、名马、玩好，不可胜数"（《明史·胡惟庸传》）。

大将军徐达很看不上胡惟庸。徐达这个人为人正直谦和，不喜欢那些争权结党的人。他平时只是带兵打仗，虽然身为魏国公、右丞相，却不大过问朝廷政事。只是实在对胡看不下去了，才找了个合适的机会，很自然地劝朱元璋几句，提醒朱元璋不要任用胡惟庸这样的人。胡惟庸知道徐达对自己不满，他居然收买徐达府中看门的仆人，想陷害徐达。结果被看门的仆人告发，没有得逞。

当时以李善长为首、胡惟庸为骨干，网罗了一批官员，形成了一股势力。徐达和刘基是不肯附从的官员，在当时是少数派。

刘基在京城病倒以后，朱元璋还是念旧情的，表现了一些关怀，让人去看望他，请医生为其诊治。《明史·胡惟庸传》中说："帝遣惟庸挟医视，遂以毒中之。"

按照这条记述，刘基是被胡惟庸毒死的，而且是朱元璋派胡惟庸去干的。这条记述也见于《明太祖实录》卷一二九："诚意伯刘基亦尝为上言惟庸奸恣不可用。惟庸知之，由是怨恨基。及基病诏惟庸视之，惟庸挟医往，以毒中之，基竟死。时八年正月也。上以基病久，不疑。"

实录中说朱元璋不知道此事。

后来朱元璋硬是把这件事坐实了，定在了胡惟庸的头上。

2. 云奇告变

跟随朱元璋打天下的那些武臣，大都文化水平不高，但是身经百战。他们认为自己跟着皇帝打下了天下，难免有些特权意识，有时候也有些违法行为。但是只要他们不太过分，朱元璋还是能够容忍的，一般骂一顿惩罚一下就算了。吉安侯陆仲亨十七岁那年，父兄全都死了，兵荒马乱之中，他带着一升麦子藏在草丛中。朱元璋看到了，朝他喊了一声"来"，他便从此跟着朱元璋，后来成为开国功臣，被封为吉安侯。从陕西回京的路上，陆仲亨擅自使用了驿站马匹，朱元璋把他训斥了一顿，罚他回西北捕盗。平凉侯费聚奉命安抚苏州军民，结果一天到晚深溺于酒色。朱元璋大怒，罚他去西北招降蒙古军队，结果又无功而回，被朱元璋狠狠训斥了一番。

胡惟庸知道朱元璋责骂处罚了陆仲亨等人后，觉得这是个收买人心的机会，就跟他们套近乎。这些武臣，打起仗来勇敢，为人处世却大大咧咧，没有多少心眼，见胡惟庸有权有势，当然愿意跟他往来，一来二去，就成为一伙了。

后来胡惟庸的势力越来越大，有一个名叫吴伯宗的官员看不下去，上书弹劾胡惟庸，结果不仅没有弹劾下来，反倒差点儿招来杀身之祸。这样一来，朝廷官员们个个心存畏惧，再没有人敢跟胡惟庸对着干了。等到满朝文武都听从胡惟庸的时候，朱元璋才发觉大权旁落了。

洪武十二年（公元1379年），汪广洋因罪被遣，途中被赐死。汪广洋自尽后，他身边一个姓陈的妾室也自尽了。朱元璋一问才知道，这个姓陈的妾室是一位知县的女儿，因为陈知县有罪，家属没官为奴后给了汪广洋。朱元璋问："按规定没官的妇女只能给功臣家，汪广洋是文臣，怎么也给了?"汪广洋虽然是文臣，也是封了伯爵的，算得上是功臣，朱元璋显然是在找寻借口，矛头就是冲着胡惟庸的。

御史中丞涂节看出朱元璋的心思，于是告发胡惟庸谋反，一场惊天大案因此揭开序幕。史书中说："御史中丞涂节告左丞相

胡惟庸与御史大夫陈宁等谋反及前毒杀诚意伯刘基事，命廷臣审录。"（《明太祖实录》卷一二九）

关于这件事的起因有这样一个传说：胡惟庸图谋造反，让人告诉朱元璋，自己家里有醴泉涌出，请朱元璋到家里来看。就在朱元璋前往胡惟庸家的路上，一个名叫云奇的宦官跑来，拦住朱元璋。他跑得太急，气喘吁吁得说不出话来。旁边的士卫不知道是怎么回事，以为有刺客，于是刀枪齐下，将云奇打伤。可是云奇站立不倒，指着胡惟庸家的方向。朱元璋感到有些不对头——云奇一定是有什么情况要告诉他！于是他连忙登上城墙。这一登上城墙不要紧，发现胡惟庸家里藏着许多士兵。原来胡惟庸是想等朱元璋进到他家以后下手，这是想要造反呀！朱元璋赶紧命羽林军围捕，把胡惟庸抓了起来。

要不是云奇告变，朱元璋不就被胡惟庸杀了吗？可是这么大的事情，正史中居然没有记载。为什么呢？因为修史的人知道，这完全是编出来的故事。不仅没有这回事，连云奇这个人也是编造出来的。

胡惟庸被抓起来审讯，牵扯出一些人来，第一个就是御史大夫陈宁。陈宁也是小吏出身，跟胡惟庸一样，早年跟随朱元璋，起初只是代军帅们上书言事的小人物，后做到了御史大夫。史书中说"宁有才气，而性特严刻"（《明史·陈宁传》）。陈宁有个外号叫"陈烙铁"，因为向老百姓征税，老百姓交不上，他就用烙铁上刑。可见他是个酷吏。他的儿子多次劝他为人宽和一点，结果被他活生生打死了。朱元璋听说后感慨："宁于其子如此，奚有于君父耶！"——陈宁对待亲生儿子尚且如此凶残，哪里会对君父恭敬呢!

另一个被牵扯进来的是那个告发胡惟庸的御史中丞涂节。据说涂节本来跟胡惟庸是一伙的,见事不成,才告发的。他们究竟是怎么成了一伙的,又干了些什么事,史书中没有记述,所以当时就有人认为,这是因为胡惟庸恨涂节告发,把他咬成同党,临死找了个垫背的。

现在已经无法还原那段历史的真相了,但是几乎所有的历史学者都认为,胡惟庸案的发生,其根本原因绝不是胡惟庸要造反,而是他控制了中书省,在朝廷内结党,使朱元璋感到了大权旁落的威胁。而胡惟庸这些人手握大权,为所欲为,已经在一定程度上引起了一些官员的不满,朱元璋把他们除掉,既可平民愤,又可以解决皇权与相权之间的矛盾。

在中国历史上,有了皇帝,就有了宰相。从秦始皇那时起,皇帝和宰相就是一对矛盾共同体。皇帝权力大了,宰相就无所作为;宰相权力大了,就可以架空皇帝,指鹿为马。朱元璋这时候就想了,为什么不能废掉这个传了一千多年的丞相制度呢?于是,在杀胡惟庸的同时,朱元璋于洪武十三年(公元1380年),宣布废除丞相,而且告诫后人,永远不许立相!废除丞相后,朱元璋把原归丞相主管的中书省的政务分解到六部,由他直接管理六部。

朱元璋的这个做法,解决了一千多年来皇帝与丞相之间的矛盾。但是没有了丞相,就没有了中书省。中书省是统管全国政务的机构,没有中书省,皇帝就要直接管理六部,也就必然要陷入事务工作之中。朱元璋虽然也对直接管理国家政务感到力不从心，但是他基本能够做到。可是他的后人未必能够这样勤政，即使勤政，也未必有这样的能力。所以后人对此褒贬不一，明清之际的大思想家黄宗羲就说："有明之无善治，自高皇帝罢丞相始也。"（黄宗羲《明夷待访录》卷一《置相》）

3. 追治奸党

把胡惟庸定性为要造反的奸臣，而且不是他一个人要造反，这样一来，追查奸党的运动就合情合理了。不但合情合理，而且必须持续追查。史书中说："惟庸既死，其反状犹未尽露。"（《明史·胡惟庸传》）

五年以后，李善长的弟弟太仆寺丞李存义被人告发。因为李存义的儿子娶了胡惟庸的侄女，所以有人说他们父子都是胡惟庸的同党。于是朱元璋免去他们的死罪，将他们发配到崇明。

李善长有个私亲给胡惟庸当管家，自然也被牵涉到案中，李善长多次请求免去他的罪。朱元璋不高兴了，决定亲自审问，于是李存义与胡惟庸往来密切的种种事情都浮出水面了；再把李存义抓来重审，他又交代说胡惟庸曾经让他劝李善长支持他们造反，李善长听后大吃一惊，斥责他们说："你说的什么话，这是要灭门九族的事情！"后来他们又让人去劝说李善长，并且答应事成后封李善长为淮西王，李善长还是不答应。胡惟庸又亲自去劝说，李善长还是不肯，后又让李存义来劝。反复劝说之下，李善长叹了口气，说："吾老矣，由尔等所为。"（《明太祖实录》卷一二九）这一年李善长已经七十七岁了，他这句话的意思是，我已经这么老了，等我死了，你们想怎么办就怎么办吧。可是还没等到他死，在胡惟庸案案发的第十年，又有人举报。当初在大漠，抓到了一名胡惟庸派去联络北元的人。这是胡惟庸通敌的证据，可是李善长知道后，把事情压了下来。事情败露后，朝中官员纷纷上书要求追究李善长的罪行，于是朱元璋就给李善长定下罪名："元勋国戚，知逆谋不发举，狐疑观望怀两端，大逆不道。"(《明史·李善长传》)

说来也巧，恰好这时发生了星变，朱元璋让人占卜，解释说"当移大臣"。于是李善长一家连同他的妻女弟侄，一共七十余口，全部被杀。

这一回株连的不止李善长一家，还有大批功臣——吉安侯陆仲亨、延安侯唐胜宗、平凉侯费聚、南雄侯赵庸、荥阳侯郑遇春、宜春侯黄彬、河南侯陆聚等，就连已故的营阳侯杨璟、济宁侯顾时等，也都被追究牵连，一共二十人，连同他们的家属全都受到株连。史书中说："词所连及坐诛者三万余人。"(《明史·胡惟庸传》)

这起案件发展至此，已偏离朱元璋要解决皇权与相权矛盾的初衷，他将矛头指向了昔日跟他一起打天下的功臣们。

第十五章
一介武夫

1. 封侯晋爵

明朝开国功臣，除少数帮助朱元璋定计于帷幄之中的谋臣外，大都是带兵打仗、身先士卒的武臣——朱元璋所谓"得位最正"。开国之初分封的首批功臣中，徐达、常遇春、冯胜、邓愈和李文忠五个公爵和二十八个侯爵都是武臣。除此之外，还有一些当时未封，可是后来屡立战功，又得以封侯晋爵的，其中最著名的一个名叫蓝玉。

蓝玉很有些来头，他也是定远人，而且是开平王常遇春的小舅子。朱元璋打天下的时候，蓝玉跟着姐夫常遇春出生入死，立过不少战功。史书中说

他："临敌勇敢，所向皆捷。"(《明史·蓝玉传》)

常遇春很赏识蓝玉，经常在朱元璋面前夸奖他。蓝玉作战勇敢，又有常遇春这么一个靠山，因而从管军镇抚这样一个中层武官，做到了大都督府佥事，也就是大都督府的副职。朱元璋设立的大都督府，是掌管军队的最高机构。

朱元璋在应天称帝，建立大明朝的时候，天下并未统一，北边跟蒙古的北元，西边跟蜀夏的明玉珍，西南边跟云南梁王，都在打仗。这样一来，蓝玉就有了表现军事才能的机会。

洪武四年（公元1371年），蓝玉随征虏前将军颍川侯傅友德进兵四川，渡白水江，取绵州，立下战功。第二年又随大将军魏国公徐达北征，连败元军。两年后，他独自率兵攻克北元占据的兴和，擒获北元国公以下五十九人，又一次立下了战功。洪武十一年（公元1378年），蓝玉跟着西平侯沐英进甘肃，再次大获全胜。班师回朝后，朱元璋封他为永昌侯，食禄两千五百石。洪武十四年（公元1381年），蓝玉再次随傅友德征云南，大获全胜。回师后傅友德晋爵颍国公，食禄三千石；蓝玉也长了薪水，增加食禄五百石。洪武二十年（公元1387年），蓝玉挂征虏副将军印，跟着大将军冯胜前往辽东，征讨北元纳哈出。

纳哈出跟朱元璋是老相识了。朱元璋起兵之初从和州渡江攻占太平的时候，纳哈出是元朝的一个万户，被朱元璋俘虏。朱元璋看重他是元朝开国名臣木华黎的后裔，对他很友好。可是那时的朱元璋还只是红巾军的一个领兵元帅，没有成什么气候，加上纳哈出一心想着元朝，不肯归附朱元璋。朱元璋让人私下问他想法，他说他想回去。徐达他们都不同意放他回去，可是朱元璋却说："人臣各为其主。"居然就把他放了。纳哈出回去以后在辽东一带发展势力，被元廷封为太尉。

这一次，朱元璋虽然派兵征讨，但还是希望他能够归降。得知纳哈出一部屯驻庆州，蓝玉便趁大雪率轻骑突袭，擒其首领后，大军直抵纳哈出的驻地金山。纳哈出见大势已去，只好派使臣前来表示愿意归降，于是冯胜派了蓝玉亲往受降。不一会儿，纳哈出率领百余骑前来。蓝玉大喜，备酒招待。

本来一切都很顺利，但因为一次敬酒，事情发生了突变。纳哈出向蓝玉敬酒，蓝玉很高兴，他解开自己的战袍，披到纳哈出身上，对纳哈出说："你先接受我这件战袍，我就把这杯酒喝了。"在蓝玉看来，你既然是来归降的，还穿着元朝服装，怎么行！可是纳哈出就是不肯穿，蓝玉说："你要是不穿，这酒我也不喝。"两人于是起了争执，谁也不肯罢休。最后纳哈出急了，把酒倒在地上，想带着一伙人离去。常遇春的儿子郑国公常茂见此情景，不由分说地拔刀上前，将纳哈出砍伤。纳哈出的手下见势不好，惊散而去。冯胜只好再派纳哈出手下降将前往劝降纳哈出的妻子。好在纳哈出还在明军手中，众人被迫归降，于是得降众二十万，牛羊马驼辎重相接百里。可是回师时并不顺利，殿后的部队为敌人所袭，损失主将及三千骑兵。

这场战役胜负参半，冯胜把责任推到常茂身上，说他激变。又因冯胜在出师过程中得了不少名马，都私藏了起来；还有人揭发他派手下请纳哈出妻子喝酒，然后索要奇珍异宝，蒙古王子死了才两天，他就强娶其女，大失降附之心。朱元璋便收了冯胜的大将军印，拜蓝玉为大将军，行总兵官的职权。

此时，元顺帝的儿子死了，孙子脱古思帖木儿即位，继续与明朝对峙，朱元璋派蓝玉率十五万大军出征。蓝玉得知元军在捕鱼儿海，就兼程而进。结果距捕鱼儿海四十里时，仍不见敌人踪影。蓝玉想要回师，定远侯王弼劝阻："我们率大军深入漠北，一无所得就班师回去，怎么交代呀？"蓝玉觉得他说得有理，于是下令命军士们乘夜抵达捕鱼儿海。而后得知敌营尚距此八十里，便命王弼为前锋突袭。当时扬沙突起，不见天日，明军疾行而至，元军毫无准备，大败。

这一仗，只有脱古思帖木儿率领几十骑逃走，其余部众军属几万人，尽为所俘，马驼牛羊十五万余也尽为明军所得。捷报传到京城，朱元璋大喜，把蓝玉比作汉朝的卫青、唐朝的李靖，晋封他为凉国公。这一场胜利，使蓝玉事业达到巅峰。

2. 桀骜不驯

蓝玉打仗没得说，是一员勇将，《明史·蓝玉传》中说他："中山、开平既没，数总大军，多立功。"中山指中山王徐达，开平指开平王常遇春，他们是开国功臣中功劳最大的两位。自徐达、常遇春死后，立功最多的就是蓝玉了，所以蓝玉在后起的将领中发展最快。

蓝玉功劳再大，也只是征讨之功，不是开国之功，他的地位也就永远无法与徐达、常遇春相比。可是蓝玉不这么想，他觉得自己功劳太大了，朱元璋给他的奖赏封爵，不足以酬劳他的功绩。蓝玉西征回师，朱元璋加封他为太子太傅，这应该是件高兴的事吧？可是蓝玉不高兴！"玉不乐居宋、颖两公下，曰：'我不堪太师耶！'"（《明史·蓝玉传》）因为宋国公冯胜、颖国公傅友德都是太师，太子太傅比太师低了一点，他就不高兴了。再加上他的奏事朱元璋不怎么听，于是他更加怏怏不乐。

其实这些都是他自找的。多少事实证明，功高震主绝没有好下场，更何况他还不知谦退。仗着立功多，又有常遇春的关系，朱元璋对他好，就"寖骄蹇自恣"，史书中说他："多蓄庄奴、假子，乘势暴横。尝占东昌民田，御史按问。玉怒，逐御史。北征还，夜扣喜峰关。关吏不时纳，纵兵毁关入。帝闻之不乐。又人言其私元主妃，妃惭自经死，帝切责玉。"（《明史·蓝玉传》）所谓多蓄庄奴，就是在自家的庄园里面养了许多家奴，假子就是养子。蓝玉有多少庄奴和养子呢？有的史书中记述说，有数千人。这些人仗着蓝玉之势横行霸道，不知惹了多少祸，抢占民田自然也是家常便饭。回师的时候，因为守关将士未及时开门，他便命部下毁关而入。打了胜仗，俘获了北元国君的妃子，蓝玉就把妃子霸占了。这都是影响极坏的事情，要是换个人，早被朱元璋治罪了。朱元璋对他够宽容的了。

蓝玉如此胡作非为，朝廷中的人对此有两种不同看法：一些人觉得蓝玉不得了，就跟他套近乎，成了蓝党；也有人很机敏，看出蓝玉迟早要出事，就不跟他来往。朱元璋的第四个儿子，后来夺位登基的明成祖朱棣就是这样一个人。蓝玉倒是有眼光，他知道燕王是诸王中最有实力、最有心计的一个，就想去讨好朱棣。他北征时得到了好马，路过北平时，就去燕王府，献给朱棣。朱棣是什么人呀？他整天想着夺嫡登基，怎么可能跟蓝玉这样短视的莽夫结交，于是严词拒绝。蓝玉碰了一鼻子灰，只得打消了结交燕王的念头。

太子朱标的正妃是开平王常遇春的女儿，蓝玉就是常妃的姑父，跟太子朱标有亲戚关系。据说蓝玉曾经对太子朱标说："我看燕王有英武之气，皇上又宠爱他，而风水先生说燕地有天子气，太子你可要小心点。"后来蓝玉出事，有的史书中记载说是因为燕王朱棣从中挑拨："太子殊无意，而语啧啧闻于燕王，遂衔之。及太子薨，燕王来朝，颇言'诸公侯纵恣不法，将有尾大不掉忧'，上由是益疑忌功臣，不数月而玉祸作。"（夏燮《明通鉴》卷十）

要说朱棣不喜欢蓝玉这样缺乏智慧的武夫，肯定没错；但要说蓝玉是因为朱棣挑拨而失败，就有点说不过去了；如果说因为他跟太子有亲戚关系，也属无稽之谈——明初的时候，皇室和功臣都是亲戚套亲戚的关系。朱棣的王妃是徐达的大女儿，可是他大舅子徐辉祖就是太子死党。再比如常遇春的女儿嫁给了太子朱标，常遇春的儿子又娶了冯胜的女儿，蓝玉还是他们的亲舅舅。朱元璋的几个大儿子，也都娶了功臣的女儿，秦王朱樉娶了卫国公邓愈的女儿，鲁王朱檀娶了信国公汤和的女儿，代王朱桂娶了徐达的二女儿，辽王朱植娶了武定侯郭英的女儿。

所以说，蓝玉最终出事，是他自己造成的。有一种说法是"玉存则可以无燕"。如果蓝玉没有出事，那么朱元璋死后，他一定会支持维护皇太孙朱允炆。他不是能打仗嘛，朱棣也许就打不过他，也就夺不了朱允炆的皇位了。可要真的是那样，一是他未必打得过朱棣；二是如果他打胜了，就他那跋扈的样子，还不得骑到朱允炆的头上？到那时不一定会是什么情况呢！

3. 兔死狗烹

洪武二十六年（公元1393年），锦衣卫指挥使蒋瓛告蓝玉谋反，朱元璋命廷臣会审，结果蓝玉不服。

从史书记载来看，对蓝玉的审讯实在有那么一点戏剧性。当时吏部尚书詹徽跟皇太孙一起审讯蓝玉，做记录。蓝玉不服，詹徽就厉声斥道："快交代，别连累他人！"于是蓝玉就大声呼道："詹徽就是我的同党！"詹徽立刻被划为蓝党，从审讯者瞬间变成了被审讯者。

当时刚清查完胡惟庸的案子，又发生了蓝玉的案子，所以明朝人把这两个案子连到了一起，称之为"胡蓝之狱"。长期以来，有一种主流看法：朱元璋制造胡惟庸案和蓝玉案，用老百姓的话说叫"卸磨杀驴"，用文人们的话说叫"兔死狗烹"。意思是说朱元璋制造"胡蓝之狱"，杀了那么多功臣，是因为他觉得天下太平了，这些功臣没有用处了。尤其是蓝玉案发生时，几乎没有仗可打了，留着这些功臣武将，除去会威胁朱元璋后人继承皇位的安全之外，没有什么作用，所以朱元璋就大开杀戒了。

蓝玉案发生于洪武二十六年（公元1393年）旧历二月，很快就牵扯出了开国公常升、景川侯曹震、鹤庆侯张翼、舳舻侯朱寿、会宁侯张温、普定侯陈桓、怀远侯曹兴、宣宁侯曹良臣、西凉侯濮玙、东平侯韩政、全宁侯孙恪、纳哈出的儿子沈阳侯察罕、东莞伯何荣、徽先伯桑敬，还有都督黄铬、汤泉、马俊、王诚、聂纬、王铭、许亮、谢熊、汪信、萧用、杨春、张政、祝哲、陶文、茆鼎十余人，这些人大都是蓝玉的部下。虽说他们大都是莽夫，少不了违法乱纪，但是他们均是打仗的好手。所以，处理完蓝玉案，能打仗的将领几乎没有了。史书中说，经过这一次清洗，"于是勇力武健之士芟夷略尽，罕有存者"（《明史·蓝玉传附曹兴传》）。

蓝玉案中还有一些不相干的文人被株连，比如当时的名士王行，他曾在大富豪沈万三家里教书。明朝初年，他就隐居不出了。后来王行的儿子在京城服役，他前去看望。蓝玉也听说过王行，就把他请到家里教子弟们读书。他不过是一个家庭教师，结果也被划为蓝党诛杀了。还有一个名叫孙蕡的名士，就因为曾经为蓝玉题过画，也被定为蓝玉同党。孙蕡这时候已经因为别的罪被发配到辽东了，现在又因此事被杀。

蓝玉这场大案株连了多少人呢？史书记载说大约杀掉了一万五千人，也有的书说株连了两万人。加上上一次的胡惟庸案，一共株连了四五万人。

明初的这两场大杀戮，给人们留下的印象太深刻了，朱元璋也因此被视为暴君，后人便把许多莫须有的罪名加到他的头上。

徐达生病，背上长了疮，据说这种病最忌吃鹅肉，可是他病重的时候，朱元璋偏偏派人给他送去蒸鹅。徐达知道这是朱元璋要他性命，流着泪吃下，病发而死。中医虽然有得病忌食的说法，但是长疮吃鹅肉就能要命的说法，不知道有没有医学依据。

朱元璋评价徐达说："受命而出，成功而旋，不矜不伐，妇女无所爱，财宝无所取，中正无疵，昭明乎日月，大将军一人而已。"(《明史·徐达传》)遵守命令，攻无不克，不自大不自夸，不好女色，不爱财宝，这不就是一个完人吗？更重要的是，徐达识时务，史书记述说："达言简虑精。在军，令出不二。诸将奉持凛凛，而帝前恭谨如不能言。"(《明史·徐达传》)既有本事，又为人低调，朱元璋实在没必要那么早毒死他。

朱元璋是从放牛要饭当和尚起家打天下的，明朝的开国功臣中有很多是他小时候的伙伴，有的虽然不是从小一起长大的朋友，可也是早年参加红巾军中一起打仗的战友。虽然后来朱元璋成了领导，他们之间有了上下级之分，立国后更是有了君臣之别，可是长时间你我兄弟、生死战友的关系，一时间很难改变。这在当初打天下的时候还没什么，等到朱元璋当了皇帝，他就会感到不那么舒服了，而且他会担心他们合起伙来不好对付。朱元璋想，这些人即使不会造他的反，等他死后，会不会造他儿子的反呢？所以他宁肯错杀功臣，也要保住朱家的天下。洪武二十五年（公元1392年），太子朱标从西北巡视回来后病故，朱元璋改立朱标之子朱允炆为皇太孙，再次确定了皇位继承人。而第二年就发生了蓝玉案，这显然不是偶然事件，而是朱元璋为继承人所做的安排。

蓝玉案没有像胡惟庸案那样花费很长时间追查余党，到这一年九月，朱元璋就下诏说："胡党蓝党，除已捕在官者外，其未发，不究。"(谷应泰《明史纪事本末》卷十三)尽管有了这份诏书，势高权重的武臣仍然没能逃过被诛杀的命运。蓝玉案发生的第二年，颍国公傅友德被朱元璋赐死；后来，宋国公冯胜也被赐死。史书中记："太祖春秋高，多猜忌。胜功最多，数以细故失帝意。蓝玉诛之月，召还京。逾二年，赐死。"（《明史·冯胜传》）

　　明史学家吴晗先生曾经评论说："皇太孙的性格极像他的父亲，元璋担心他应付不了这个局面，诸将大臣将来会不服从他的调度。只好再一次斩除荆棘，傅友德、冯胜这几个仅存的元勋宿将，也给杀光了。"（吴晗《朱元璋传》第八章）

第十六章
龙生九种

1. 分封藩王

帝制时代，国家最重大的问题就是皇位继承问题，这在当时叫作"国本"。朱元璋出生入死打下了天下，当然希望自己的子孙能一代一代传下去。谁有可能对朱家天下构成威胁，谁就成了朱元璋的眼中钉！

朱元璋是农民山身，多了多福思想在他心中可谓根深蒂固，所以后来的学者评论他的一生，总结出一个特点：多妻多子女。

元、明之际，浦江有郑氏一族，不分家，几世同堂。朱元璋很赞同这种不分家还能和和睦睦过日子的生活方式，特意表彰他们为义门，所以这家人也被人们称为"义门郑氏"。不过朱元璋是皇帝，全国都是他的家，所以他不可能把儿子女儿都放在身边。明朝的制度规定，皇帝的嫡长子为太子，其余的儿子为亲王；亲王的嫡长子叫世子，继承亲王的王位，其余的儿子封为郡王；郡王的嫡长子叫郡王世子，承袭为郡王，其余的儿子封为镇国将军，孙子封辅国将军，曾孙封奉国将军，到第四代就封镇国中尉，第五代封辅国中尉，六世以下都封为奉国中尉。明朝的亲王不住在京城，而要住在自己的封国，诸王的封国分布在各地，形成对朝廷的屏藩，所以那些分封在外面的亲王也叫藩王。

朱元璋第一次把自己的儿子封为亲王是在洪武三年（公元1370年），朱元璋四十三岁时。这时候，他只有十个儿子，长子朱标已经立为太子，所以这次分封了九个亲王：秦王朱樉、晋王朱棡、燕王朱棣、周王（当时为吴王）朱橚、楚王朱桢、齐王朱榑、潭王朱梓、赵王朱杞、鲁王朱檀。还有一个靖江王，是郡王，受封的是朱元璋侄儿朱文正的儿子，也就是朱元璋的侄孙朱守谦。

这是朱元璋最重要的一次封藩，朱元璋把年岁最大的几个儿子的封地安排在了北方重镇。当时最重要的地方是陕西，所以二儿子秦王封藩西安；其次是三儿子，封到山西太原；四儿子封在北平，即刚刚打下不久的元大都；当时年龄最小的是鲁王朱檀，他刚刚出生两个月，也被封在山东兖州。这些藩王长大了要去自己的封地，叫作"就藩"。他们的藩地有官属，有军队，职责是镇守地方。

朱元璋第二次分封亲王是在洪武十一年（公元1378年），朱元璋五十一岁时。这一年他封了第十一子朱椿为蜀王，十二子朱柏为湘王，十三子朱桂为代王，十四子朱楧为肃王，十五子朱植为辽王。

第三次分封亲王是在洪武二十四年（公元1391年），朱元璋六十四岁时。这一次又封了十个儿子。第十六子朱栴为庆王，十七子朱权为宁王，十八子朱楩为岷王，十九子朱橞为谷王，二十子朱松为韩王，二十一子朱模为沈王，二十二子朱楹为安王，二十三子朱桱为唐王，二十四子朱栋为郢王，二十五子朱㰘为伊王。这些儿子年龄较小，直到朱元璋去世，第二十子朱松以下的几个小王，都没有就藩。

朱元璋最小的一个儿子叫朱楠，这次分封的时候还没有出生，他是洪武二十六年（公元1393年）出生的，那一年朱元璋已经六十六岁了。这个孩子出生时就不健康，只活了两个月就夭折了，所以没有来得及封王。此后朱元璋没再生儿子。长子朱标出生于元至正十五年（公元1355年），朱元璋攻取太平的时候，这一年朱元璋二十八岁。

朱元璋让他的儿子各拥护卫军队，镇守地方，如果朝中出现了奸臣，诸王可以奉皇帝之命，率兵靖难。

2. 尾大不掉

中国自秦汉以来，经过汉朝的七国之乱、晋朝的八王之乱，对分封制度的弊病已有所认识。虽然历朝也封诸子为亲王，但主要体现在政治和生活待遇方面，不再裂土分封。而朱元璋把二十多个儿子分封为藩王，让他们各领军卫，分镇各地，就形成了藩王在地方上相对独立的政治军事势力。

朱元璋实在是一个理想主义者，他认为只要加强思想教育，藩王们就会同心协力，支持朝廷，支持他安排的皇位接班人。但是在帝制时代，皇帝宝座的吸引力实在是太大了，这些藩王，心性不一，善恶有别，思想教育不一定都能起作用。

可是这种分封藩王的安排是朱元璋的主意，是为了解决功臣宿将权力过大的问题，是计划已久的事情，他怎么会轻易改变？正所谓当事者迷，旁观者清。朱元璋是当事者，他看不清楚。那旁观者们既然看得清楚，怎么没有人站出来说话呢？

这一天，还真的有一位旁观者站出来说话了。

洪武九年（公元1376年），管天文的钦天监上奏说，九月初九这一天，"五星紊度，日月相刑"。按照当时的解释，这是天灾之兆，预示着"七政皆乱"。关于"七政"，有两种说法，一种说法是指日、月和金、木、水、火、土五星；另一种说法是指春、夏、秋、冬、天文、地理和人道。不管哪个，乱了都不得了！于是朱元璋就按规矩，下诏征求官民直言阙失。

有一个人上书给朱元璋，直接批评了朱元璋封藩的事情。这个人是浙江宁海人叶伯巨。

叶伯巨是国子监监生出身，授职平遥县训导。训导是县儒学校的教职，协助县教谕管理县学校的事务，每县设两名，没有品级。可就是这么一个小人物，却上书谈起了国家大事。他对朋友说："今天下惟三事可患耳，其二事易见而患迟，其一事难见而患速。"（《明史·叶伯巨传》）他说的那件难见而患速的事情，就是封藩。朋友劝他不要因此惹祸，他却说："纵无明诏，吾犹将言之，况求言乎！"（《明史·叶伯巨传》）于是叶伯巨就上了一份"万言书"，其中说到封藩的一段是这样讲的："国家裂土分封，使诸王各有分地，以树藩屏，以复古制，盖惩宋、元孤立，宗室不竞之弊也。然而秦、晋、燕、齐、梁、楚、吴、闽诸国，各尽其地而封之，都城宫室之制，广狭大小，亚于天子之都，赐之以甲兵卫士之盛。臣恐数世之后，尾大不掉，然后削之地而夺之权，则起其怨，如汉之七国、晋之诸王。否则恃险争衡，否则拥众入朝，甚则缘间而起，防之无及也。"（《明经世文编》卷八《叶居升奏疏》）

叶伯巨虽然连当时分封的诸王是些什么名分都没有全弄清楚，把湘王说成梁王，把赵王说成闽王；朱元璋当时已经封了十王，他只说了八个，而且顺序也不对，可是他说的道理却一点也不错。

朱元璋看到这样一份有先见之明的奏疏，是什么反应呢？他大怒，说："这小子，敢离间我们家骨肉！快把他抓来，我要亲手用箭射死他！"事情就是这样，像朱元璋这样一位有作为的开国之君，打天下治国，事事都聪明，可是到了自己的家事上，就糊涂了。后人评论这件事时说："然是时诸王止建藩号，未曾裂土，不尽如伯巨所言。迨洪武末年，燕王屡奉命出塞，势始强。后因削夺称兵，遂有天下，人乃以伯巨为先见云。"（《明史·叶伯巨传》）

3. 难言之隐

一个家庭，儿孙满堂，这当然是件大好事。可是如果儿孙们为非作恶，就不仅不是一件好事，而且是最堵心的坏事。史学家说朱元璋"伤痛诸子为非作恶"，是有充分史料依据的。

有学者将朱元璋的儿子们进行了比较，有好的，像晋王朱棡、燕王朱棣最突出，从洪武二十三年（公元1390年）起，就开始率师出征，与蒙古诸部作战，表现出军事才能。到洪武二十六年（公元1393年），元勋宿将凋零，晋王和燕王便担当起对付蒙古诸部的军事重任。朱元璋的儿子当中，也有关心著述的，比如周王朱橚博学能词，著有《元宫词》《救荒本草》等；宁王朱权著有《通鉴博论》《汉唐秘史》，他还爱好戏曲，著有杂剧《太和正音谱》《荆钗记》，还通炼丹之术，著成《庚辛玉册》。此外潭王朱梓、鲁王朱檀、蜀王朱椿、庆王朱㮵都好学而且礼贤下士，蜀王就有"蜀秀才"之称。湘王朱柏更是文武全才，不但好学，开阁招纳文士，校雠图书，而且喜武好兵，膂力过人，善弓矢刀箭，驰马飞奔，他的业余爱好则是道家之术，自号紫虚子。

朱元璋的儿子也有不好的一面。洪武二十年（公元1387年），朱元璋亲自写了一份告诫书，列举了诸王恶行，比如周王朱橚，看到生员颜钝未过门的媳妇漂亮，就抢到王府中，不还给人家；齐王朱榑更不像话，抢了不少民间女子入宫；鲁王朱檀和王妃信国公汤和的女儿一起将民间十岁左右的男孩带入宫中，把他们阉割成小太监。

藩王中最年长的是朱元璋的二儿子秦王朱樉。他本来应该是诸王的表率，可实际上却是朱元璋最不争气的儿子之一。有一部叫《纪非录》的书，记载了秦王的种种恶行，主要有：在王城里大兴土木，建造亭台池塘；让当年元朝宫中的旧人王婆住到秦王宫中，还让王婆的儿子王二、王六随便出入王宫；喜欢苏杭女子，就画出画像，让人照着画像前去买人，买不到画上的苏杭女子，就严罚派去的人，轻的剜了膝盖，重的当场打死；让人用王府库中的烂钞买老百姓的羊，又把烂钞卖给军人家要新钞；还找了多名妓女到宫中歌舞荒淫；用收上来的税钞买老百姓的金子，老百姓拿不出金子，被逼得卖房产、卖儿妇，甚至逼死人命；容留男宠、尼姑等在宫为非；对上本奏告的老人施以枷刑，不给饭吃，以致其饿死……如此种种，多达三十七条。

朱元璋亲自将这些总结出来，把秦王之罪讲得清清楚楚，告知三儿子晋王等人，要他们警醒。

朱樉虽然是咎由自取，但毕竟是朱元璋的二儿子，他的死对朱元璋的打击还是很大的。在按照制度给秦王朱樉确定谥号的时候，朱元璋给了他一个"愍"字。"愍"字是哀悼的意思。

如果说因为朱元璋不喜欢朱樉，所以对于朱樉的死他还能够想得开的话，那么两年多以后，晋王朱㭎的死对他的打击就太大了。晋王朱㭎是朱元璋最喜欢的一个儿子。史书中说朱㭎"聪明英锐，受学于翰林学士宋濂，学书于录事杜还。眉目修耸，美须髯，顾盼有威容，多智数"（《明太祖实录》卷二五六）。朱元璋给这个儿子的谥号是一个"恭"字。

朱元璋老年丧子，而且三年一个，老大、老二、老三全都病死了。这时候，他的儿子中最有心计的一个、四儿子燕王朱棣就成了诸王中的老大。这不仅打乱了朱元璋的全盘计划，而且带来了一个非常严重的问题。什么严重问题呢？就是当年那位叶伯巨说的问题：强枝弱干，尾大不掉。

想要重新布局，已经是不可能的事情了，因为在三个月以后的闰五月，朱元璋就病逝了。据说朱元璋临死之前，已经感到自己对皇储安排的全面失败，他把驸马都尉梅殷叫到跟前，对他说了一句："燕王不可不虑。"

内有明君，外有强藩，一幅多么理想的家天下蓝图。然而到最后，朱元璋的苦心安排全都付诸东流了。

第十七章
天子耳目

1. 告讦之风

有一天，太学的官员宋讷去向朱元璋请辞。原来，管太学的官员串通吏部尚书，通知他到年龄退休了。朱元璋大怒，为此杀了吏部尚书和太学的长官，把宋讷留了下来。

这么看来，朱元璋对宋讷是够信任的。有一天宋讷上朝，朱元璋突然问他，昨天怎么发怒了。宋讷大吃一惊，只好如实说："诸生有趋蹐者，碎茶器。臣愧失教，故自讼耳。且陛下何自知之？"（《明史·宋讷传》）原来是太学的学生们在校园里跑，把茶器打碎了。宋讷认为这是自己有失管教，独自生闷气。可是朱元璋是怎么知道的呢？史书中说："帝使画工瞷讠其像，危坐有怒色。"（《明史·宋讷传》）原来是朱元璋派了密探，把宋讷的画像资料取来了。因为那时候没有摄像设备，所以只能靠手画，画出来的东西就是影像资料，有了这样的证据，想不承认都不行。

还有大学士宋濂，有一次请客吃饭，喝了点酒。第二天见到朱元璋，朱元璋问他喝酒了吗，都请了谁，吃的是什么饭菜。宋濂是老实人，一五一十回答了。朱元璋听完笑着说："没错，说得全对，没骗我。"朱元璋又没到宋濂家去，他怎么知道得这么清楚？还不是有人在监视宋濂的行动！

有个儒士叫钱宰，被征调到朝廷编书。他每天一大早就要上朝，很晚才能下朝，还要编书做事，很是辛苦。文人爱作诗，有一天他下朝时就把自己缺觉的感觉随口吟了出来："四鼓咚咚起着衣，午门朝见尚嫌迟。何时得遂田园乐，睡到人间饭熟时。"（《水东日记》卷四）第二天上朝，朱元璋对他说："昨天的诗吟得好。不过我可没嫌你上朝迟，我看不如改个字，'午门朝见尚忧迟'怎么样？"

以上这些都是在朝官员的活动，有人监视，还不足为怪。可是就连告老还乡的官员也逃不出朱元璋的掌控。吏部尚书吴琳告老还乡，回到黄冈。朱元璋不放心，想知道他回去干什么，派人去调查。去的人老远看见田里面有一个老头儿坐在小凳子上插秧，就前去打听："知道不知道有位吴尚书家在哪儿呀？"那老农赶紧起身，恭恭敬敬地说："在下就是。"使者吃了一惊，把情形报告给朱元璋。朱元璋知道这位退休的尚书回家以后很是本分，才放下心来。

这是朱元璋派人去调查的，还有朱元璋亲自去调查的。一个名叫罗复仁的官员，是江西吉水人，官居弘文馆学士。因为他为人老实至极，朱元璋给他起了个外号叫"老实罗"。可就是这么个老实的官员，朱元璋也要看看他在家干些什么。朱元璋走到城边的一个穷街陋巷才找到罗复仁的家。这位弘文馆学士正在自己动手粉刷家里的墙壁，看见皇上来了，慌忙呼老伴搬了凳子来给朱元璋坐。朱元璋说，贤士怎么能住这样的地方！于是赐了一所城里面的房子给罗复仁。

什么叫中央集权？中央集权就是皇权无所不知，无所不能。

不过皇上要是件件事都盯着，其他事也别干了。朱元璋当然不会这么笨。他知道要想对天下官民百姓加以调查，不能想起一出是一出，得有一套制度保证。用什么制度才能保证将官民百姓的事情都能调查清楚呢？这就需要一大批能够成为耳目的官员。

2．清要之职

早在朱元璋开国之前的吴元年（公元1367年），朱元璋就设置了一个机构叫御史台。当时御史台的最高官员叫御史大夫，由功臣汤和和邓愈出任，刘基和章溢被任命为御史中丞，下面设有御史。

朱元璋当时对他们说："国家立三大府，中书总政事，都督掌军旅，御史掌纠察。朝廷纪纲尽系于此，而台察之任尤清要。卿等当正己以率下，忠勤以事上，毋委靡因循以纵奸，毋假公济

私以害物。"(《明史·职官二》)

三大府就是中书省、大都督府和御史台。中书省是管着六部和天下各省府州县的最高行政机构；大都督府是管着天下卫所军队的最高军事机构；只有御史台，虽然是全国最高监察机构，可是下面没有它管的基层单位，但所有的机构都在它的监察之下，天下事它都能管，所以朱元璋称它为"清要"之职。

后来朱元璋杀胡惟庸，废掉了中书省，改大都督府为五军都督府，御史台也改为都察院。但不管是御史台，还是后来改名的都察院，职权都一样，都是在御史大夫或者都御史领导之下纠劾百司，辨明冤枉，提督各道御史，为天子耳目。明朝按照行政区划，把御史分为各道，随着行政区划的变化而变化，最终形成了十三道监察御史。

"在内两京刷卷，巡视京营，监临乡、会试及武举，巡视光禄，巡视仓场，巡视内库、皇城、五城，轮值登闻鼓。在外巡按，清军，提督学校，巡盐，茶马，巡漕，巡关，儧运，印马，屯田。师行则监军纪功，各以其事专监察。而巡按则代天子巡狩，所按藩服大臣、府州县官诸考察，举劾尤专，大事奏裁，小事立断。按临所至，必先审录罪囚，吊刷案卷，有故出入者理辩之。"(《明史·职官二》)

"大事奏裁，小事立断"，可以随时处理地方官员直至府州县官员，这就是钦差大臣。

其实明朝御史的品级是很低的，为七品，跟县官一个级别。可是没有人说御史是七品芝麻官，因为他们是皇帝的耳目风纪之臣。

影视剧里面经常出现御史的形象，他们大都是一些疾恶如仇、特立独行、不随波逐流的人。所以御史不论是在朝中，还是在外面，都是人人敬畏的官员。

朱元璋时代有位刑部尚书叫开济，是个十分能干的人，但是官当得大了，手里有了权力，有时候就会做些非法的事情。刑部尚书是当时主管司法的最高官员，有一次他因为受别人请托，让刑部的司员释放了一名死囚。典狱的狱官怕担责任，不肯干，还要举报。开济干脆一不做二不休，跟几个刑部官员一起把这名典狱的狱官杀掉了。但事情很快被一名叫陶垕仲的御史知道了，他便上书弹劾开济。不仅把他私自释放死囚、杀死狱官的事情揭发出来，还揭发了许多其他的事情："济奏事时，置奏札怀中，或隐而不言，觇伺上意，务为两端，奸狡莫测。役甥女为婢。妹早寡，逐其姑而略其家财。"（《明史·开济传》）堂堂的刑部尚书因此掉了脑袋。

一般来说，御史都是由一些年轻的新科进士出任。为什么会这样呢？这是因为这些年轻官员进入官场的时间短，对于官场那些潜规则不仅不熟悉，而且看不上眼，遇到事情就少了些顾虑；且因为进入官场的时间短，没有太复杂的关系网，办起事情来不徇情枉法；加上年轻气盛，干劲足，是充当御史的最佳人选。当然这些规定也是逐步形成的，像御史这样的清要之职不仅没有经过科举考中进士的人不能担任，就算是考中了进士，做过教官的也不能就任。

不过朱元璋在位时，制度还不太完备，当过教官又任御史的也不乏其人。

当时有一位监察御史名叫韩宜可，是从县教谕升任的。史书中说他"弹劾不避权贵"。当时中书省丞相胡惟庸和御史大夫陈宁、御史中丞涂节都很受朱元璋宠信。一次，他们三个人跟朱元璋谈事，朱元璋赐坐让他们坐下来说。正在这时候，御史韩宜可来了，他不管三七二十一，从怀中取出弹劾这三个人的奏疏，"劾三人险恶似忠，奸佞似直，恃功怙宠，内怀反侧，擢置台端，擅作威福，乞斩其首以谢天下"（《明史·韩宜可传》）。朱元璋当然大怒，说："快口御史，敢排陷大臣耶！"并把韩宜可关进了监狱。胡惟庸案发后，韩宜可得到重用。

再有一位御史名叫周观政，也是教官出身，当过九江教授，后来任监察御史。周观政奉命监管皇宫奉天门的时候，有宦官要带一批歌舞女乐进宫，被他拦了下来。宦官急了，说是奉皇帝之命要让这些女乐进宫。周观政还是不听。宦官只好把女乐留在宫门外，自己进去报告。不一会儿，宫里面有人出来传旨说："御史且休，女乐已罢不用。"这个周观政还真有点一根筋，对来使说，不行，"必面奉诏"。过了一会儿，朱元璋还真的出宫来，他对周观政说："宫中音乐废缺，欲使内家肄习耳。朕已悔之，御史言是也。"史书中记述到这里时说："左右无不惊异者。"（《明史·周观政传》）

御史除了在朝堂上纠劾官员，还会被派到全国各地去，这就是巡按御史。朱元璋派他们下基层之前，都要告诫他们一番："朕命汝等出巡，事有当言者，须以实论列，勿事虚文。凡治以安民为本，民安则国安。汝等当据法守正，慎勿沽誉要名。朕深

160

居九重，所赖以宣德意通下情者，惟在尔等，其各慎之。"（《皇明世法录》）朱元璋的这番话说得十分明白，他深居皇宫之中，要靠这些巡按御史们代他去了解民情，处理事情。

巡按御史在各省都有专门的衙门，跟中央派到地方上的大员巡抚互不统属，有独立司法权。明朝小说中记述有御史到地方办案，有一位省一级的官员与这位御史的父亲是同榜进士，可是见到这位七品御史晚辈，不能叫什么"贤侄"，而是要叫"老公祖"，足见巡按御史的威权。

有一位名叫李叔正的官员，年岁已经很大了，还做巡按御史。这个李叔正，少年时颇有名气，是当时江西十大才子之一。明初时，他当过太学的教官学正，后来又到地方上当了县丞，因为表现突出，升为知县。直到年岁很大了，才被召到朝中任礼部员外郎。李叔正觉得自己年岁太大，应该退休了，就请求回乡，可是朱元璋不答应，让他做了太学的助教。后来，朱元璋又任命他为御史，到广东去做巡按。李叔正来到广东琼州府，有一个府衙的吏员告发知府在公座上签表文。表文是上给皇帝的，坐在公座上签表文是对皇帝的大不敬之举。李叔正听后开始调查，结果是因为吏员恨知府，有意诬陷，于是吏员被判了诬告罪。朱元璋听到这些情况后很高兴，说："人言老御史儒，乃明断如是耶！"（《明史·李叔正传》）后来这位李御史当到了礼部尚书。

3. 政通如水

朱元璋身边有了御史，就等于自己多了耳目。有了这样的耳目风纪之臣，朱元璋对天下官民百姓的监督管理就有了制度保证。

不过朱元璋认为光有御史调查了解情况还不够，他希望朝政能够像水一样流通自如，即所谓"政通如水"。

洪武十年（公元1377年），朱元璋创立了一个机构，起名"通政司"。他在对新任职的官员们训话的时候，讲出了自己的心思："政犹水也，欲其常通，故以'通政'名官。"通政司的职责是"审命令以正百司，达幽隐以通庶务。当执奏者勿忌避，当驳正者勿阿随，当敷陈者勿隐蔽，当引见者毋留难"（《明会要》卷三十五）。通政司门前放有一块红色牌子，上面写着"奏事便"三个大字。谁要是有事，便可拿起这个牌子，直接进入宫内，守卫不敢阻拦。

朱元璋花这些心思，都是为了防止当权官员们阻挡下情上达，把他这个皇帝蒙在鼓里。所以朱元璋在这一年六月"诏天下臣民言事，得实封直达御前"（谷应泰《明史纪事本末》卷十四《开国规模》）。七月，正式设立了通政司。

所有经过通政司送的文书，都要送到朱元璋面前才能打开，这叫"御前开拆"。御前开拆的好处在于，事先不会有人知道文书中究竟写了些什么，也无法做手脚，因而起到了监督震慑的作用。

可是这个制度到后来就变化了，有人出主意说皇上那么忙，哪能随便接到一个文件就拿来看，还是事先整理好了再送给皇上，免得皇上过于操劳，于是有了"拆封类进""副本备照"之说。这样一来，皇上是省了麻烦，通政司的意义也就没有了，因为，"有讦奏左右内臣及勋戚大臣者，本未进而机已泄，被奏者往往经营幸免，原奏者多以虚言受祸。祖宗关防奸党通达下情之意，至是无复存矣"（陆容《菽园杂记》卷九）。

为了解决下情能够通畅上达的问题，朱元璋真是想了许多办法。除了派御史、设通政司之外，他还想了一个办法，在皇宫午门外面放一面大鼓，取名"登闻鼓"。

朱元璋设置了登闻鼓以后，每天派一名御史在那儿看着。谁有重大冤情或有重要机密报告，就可以击这面大鼓，并且必须带他面奏皇帝，谁要是阻拦，就治以重罪。后来朱元璋觉得放在午门外面不合适，又改放到长安门的右门。

为了防止一些死刑重囚有冤情，朱元璋还规定，重囚被处决前一天，可以击登闻鼓投诉，如果真的是冤情，还能及时改判。

洪武二十四年（公元1391年）旧历六月的一天，皇宫前面的这面登闻鼓被人敲响了。是什么人敲了这面鼓呢？原来是龙江卫的一名小吏，他的母亲病故了，想请假回去守丧。可是报告打上去，到了吏部尚书手里，就给扣下了，不批准。那时候的制度规定父母去世是必须回去守丧的，一般要守丧三年，这三年是不能在职工作的。如果谁因为工作需要，不能回去守丧三年，就叫"夺情"，意思是迫不得已让工作把亲情给剥夺了。所以这位吏员请假是符合法理的。朱元璋问明情况后，把吏部尚书骂了一顿，亲自批准了这位吏员的丧假。

看起来，这个登闻鼓不但有人敢敲，而且敲了以后还真能起作用。

有一天，皇宫门前的登闻鼓又被人敲响了。这个敲鼓的人敲完鼓后，没等着被带去见皇帝，就在鼓下上吊自尽了。守在登闻鼓下的官员不敢怠慢，立即将此事报告给了朱元璋，朱元璋得知后大惊。

第十八章
朝廷上下

1. 执法三司

  这个前来击鼓的人是一个从地方来京城的基层官员，是洞庭湖畔龙阳县的典史，名叫青文胜。

  典史是县里面主管文件、出纳的级别最低的小官，连品级都没有。这么一个不入流的小官，跑到皇宫前击鼓后自尽，究竟是为什么呢?

  原来龙阳这个地方因为临近洞庭湖，经常遭遇水灾，老百姓交不起赋税，拖欠的赋税多达数十万石。地方官为了向上报税，对老百姓百般追索，甚至严刑追缴，很多人都被打死了。青文胜看到这种情况，慨然前往京城，上书为民请命。他先是通过通政司之类的机构送上奏疏，可是一连上了两次奏疏，都石沉大海。青文胜叹息道："何面目归见父老！"于是他决心舍生取义，用自己的性命唤起皇上的注意。这一天他再次写好了一份奏疏，来到皇宫前，敲响了登闻鼓，然后就在登闻鼓下自尽了。

这下果然惊动了皇帝。得知这位小小的典史是为了县里百姓舍生取义，朱元璋也被感动了。诏令免去龙阳地方税赋两万四千余石，并且定为限额，以后年年减免。青文胜用一死使龙阳百姓从此受益，百姓为纪念青文胜建了祠堂。

根据明代典章制度，登闻鼓由司法部门管理，列在刑部名下，起初由御史管理，后来改由六科给事中和锦衣卫管理。六科是针对六部设置的机构，职责就是挑六部的毛病，把六部给皇帝的疏文找出毛病来驳回去，叫作"封驳"。六科给事中和十三道监察御史都是专门找别人毛病、弹劾官场问题的官员，他们合在一起，被称作"科道官"。因为他们每天的工作就是上书言事，所以也被人称作"言官"。

朱元璋在官僚机构的设置上实在有一套办法，他让官僚机构盘根错节，互相牵制，最终达到整体平衡。比如执法这件大事，就有三个部门负责：刑部、都察院、大理寺。

刑部是六部之一，主管刑狱，是国家最高的司法权力机构，为正二品衙门；都察院是与六部同级别的中央机构，也是正二品衙门，主管纠劾百官、审问刑狱；大理寺虽然比刑部、都察院低一级，是正三品衙门，但是大理寺主管审核平反刑狱，司法权力非常大。遇到重大案件的时候，刑部、都察院和大理寺要一起来审理，所以人们也叫他们为"三法司"。"三法司"合掌全国的司法，听命于皇帝，成为朱元璋处理法律事务的中央办事机构。

朱元璋对官员们说："三代而上，治本于心；三代而下，治由于法。本于心者，道德仁义，其用为无穷；由乎法者，权谋术数，其用盖有时而穷。"（《明实录》附录《明太祖宝训》）三代指的是尧舜禹三代，朱元璋认为那时候的人懂得仁义道德，不需要用法律去管理约束；如今的人不懂仁义道德，所以他要用法治管理。

不过朱元璋做事并不完全遵循法律约束，他有那么一点"和尚打伞，无法（发）无天"的劲头。他不仅把"三法司"用到极致，而且还有许多超出"三法司"之外的"法外之法"。

后世史家评论朱元璋的时候都说，他是要"以猛治国"，这也符合中国历史上"乱世之后用重典"的传统。他每天上朝问政，满朝文武都要小心翼翼，察言观色。朱元璋生不生气很容易看出来，因为他有一个习惯，平日里，他总是把腰带放在胸前，生气的时候，就把腰带按下去。官员一看，坏了，不知道今天谁要倒霉了。所以史书中记述说："太祖视朝，若举带当胸，则是日诛夷盖寡；若按而下之，则倾朝无人色矣。中涓以此察其喜怒云。"（徐祯卿《翦胜野闻》）

朱元璋还有一个招数，他让御史、给事中这些言官在要对重要官员进行弹劾的时候穿红色的朝服。明朝对官员上朝时候穿的衣服有规定，什么级别的官员穿什么样的朝服，不同职务的官员也穿不同朝服。平时里御史、给事中都穿正常的朝服，如果看见哪个御史或者给事中穿着红袍来上朝了，那可就坏了，今天一定有谁要被弹劾了。

说到底，朱元璋坐天下的根本原则只有四个字：中央集权。

皇权时代，整个国家就像是一个金字塔，基座部分是官民百姓，往上是高官贵族，最上面是皇帝，所以中央集权就是从地方把权力集中到中央，把中央的权力集中到皇帝一身，中央集权就是强化皇权。

2. 五府六部

当皇帝的都认为自己的权力越大越好，而且不能大权旁落。可是皇帝一个人，要管住国家这么大个摊子，必须要有很多人来帮忙。而帮他管理天下的这些人的权力要是大了，就可能专权，皇帝就会大权旁落。这是历朝历代都解决不好的难题，也是朱元璋一心要解决的问题。

首先不能旁落的是军权。朱元璋打天下的时候，为了管理军队，成立了一个管理军队的机构——大都督府。朱元璋任命自己的亲侄儿朱文正为大都督府的大都督。

这个朱文正不仅是朱元璋的亲侄子，而且在朱元璋打天下过程中功劳很大。当初跟陈友谅决战，要不是他率军死守南昌，拖住陈友谅，结果还真难料。当时朱元璋很高兴，问他要个什么官当。朱文正回答说："亲叔叔成大业，还怕没有富贵吗？先赏我这样的至亲，怎么能让众人心服？"朱元璋一听，更高兴了。其实朱文正这番话是违心说的。等到朱元璋真的先赏赐别人时，他就不干了，结果被朱元璋罢了官，大都督也做不成了。

朱元璋不让亲侄儿做大都督了，可是这个大都督的位置交给外人他又不放心，于是就让亲外甥李文忠做。李文忠干了几年，到洪武十三年（公元1380年），朱元璋就把大都督府废掉了，改设五军都督府。都督府一分为五，天下军卫也分成五部分，分别交给五个都督府管理。被分解了的都督府就没有原来那么大的权力了，而且这五个都督府只能管军卫，派领兵军官，不能调动军队，军队调动还要听命于兵部。

当年丞相胡惟庸权力过大，让朱元璋感到大权旁落了，于是他干脆找了个借口，把胡惟庸杀了，并且废除了丞相和中书省。中书省下面管着六部，六部就是吏、户、礼、兵、刑、工六个部门。朱元璋把丞相和中书省废掉了，就是要直接管理天下所有的具体事务了！

杀胡惟庸、废丞相后大约九个月，朱元璋设置了春、夏、秋、冬四辅官，选了些老实巴交的儒臣，每个月分上、中、下三旬帮助朱元璋处理事务。可是这个办法没用多久就被废除了，一是找不到合适的人选，二是起不到帮助管事的作用。两年以后，也就是洪武十五年（公元1382年），朱元璋模仿宋朝制度，设立了华盖殿、武英殿、文渊阁、东阁大学士。可是他又不敢给这些大学士很高的地位，官名听着挺好听，其实"大学士"只是五品官；而且这些大学士也不处理下面的奏章，"人学上特侍左右，备顾问而已"（《明史·职官二》）。

与此同时，朱元璋还做了一件事，他开始让翰林院的官员和詹事府的官员协助处理日常工作。翰林院是国家笔杆子最集中的地方，詹事府也差不多，不过詹事府的主职是管理太子身边的文书奏章之类的事。其实到这时，朱元璋已经找到了废丞相后管理国家的办法，只是还没有明确设立一个相应的机构。他儿子明成祖永乐皇帝朱棣登基后，就在朱元璋时代翰林院和詹事府官员协助处理政务的基础上，把这些翰林院的官员召入皇宫文渊阁办事，于是有明一代最重要的政府机构——内阁就开始形成了。

3. 藩台臬台

明朝对地方上的管理最初也是继承了元朝的制度，把全国分成若干个行省。"行省"是"行中书省"的简称。元朝中央朝廷里管理政务的叫中书省，地方上管理政务的就叫行中书省。

行省虽然只是一个省的最高权力机构，但是权力很大，统管一省的政务、司法、军事，所以元朝行省的独立性很强。朱元璋也当过行中书省丞相，深知其中的问题，所以开国以后不久，洪武九年（公元1376年），就把行省改成了布政使司，全名叫"承宣布政使司"。布政使司的最高长官叫布政使，全名叫"承宣布政使"。朱元璋把行省改为布政使司，可不是简单改个名称而已，而是真正改变了省一级的管理制度。

朱元璋在各省又设置了一个与布政使司同一级别的机构——按察使司，全名叫"提刑按察使司"。按察使的设置，是为了分管一省的行政和司法事务。布政使是人们常称为"藩台"的地方大员，按察使就是人们常称为"臬台"的地方大员。

在朱元璋改行省为布政使司的前一年，他还把各省管理军队的机构定名为都指挥使司，也就是人们简称的"都司"。

布政使司、按察使司和都指挥使司就构成了明朝地方的"三司"。这三个机构分别管理地方的行政、刑法和军队。地方权力分散了，相对地，中央的权力就更大了。

不过地方行政机构中最主要的还是布政使，算是一省之长、地方大员。当初朱元璋在接见入朝的布政使和知府等官员们时说过这样一段话："布政使即古方伯之职，知府即古刺史之职，所以承流宣化抚吾民者也。得人则治，否则瘝官尸位，病吾民多矣。苟治效有成，天下何忧不治?"(《明会要》卷四十)

既然朱元璋这么重视地方大员，那他会选什么人当布政使呢?

有一个很有名气的山东布政使名叫吴印。他本来是个和尚，同僚中的士大夫们看不起他，跟他作对，结果跟他作对的官员都被朱元璋杀了。

另一个出名的布政使叫王兴宗，隶人出身，十分低微。起初朱元璋任他为知县，李善长、李文忠都不同意，最终朱元璋升他为河南布政使。

洪武十四年（公元1381年），朱元璋任命国子监助教赵新为山西布政使，一个从八品的国子监助教，一下子就被提拔为当时定为正三品的布政使。

当时一个普通的贡士，也可以一下子当上北平布政使，朱元璋说："朕所以用卿等，冀儒术之有异于常人也。"(《明太祖实录》卷一三五)他大概觉得这些儒生到了地方上，不会乱政自专吧。

这些人多少还有一些从政经验，或者可以用他们精通的儒术治理地方；可是到了洪武二十六年（公元1393年），朱元璋便"尽擢监生刘政、龙镡等六十四人为行省布政、按察两使，及参政、参议、副使、佥事等官。其一旦而重用之，至于如此。其为四方大吏者，盖无算也"（《明史·选举志一》）。

这些年轻人能从监生一下子成了省级干部，应该有四大特点：一是年轻有为，胆子大，愿意干事；二是没有那么多官场世故，比较单纯；三是资历浅，还没有形成社会关系网，上下串通的情况少；四是这些年轻的读书人，是朱元璋新朝培养的干部，跟旧时代过来的那些曾经在元朝当过官、在张士诚那里当过官的人不一样；五是这些人年轻骤贵，对皇帝心存感恩。

正是因为有了这样一套指导思想，朱元璋才会大胆选用年轻的读书人出任省级干部。但是在选用省下面的府、县官员的时候，朱元璋便要找一些有治理经验的老成官员了。

明朝的府、县按照税收多少，分为三等。一等为上府，税粮二十万石以上，税粮二十万石以下为中府，税粮在十万石以下为下府。起初三等府的知府品级也不同，后来都改成一样的了，都是正四品。县也一样，一等为上县，税粮十万石以下，二等六万石以下，三等三万石以下。起初知县的品级也不同，后来都统一为正七品了。

对于府县官的使用，朱元璋格外重视，开始的时候，知府、知县都是由他亲自选任的，"征天下贤才为守令，厚赐而遣之"。

洪武十九年（公元1386年），宁波发生了一次人事调动：朱元璋把慈溪县的县丞调任为宁波知府，把宁波知府调到慈溪县当县丞。朱元璋为什么要这么做呢？原来这位宁波府的知府大人派了一个吏员下县里办事，违法了，被慈溪县的县丞抓了起来。朱元璋一看，这个县丞办得对，可以重用；这个知府不怎么样，降职使用，以观后效。

有一位县丞，工作干得不错，被提升为吏部主事，到朝中做官。当地老百姓都喜欢这位县丞，上书说他如何如何好。朱元璋一听，干得不错，还是派回去吧，结果这人又从朝廷回到县里去干县丞了，原来的提升作废。

还有一位南丰县的典史，名叫冯坚，上书言事，讲得很好，朱元璋说他知时务，达事变，立即提升他为都察院左佥都御史。

朱元璋自己就是从放牛娃当上了皇帝，所以不讲究门第，更看重实效，不拘一格。他裁员也是大手笔，一点都不手软。

洪武七年（公元1374年），朱元璋对吏部说："古称任官惟贤材。凡郡得一郡守，县得一贤令……何忧不治？今北方郡县有民稀事简者，而设官与繁剧同。禄入供给未免疲民，可量减之。"（《明会要》卷四十一）既然北方的郡县人少，事情也少，何必设那么多官员呢？结果一下子裁减了河南、山东、北平三个地方府州县官三百多人。

朱元璋为什么要让年轻干部任省一级官员，而任命有经验的官员出任府县官呢？是因为省级的干部一般不接触老百姓，他们做事情必须紧跟中央，少些世故，可以控制地方，使步调一致；府县官们直接接触百姓，他们听命于上，驭民于下，需要处理的事务比较具体复杂，需要有一定的工作经验。

当时山东济宁有位知府名叫方克勤，他就是朱元璋死了以后，燕王朱棣夺位的时候杀害的那个忠于建文帝的忠义之臣方孝孺的父亲。当时朱元璋下诏垦荒，答应三年不征税。可是一些地方官员，急功近利，让老百姓开荒，不到三年就开征起税收来。老百姓一看官府不守信用，都不愿意再垦荒了，刚刚开耕好的田地又荒芜了。方克勤任知府，与老百姓相约，真的三年不征，又把田地分为九等，尽量按下等标准征税。这样一来，老百姓有了生产积极性，荒地都开垦成良田了。夏天，济宁守将征召百姓筑城，方克勤说，百姓耕作辛苦，怎么能让他们再加负担。他把请示报告送到中书省，终于得到批准，免去了老百姓们筑城的工役。方克勤还在当地兴学校，建孔庙，老百姓歌颂他说："孰罢我役？使君之力。孰活我黍？使君之雨。使君勿去，我民父母。"(《明史·方克勤传》)让这种老成的官员去治理府县，确实是最合适的。可是这位方知府为人太过厚道，后来被属吏诬告，竟然被贬到江浦去充役夫，实在是太冤枉了。

第十九章

祸起空印

1. 天下税粮

朱元璋建立大明朝后认识到，要想让国家正常运转，必须让国库里面有钱有粮。可是大明朝是建立在元朝末年战乱的基础上的，经过元朝末年三十多年的战乱，社会生产遭到严重破坏，所以首要的工作是恢复生产，让老百姓安居下来。只有让生产恢复了，老百姓生活稳定了，社会稳定了，才有可能向老百姓征收赋税，国库里面才可能有东西。

朱元璋是穷人家的孩子，对于地方官府收税并不陌生——如狼似虎的差役挨家挨户追索拖欠的税粮，官府把收到的粮食上缴入库。因为税收标准是国家规定的，地方上必须如数收齐，所以即使遇到灾荒，如果没有减免的旨意，也照收不误。

朱元璋当了皇帝以后，就制定了一套税收办法："即位之初，定赋役法，一以黄册为准。册有丁有田，丁有役，田有租。租曰夏税，曰秋粮，凡二等。夏税无过八月，秋粮无过明年二月。丁曰成丁，曰未成丁，凡二等。民始生，籍其名曰不成丁，年十六曰成丁。成丁而役，六十而免。又有职役优免者。役曰里甲，曰均徭，曰杂泛，凡三等。以户计曰甲役，以丁计曰徭役，上命非时曰杂役，皆有力役，有雇役。府州县验册丁口多寡，事产厚薄，以均适其力。"（《明史·食货志二》）

那时候收税，如果收的是粮食，比如大米、小麦，就叫本色。如果收的不是粮食，而是棉、麻、丝绢，或者钞、钱之类，就叫折色。比如当时规定钞二贯五百文折一石粮食，金一两折二十石粮食，银一两折四石粮食，棉布一匹折一石，绢一匹折一石二斗。这一切都是按照一个名叫黄册的东西征派的。什么是黄册呢？黄册是明代登记每一户人家的户籍和赋役的册籍。《明史》中说："册凡四：一上户部，其三则布政司、府、县各存一焉。上户部者，册面黄纸，故谓之黄册。"（《明史·食货志一》）

上交给户部的户籍赋役册子的封面用的是黄纸，上交给布政司和府、县的册子的封面用的是青纸。明朝编造黄册是在洪武十四年（公元1381年），而规定上交户部的册子用黄纸做封面，是十年以后，即洪武二十四年（公元1391年）的事情，因此也有学者认为这种户籍赋役册子之所以叫黄册，是沿袭了历代把户籍叫黄籍的做法——"即前代之黄籍，今世之黄册也"（《大学衍义补》卷三十一)。

从中央的户部，到地方的三级行政机构省、府、县，依据的都是同一本黄册。但是按照黄册征收赋税、敛派徭役的具体执行机构还是县。县以下，就不再设官了。县官以黄册为依据，按照国家规定，向老百姓敛派徭役、征收税粮，再把征收到的税粮逐级上报，通过府、省，报到中央户部；户部把各地上缴的税粮合计起来，上缴入库，即为朝廷一年的税收。

税粮收上来了，官员们贪污的机会也就来了，他们往往采取多收少报的办法，把一部分税收坐地分赃。历朝历代都有这种情况，朱元璋从小就看透了官员贪赃枉法的种种现象，所以这也是他治国时最担心的事情。

2. 一纸文书

洪武朝前期，地方布政司和府、州、县，每年向户部上报税收数额，需要先在地方办理好文书，加盖官府大印，然后拿着文书前往京城户部审核。这些基层官员拿着写好税收数据的文书来到京城，由户部下面的度支部的官员审核，审定无误后，加盖户部印章收档。如果地方算得不对，或者地方和户部算得都不对，就得重新改写文书。这位办事员就得再回到本县去，重新写好文书，重新加盖大印，再到户部重新审核归档。

这事儿说起来容易，实际操办起来可是太困难了。地方各省、各府距离京城，远者六七千里，近的也要几百上千里，那时候交通又不方便，这一来一回，又该上交明年的赋税文书了。于是有人想了一个办法，事先在空白公文纸上加盖好公章，多带上几份，到了户部如果核对有问题，就在空白文书上重写一遍，这样就不用再跑回去加盖公章了。这个办法用了十五年，到了洪武十五年（公元1382年），被朱元璋发现了。《明史·刑法志二》中记述说："每岁布政司、府州县吏诣户部核钱粮、军需诸事，以道远，预持空印文书，遇部驳即改，以为常。及是，帝疑有奸，大怒，论诸长吏死，佐贰榜百戍边。"朱元璋一直盯着这些事情呢，就担心有官员趁机捣鬼贪污。

当时正在追查胡惟庸案，每天牵连不少人被抓被杀，再加上这样一起"空印案"，官员们不知道什么时候就大祸临头。前面说过的那个有名的济宁府知府方克勤就是其中一个。

有一个宁海人名叫郑士元，在湖广当按察司佥事。郑士元是一个有名望的好官，治理地方，保护百姓，平反冤狱，做了不少好事。因为空印案发，他也被捕入狱了。他有个弟弟名叫郑士利，没有当过官。看到哥哥因为空印案入狱，很是不平，想向皇帝上书，但他只是个平头百姓，没有机会。朝中的高官们知道朱元璋正在气头上，谁也不敢劝谏。正好这时又发生了"星变"。郑士利一看，这是个机会。他把朱元璋星变求言的诏书拿来读了一遍又一遍，里面有这么一句话："有假公言私者罪。"（《明史·郑士利传》）郑士利心想：我这也不算是假公济私呀，我要说的是皇帝不应该杀无罪之人。况且我哥哥他不是主印的长官，不是死罪，顶多打一百棍子就出来了。

等到哥哥郑士元出狱以后，郑士利就写了一份几千字的奏书。他知道送上去不会有什么好结果，便一个人在旅店里关着门哭了好几天。他的侄子问他为什么哭，他说："我有份奏书想呈给皇上，这份奏书送上去，一定会触怒皇上，招来杀身之祸。然而杀了我，可以活几百人，这也值得了，我还有什么悔恨呢？"他一下决心，就把这份奏书送了上去。果然，朱元璋看到后大怒，把郑士利抓了起来，让丞相和御史一起审问，追究后面的主使。像郑士利这样一个平头百姓写的一份奏书居然动用丞相和御史亲自审讯，可见朱元璋对这件事情的重视。审讯的时候，郑士利笑着说道："主要是看看我的奏书能不能为皇帝所用。我的目的是为国家言事，自知必死，还要谁指使吗？"

其实丞相和御史们也知道对空印案的处理有点不那么合适，只是不敢说出来。好在郑士利最终也没有被杀，而是被判了个劳改，叫"输作江浦"。

3. 杀一儆百

天下税粮，最终都要上报到户部。户部不仅权力大，而且管理的都是跟钱财有关的事情，是国家生计所在，所以朱元璋对这个部门格外重视。因此，户部尚书除了要人品好，有能力，有资历背景、工作经验之外，朱元璋还增加了一个奇怪的规定：江浙、江西和苏州府、松江府的人不能任户部官员。

朱元璋为什么要做这样的规定呢？因为当时最富庶的地方就是江、浙一带，其中直隶南京的苏州、松江，以及浙江省的浙西尤是。浙西一共有三个府，分别是杭州、嘉兴、湖州。所谓"上有天堂，下有苏杭"，指的就是这一带。江西在当时也是著名的产粮大省。产粮多，赋税也多，与户部关系很大。如果让当地人任户部的官员，就等于把当时国家最富庶的地方和产粮最多的地方全都交给当地人管理。如果这些人通同作弊，那国家财政就危险了。

事实上，朱元璋的这个特殊安排只是个简单化的治标不治本的规定。为什么这样说呢？因为官员是廉是贪跟他是哪里的人并没有直接关系。就算这些户部官员不是江浙、江西或者苏州、松江人，他也照样可以跟当地的官员勾结起来，照样可以贪污。防贪止贪还应该在监督体系上下功夫。

当时常州府所属武进等县官吏贪污，他们把收到的税粮的十分之九收入仓库，剩下的十分之一就贪污掉了。这样一来入仓的粮食就不足了，他们便对上面说税收还没有收齐，然后再到地方富户那里去借。名义上是借，其实是只借不还。那些富户谁敢得罪官府？明知借了不还，也只能忍气吞声。

朱元璋也明白这里面的奥秘，所以他说："既征不足，借于富户，果后以何陪还？以此观之，富民不免致害，终无陪还之意。"（朱元璋《御制大诰·武进县夏税第十三》）

洪武十八年（公元1385年），有人举报官员贪污不法。朱元璋得知后派人去调查，这一调查不得了，拔起萝卜带出泥，揭发出了一个官员通同作弊贪污的大串案。

案件起因是大名府开州的百姓进京举报州判刘汝霖。当时北平布政司、按察司和户部侍郎郭桓勾结，侵占应该入库的税钞。事情暴露后，本应各自追回赃钞，可是身为大名府开州州判的刘汝霖，不仅不去追要赃钞，还下文到各乡各村，从老百姓身上搜刮，以补足那些官员贪污侵占的税钞。当地老百姓实在受不了，派了五个人进京告御状。

这个案件的主犯郭桓是户部侍郎，他在收受浙西秋粮的时候，本应该入仓四百五十万石，可是只收进六十万石粮，又折收了八十万锭钞。按照当时钱钞的价值折算，大约可以抵得上二百万石粮食，两项加起来，入仓二百六十万石，距入仓的四百五十万石，差了一百九十万石。除此之外，郭桓他们还向浙西各府索要了五十万贯钞。应天府周围有五个府，有不少犯罪官员的田地被官府没收，成了没官田，这些田地的夏税秋粮合起来也有数十万石。郭桓伙同地方官员，把这些税粮也全部私分掉了。按照当时调查的结果，这些私分的粮钞合计起来多达两千四百万石。这个数字接近了洪武朝一年的全国税收额，郭桓大案可以说是明朝初年高级干部贪污的最重大的案件。

"洪武十八年，户部侍郎郭桓事觉发露，天下诸司尽皆赃罪，系狱者数万，尽皆拟罪。"（朱元璋《御制大诰·朝臣优劣第二十六》）

一起贪污案，牵连出数万官员和家属，跟胡惟庸案、蓝玉案之类的政治大案牵扯的人数一样多。于是有人私下里议论，说朝廷罪人，玉石不分。

朱元璋听到这种议论后，专门写文驳斥："朕听斯言，所言者理哉！此君子之心，恻隐之道，无不至仁。此行推之于君子则可，小人则不然。""当诸司酷害于民，有能恻隐民艰，不与同类；科敛之际，或公义不押，或阻当不行，或实封入奏，以恤吾民。此际不分轻重，岂不妄及无辜！每每科无阻当，征无恻隐，混贪

一概，又何分之有哉！"（朱元璋《御制大诰·朝臣优劣第二十六》）

就在郭桓案发生以后没有多久，另外一起贪污大案又浮出水面了。

工部侍郎韩铎本来只是一个司务官，而且曾经因为结交近侍的罪被判过死刑，后来没有被处死，发配到云南一段时间后，又调回工部任了司务官。这个韩铎很有心计，他到工部不久，就掌握了部长们和各司司长们的贪污情况。部里面的官员因为有把柄在他手里，只好对他俯首帖耳，任他所为。因此他的职务虽微，却能作威作福。后来韩铎升任了侍郎，便跟那些贪官勾结在一起，结党贪污。

工部是管理国家工程的机构，也是一个贪腐的重灾区。韩铎他们利用卖放工匠，收受贿赂。那时候工匠为工程服务是国家劳役，韩铎他们私下里向这些工匠索要贿赂，然后把行贿的工匠放回，再找其他工匠来顶役。古代的工程都是人海战术，成千上万的工匠服役，卖放千儿八百的人，也不那么明显。单单是洪武十八年（公元1385年）一次卖放的工匠，就有瓦匠一千五百人、土工三百人、木匠五百人，还有其他工匠一二百人，一共两千多人。这些官员从中得到多少好处呢？韩铎分了一万三千三百五十贯钞，另一个侍郎李祯分了两千一百五十贯钞，下面的司郎、主事多的分了一千多贯，少的也分了几百贯。

有一次，收税收到木炭九十万斤，本来应该立即搬运入库的，可是当时没有人手，事情就搁置了。两个多月以后，才又安排搬运，于是韩铎又惦记上这些木炭了。他想，这么点小事，又

182

过了这么长时间，皇上一定忘记了，于是就让人搬运了九万斤入库，剩下的八十一万斤就私下分赃卖掉了。朱元璋追问这件事情的时候，韩铎还真是大胆，他报称就是九万斤。直到被审讯，才承认把其他的炭都卖掉私分了。

韩铎从到任直至案发，一共得到过皇帝赏赐七百多贯，其余财产，均系贪污来的。此件贪污大案，又牵扯出不少大大小小的贪官。

一个贪污大案未了，一个贪污大案又发，这些贪官还真有点前贪后继不怕死的精神。这到底是怎么一回事呢？就连朱元璋本人也感到困惑不解了，他曾经惊叹道："当犯之期，弃市之尸未移，新犯大辟者即至。若此乖为，覆身灭姓，见存者曾几人而格非。呜呼！果朕不才而致是欤？抑前代污染而有此欤？然况由人心不古，致使而然。"（朱元璋《御制大诰序》）

朱元璋是皇帝，这个天下是他的，他必须想出办法来防止官员们贪腐害民。

比如朱元璋又发布了这么一个规定："自布政司至于府、州、县官吏，若非朝廷号令，私下巧立名色，害民取财，许境内诸耆宿人等，遍处乡村市井，连名赴京状奏，备陈有司不才，明指实迹，以凭议罪，更贤育民。"（朱元璋《御制大诰·民陈有司贤否第二十六》）即鼓励老百姓举报贪官。只要举报得有根有据，就给这些贪官定罪，换好官去管理地方。

朱元璋还鼓励老百姓告御状："凡布政司、府、州、县耆民人等，赴京面奏事务者，虽无文引，同行人众，或三五十名，或百十名，至于三五百名，所在关津把隘去处，问知面奏，即时放行，毋得阻当。阻者，论如邀截实封罪。"（朱元璋《御制大诰·文引第四十六》）即鼓励老百姓上访，而且不许官员们阻拦上访的民众。

有朱元璋这位皇帝给老百姓做主，全民监督，对官员的威慑可就相当有力度了。

第二十章

《大诰》三编

1. 法外之法

《明太祖实录》中记述说:"洪武十八年冬十月己丑朔,《御制大诰》成,颁示天下。"

所谓"御制",就是皇帝亲自写的书,而这部书的名字就叫《大诰》。"大诰"就是陈大道以昭告天下的意思。西周时,周武王死后,周公辅佐成王,为了废黜殷人,写了大诰,让天下都知道他的做法。朱元璋认为有些事情也得通过这种方法昭告天下,于是写成了《大诰》。之后他一发而不可收,又写了《大诰续编》《大诰三编》,后来还写了一本《大诰武臣》。

朱元璋的《大诰》，其实就是他处理刑法案件的案例汇编。可是他处理的这些案例，大部分都不遵守《大明律》的规定，成了一部法外之法的案例汇编。

但朱元璋不认为这是"法外之法"，而是他工作之余写成的治理国家的心得，也是他整顿臣民思想的宣传材料，所以他决定把这部书公布出来的时候，对大臣们说："万机之暇，著为《大诰》，以昭示天下。且曰忠君孝亲，治人修己，尽在此矣。能者养之以福，不能者败以取祸。颁之臣民，永以为训。"（《明太祖实录》卷一七六）

《明史·刑法志一》中说："《大诰》者，太祖患民狃元习，徇私灭公，戾日滋。十八年采辑官民过犯，条为《大诰》。"

按照《明史》和明太祖朱元璋自己的说法，他写这部书的目的是要警示天下臣民，要忠君孝亲，治人修己。既然如此，书里面的案例也应该都是表彰忠君孝亲、惩治不忠君孝亲的事例吧。

有学者对明太祖朱元璋的《大诰》三编做了分类，分成整饬吏治、打击贪官污吏一类，惩治地方豪强和官员合同犯罪一类，处罚平民犯罪一类。

按照这三个分类，第一本《大诰》里面一共有七十四条，其中整饬吏治和打击贪官污吏的内容共有五十三条，占百分之七十二；惩治地方豪强富户以及官员一起犯罪的内容共有十二条，占百分之十六；其他九条是关于平民和僧道犯罪的。

第二本《大诰续编》里面一共有八十七条，其中惩治官吏的五十二条，占百分之六十；惩治豪强的二十条，占百分之二十三，两项共占百分之八十三。

第三本《大诰三编》里面一共有四十三条，其中惩治贪官污吏的十八条，占百分之四十二；惩治豪强富户和官员犯罪的十二条，占百分之二十八，两项共占百分之七十。

这三本书中最主要的内容还是惩治贪官污吏和土豪劣绅，并且随着明太祖朱元璋打击贪官污吏、土豪劣绅的力度的加强，犯罪比例也逐年下降了。如此说来，《大诰》三编应该算得上是部好书，怎么又会有人据此说朱元璋实行酷政呢？

原来，朱元璋在这部书里增加了许多《大明律》中没有的残忍刑法。按照明律，主要的刑法是五刑——笞、杖、徒、流、死。其中死刑有两种，一是绞刑，二是斩首。《大诰》中的酷刑就比《大明律》里面多了许多，比如族诛、凌迟、枭首、墨面文身、挑筋去指、挑筋去膝盖、剁指、断手、刖足、阉割、斩趾枷令等。

朱元璋用酷刑的目的是杀一儆百，让官员们知道戒惧，所以他不但对贪官污吏用酷刑，还让其他的官员观看。

洪武十九年（公元1386年），刑部官员"说事过钱，各受赃私"，收了人家的钱，私下里把犯人放了。朱元璋是怎么处理他们的呢？《大诰》中说："各刖足鞭背，不知数目。不过半昼，已死数人，活者存半。当刖足鞭背之时，特令五军断事官、大理、刑部、都察院十二道会视刑之。"（朱元璋《大诰续编·追问下番第四十四》）

常见的是"鞭一百"或"鞭五十"，而朱元璋采取的鞭刑叫"不知数目"，一直到打死为止。这边给贪官上刑，那边让所有国家执法人员——五军都督府的断事官，大理寺、刑部和都察院、十二道监察御史都来，看执法官员贪污会是个什么下场。用朱元璋的话说："以此法此刑，朕自观之，毫发为之悚然，想必无再犯者。"（朱元璋《大诰续编·相验囚尸不实第四十二》）

丹徒县丞和应天府吏员勾结贪污卖放应该服役的人一千多名，案情暴露后，朱元璋让他们回去把卖放的人找回来服役，并将这几个贪官的十指砍断，让他们"流血呻吟，备尝苦楚"。谁承想这些官吏收了人家的贿赂后不好再去把人家找回来，只能找了一些本应免役的人来顶役。这些被顶役的人也不干，事情闹到京城。胆敢一犯再犯，欺君罔上！朱元璋大怒，把这几个贪官从砍手指，改判为枭首死罪。

从这些记述来看，朱元璋确实用了酷刑。可是这些贪官也实在可恶，真的是贪财不要命。几乎所有的贪官都抱着一丝侥幸心理，总觉得自己干的那些事情不会被别人知道，或者万一被发觉了，还有上面的官员保护。可是朱元璋最痛恨那些贪官污吏，抓反贪不手软。打击力度大了，对惩治腐败、整顿吏治是有益的，可是另一方面人们又觉得朱元璋的做法太残酷，不近人情。

2. 不近人情

山西洪洞县有一对夫妻，男的叫姚小五，女的叫史灵芝，两人结婚数年，已经生下三个孩子。这时候，有个在镇江当兵叫唐闰山的军人告到兵部，说史灵芝应该是他的妻子，被姚小五娶去了。兵部于是下了公文，让洪洞县官把史灵芝带到镇江，交给唐闰山。

县里看到兵部的公文，要带走史灵芝。姚小五又告到县里，说这个史灵芝不是唐闰山的妻子。县官明知姚小五说的是实情，可是推托说有上面的公文，不敢违背。后来这件事闹到了刑部，刑部尚书审查案件，追根求源。查明史灵芝三岁的时候跟唐闰山的哥哥定了亲。唐闰山的哥哥小时候就死了，这个婚也没有结成。等到史灵芝长大成人，就嫁给了姚小五。案情其实已经很明了了，可是刑部尚书还差人去山西洪洞县找当年为史灵芝他们订婚的证人。事情闹到朱元璋那里，他当时正要改变元朝北方民族"父死则妻其从母，兄弟死则收其妻"的婚姻习俗，而这个唐闰山要娶的史灵芝正是自己的嫂子，正是朱元璋要改变的风俗！

案子改发都察院，由御史审问。可刑部尚书实在有点书生气，他不肯认错，还引经据典，把御史比作唐朝武则天时代"请君入瓮"的酷吏，说："你入我罪，久后少不得请公入瓮。"（朱元璋《御制大诰·尚书王峕诽谤第八》）

这下把朱元璋惹恼了。他亲自过问此案，把涉案的官员全部处斩。这么一件小案，最终居然导致处斩官员的结果，恐怕谁也不曾想到。

确实，朱元璋在处理这些案件的时候，经常有不近人情之处。他之所以这样做，其实跟他的农民出身有一定关系。

当时平阳守御千户所有一个千户，带着五百名士卒去筑城，两个月不发粮饷。其中有盘缠的士卒勉强活下来了，而那些没有盘缠的士卒天天挨饿做工，结果有一百多名饿死。这些士卒的家

189

属听说情况后，便去找留在家里的一个千户，让他发点粮食。可是千户推说没有加盖公章的文书，不能办理。事实上公章就在他手里，只是用这作为借口，不发粮食。事情被发现后，朱元璋是怎么处理的呢？不用说，那个不肯发粮的千户被处斩了。另一个饿死一百名士卒的千户呢？朱元璋说，他既然饿死了一百名士卒，那就让他拿上一支枪和另外的一百名士卒对阵。结果可想而知，他一个人怎么能对阵一百名士卒呢？再说那些士卒都恨死他了，一阵乱枪后，那个千户就成了马蜂窝。

3. 为民做主

从前面举的这么多案例中可以看出，朱元璋惩治贪官，很有那么一点与民做主的意思。

朱元璋在农村长大，官吏下乡扰民的情况，他再熟悉不过了。所以他当上皇帝后，干脆下令，让官员不许下乡扰民。"十二布政司及府、州、县，朕尝禁止官吏、皂隶，不许下乡扰民，其禁已有年矣。有等贪婪之徒，往往不畏死罪，违旨下乡，动扰于民。今后敢有如此，许民间高年有德者民率精壮拿赴京来。"（朱元璋《大诰续编·民拿下乡官吏第十八》）

当时北平布政司下属乐亭县主簿汪铎跟地方官吏勾结，坑害百姓。本来不需要民夫，他硬是征调民夫，其目的是索贿。老百姓知道皇上有命令，可以抓不法官员送到京师治罪，于是当地德高望重的老人组织了三四十人，把一伙违法乱纪的地方吏员绑赴京师。路上，一些原本帮着干坏事的差役也反了水，帮助老百姓抓住八名违法吏员前往京师。

当他们走出县城四十里的时候，县官汪铎气喘吁吁地赶了上来，对乡民们说："我十四岁读书，灯窗之劳至此，你等可免我此番，休坏我前程。"（朱元璋《大诰三编·县官求免于民第十七》）

朱元璋知道这件事后既生气又不屑，说道："是谁家父母生了这样没出息的儿子！在县里当官，本应让县民尊敬，如今干了坏事，让老百姓知道了，才求饶乞免。纵然老百姓饶过他，他还有什么面目再回去当官呢？"

朱元璋不仅严处不法官员，为民做主，对地方黑恶势力的打击也很有力度。

比如溧阳地方有一名官差，名叫潘富，很有那么一点地方黑老大的样子，手下有好几百人，当地官员也不敢拿他怎样。潘富利用手中的权势，生财有道，向老百姓东敲西诈，索要东西，每户都得如数上交，交不上的，就会被他抓去毒打。朱元璋得知后，亲自处理此案，派人捉拿潘富。谁知潘富闻讯逃亡，一路之上，各地党羽，纷纷相助。朱元璋大怒，下令将那些帮助潘富围困官差的黑恶势力一举消灭，二百多家，尽行抄没；帮助潘富逃跑的一百零七户，全部被砍头。

明朝建立之初，多少还带有农民政权的味道，但是他所建立的毕竟不再是农民政权，所以他对于平民百姓实行的也是"乱世之后用重典"的方针。

福建沙县有十多个乡人，不老老实实种地务农，喜欢说些怪话。有人把他们告上官府，定了"诽谤朝廷"的罪名。结果这十多个人都被押回原籍斩首示众，家中成年男子也都被处死，妇女被发配到边远之地。

一些工匠，因为不能亲赴工程，让老幼病弱的家人代工，导致工期延误。被发现后，朱元璋把这些代工的老幼病弱全部发配到广西充军，让那些工匠强制服役。

朱元璋把这些事情都写到了他的《大诰》三编当中，作为案例让人们知道，并引起警惕。

第二十一章
罪辱莫测

1. 金樽白刃

洪武二十一年（公元1388年）旧历四月初夏，
一位名叫解缙的新科进士陪着朱元璋来到了皇宫的
大庖西室。朱元璋很喜欢这个才华横溢的年轻进
士，对他说："朕与尔义则君臣，恩犹父子，当知
无不言。"（《明史·解缙传》）

解缙确实才华出众，胸有丘壑，朱元璋的这番
话，让他很感动，于是他连夜写成了一篇"万言
书"，第二天就上呈给了朱元璋，这就是明朝著名
的奏议《大庖西封事》。

解缙在这篇奏疏中首先批评朱元璋"用刑太

繁"。立朝以来，国家法律天天变，没有一天没有未犯法的官员。只能看见被处罚的官员，看不到被表彰的官员，这朝廷正常吗？早晨还给官员赏赐，晚上就将他杀了；刚刚给官员判了罪，忽然之间就又赦免了。这不是恩威莫测，这是没有恩，只有辱，这叫罪辱莫测。

人们常说："初生牛犊不畏虎。"解缙初入仕途，不知道说话的分寸，一下就把朱元璋这二十年的赏罚全盘否定了。可是有意思的是，他的这份"万言书"不仅没有被朱元璋怪罪，反而还得到了表彰，"书奏，帝称其才"（《明史·解缙传》）。

朱元璋为什么不怪罪解缙呢？是因为爱惜人才，真的把这位年轻才子当成干儿子了？还是朱元璋的治国方针有所变化了呢？

这两方面的原因恐怕都有。解缙是朱元璋登基后培养的官员，他的才气在这篇"万言书"中得到了最充分的表现，朱元璋打心眼儿里欣赏这个年轻人。正是出于对人才的爱护，他才欣然听取了他的意见。

《明史·刑法志一》中载明初的律令："草创于吴元年，更定于洪武六年，整齐于二十二年，至三十年始颁示天下。"解缙上"万言书"的时候，正是朱元璋"整齐律令"的时候，他把解缙的上书当成了"整齐律令"的参考。况且朱元璋也得找机会表现一下自己的心胸宽阔。当然，最关键的应该还是解缙的这番话说到了时政的要害之处。

朱元璋也确实就像解缙说的那样，朝赏暮戮，忽罪忽赦。他有这么两句诗，最能代表他对官员们的态度："金杯同汝饮，白刃不相饶。"这两句诗是朱元璋对一个名叫茹太素的官员说的。

茹太素是一个书生气十足的人，史书中说他"抗直不屈"，是个很耿直敢言的官员。有一次，朱元璋在便殿里赐他酒喝，想吓唬吓唬他，随口对他说了这两句。茹太素听后，立即起身叩头，续了两句诗："丹诚图报国，不避圣心焦。"

朱元璋听后有点感动——这些官员对他还是挺忠心的。不过朱元璋实行的政治路线是"乱世之后用重典"，不管你忠心不忠心，实在不实在，只要犯了罪，照样不客气。这位"抗直不屈"的茹太素最终还是被朱元璋杀了。

朱元璋高兴的时候，跟官员们的相处也是很融洽的。比如洪武八年（公元1375年）旧历秋八月，正是中秋之际，朱元璋写了一篇《秋水赋》，于是召来一批儒臣欣赏，并且让儒臣们也各自撰写一篇让他看看。不一会儿，大伙儿的赋就都写成了。朱元璋很是高兴，于是赐诸臣酒宴。他发现儒臣宋濂不怎么喝，便对宋濂说："你怎么不尽情喝酒呀？"这一问，宋濂可就紧张了，他连忙上前跪下说："臣蒙陛下赐酒，怎敢不饮。只是臣年老体弱，恐怕不胜酒力，万一喝多了，做了不符礼度的事情，对不起皇上的关爱。"朱元璋说："你不妨试着喝一下，不会有事的。"宋濂只好回到席间，拿起酒杯，一饮而尽。他刚喝完这一杯，朱元璋又说："再喝　杯吧。"宋濂推辞再三，朱元璋可就有点不高兴了，说："喝一杯酒怎么能醉呢，把它喝了！"宋濂端起酒杯，用嘴抿了抿。朱元璋笑道："男子汉大丈夫，太不慷慨了。"宋濂说："皇上天威就在身边，不敢不敢。"他勉强把这一杯酒喝光了。可是喝完这杯酒，宋濂就有点不行了。只见他面红耳赤，脚底下像是踩了棉花。朱元璋看到宋濂的醉态，高兴起来，借着酒劲，飞笔挥墨，须臾之间又写成了楚辞一章。他让宋濂也写一章，可是宋镰已经喝醉了，连字都写得七扭八歪的。朱元璋倒也不生气，让身边的文书手抄一遍交给宋濂，对他说："卿藏之，以示子孙，非惟见朕宠爱卿，亦可见一时君臣道合，共乐太平之盛也。"（黄瑜《双槐岁钞》卷一《醉学士诗歌》）

这件事之所以被如此详细地记录下来，是因为这算得上朱元璋时代君臣和谐的典型事例。那时候朱元璋对宋濂相当好，不仅赐酒，还亲手给宋濂调制甘露为汤，说喝了可以益寿延年。洪武十年（公元1377年），宋濂退休回家，朱元璋还送给他御制文集和绮帛。他问宋濂多大年纪，宋濂说："六十八岁了。"朱元璋说："你把这些布料收好，三十二年后，可以用来做百岁衣。"

可是宋濂后来怎么样呢？没到三十二年，三年以后，朱元璋就变脸了。洪武十三年（公元1380年），宋濂因为孙子牵入胡惟庸案，被判处死刑。虽然有马皇后为他求情免死，可是仍然被发配茂州，最终病死在路上。

2. 朝堂巨杖

过去县太爷在衙门里面审案子，旁边各立一班衙役，手持木杖。如果被审的人不服，经常要挨棍子。朱元璋觉得这个办法很好，很威风，于是当了皇帝以后，就把县太爷的大棍子搬到皇宫里面。上朝的时候，哪个官员惹怒了他，他就让人用朝堂上准备好的巨杖当场将其打一顿，这就形成了明朝最为特殊的一个刑罚：廷杖。《明史·刑法志三》载："廷杖之刑，亦自太祖始矣。"

工部尚书薛祥就是被朱元璋让人用巨杖打死的。薛祥是早年参加朱元璋义军的"老革命"，当官以后名声也很好。他当地方官的时候，老百姓都拥护他，后来他做了工部尚书。当时南京的宫殿刚修好不久，朱元璋坐在宫殿里面总听见房上有兵器相斗的声音。他一疑神疑鬼，下面的人就说什么的都有了。当时的丞相李善长说这是修南京宫殿的工匠用的厌镇法，想镇住朱元璋。朱元璋迷信，要把工匠们都杀掉，这时候薛祥站出来说话了："你说工匠用厌镇之法，没有一点根据。工匠们为什么要这样干呀？"朱元璋想想，也有道理，说："不杀他们可以，那也得处罚，把这些工匠都阉割了吧。"薛祥坚持替工匠说话："这么做不是跟杀了他们差不多吗？既然不是他们干的，就不应降罪。"最后薛祥救下了这些无辜的工匠。洪武十四年（公元1381年），薛祥因为受牵连，被朱元璋让人用巨杖打死了。

薛祥是因牵连进了案子才被杖刑致死的。可是有的时候，只因为一点小事，官员们也会被朱元璋让人用大棍子打一顿。茹太素就是一个挨过廷杖的官员。有一回，他上书陈述时务，写了上万言，朱元璋收到后就让人读给自己听。茹太素在奏疏中说了一些朱元璋不爱听的话，比如朝中有才能之士多年来幸存者百无一二，所任皆迁腐俗吏等。朱元璋大怒，把茹太素召到殿上，骂了一顿，当场就是一顿大棍子。茹太素算是幸运的，只是挨了一顿棍子，没丢性命，而有些官员却因为得罪皇帝，当场就被打死了。

一个名叫李仕鲁的官员，从小读儒家典籍，是宋儒程、朱的传人。朱元璋听闻他的名声，把他召入朝中当官。

朱元璋当过和尚，对佛教多少还是有点感情的。他当皇帝以后，一些和尚因为能合朱元璋的意，就被授予了高官。李仕鲁对这种做法很有意见，他只推崇程朱理学，因此劝谏朱元璋说："陛下方创业，凡意指所向，即示子孙万世法程，奈何舍圣学而崇异端乎？"（《明史·李仕鲁传》）他说理学是圣学，佛教是异教，劝朱元璋不要信佛。

朱元璋不听。看到自己的进言不被采纳，李仕鲁就请面见朱元璋，他说："陛下深溺其教，无惑乎臣言之不入也。还陛下笏，乞赐骸骨，归田里。"（《明史·李仕鲁传》）说完就把手里的笏放到地上。笏是明朝官员们上朝时拿的板子。这下可把朱元璋惹怒了，他让殿上的武士把李仕鲁抓住摔到大殿阶下。李仕鲁被当场摔死了。

另一名跟李仕鲁一样劝谏朱元璋的官员名叫陈汉辉，他对朱元璋说的话也很激烈："如今勋旧耆德的官员们都想辞官不做，而那些一心求进的和尚却得到了升官的机会。比如刘基、徐达都被猜疑，李善长、周德兴都被诬告，这跟当初汉高祖时的萧何、韩信有什么差别？"他知道自己这些话说得够重的，不敢再见朱元璋，没等大棍子打，就先投金水河自杀了。

3. 皇恩浩荡

所谓伴君如伴虎，有些地方上的儒士，觉得在朝为官，风险巨大，一不小心就会惹来杀身之祸，也就不肯入朝为官了。

苏州有两名儒士，一个叫姚叔润，一个叫王谔，因为他们在地方上有些声望，被举荐入朝。可是他们拒绝入朝受官。这不是不识抬举吗？朱元璋大怒，不但把他们两个杀死了，还籍没了他们的家。

事后朱元璋也心虚，为了说明他这种做法的合理性，还专门下了一个文件说："'率土之滨，莫非王臣。'成说其来远矣。寰中士夫不为君用，是外其教者，诛其身而没其家，不为之过。"（朱元璋《大诰三编·苏州人材第十三》）

可是人是有思想的，有些儒士就是不想当官，怎么办呢？有人干脆自断手指，自残。成了残疾人，就可以不入朝为官了吧？

贵溪县有儒士夏伯启叔侄二人，他们就想用这个办法逃避入朝为官。二人把手指砍去一大截，说自己残疾了，不能拿笔写字了，因此不能入朝为官了。朱元璋哪能轻易被糊弄过去呀，他更生气了，让人把他们抓到京城，亲自审问。

朱元璋问夏伯启："当年战乱时你居住在什么地方？"

"红寇乱时，避兵于福建、江西交界之处。"这个夏伯启也真是不识时务，张嘴闭嘴"红寇"，指的就是朱元璋参加过的红巾军。

"你当时带着家人一起避难吗？"

"奉父而行。"

"既奉父行，上高山峻岭，下深沟陡涧，是不是用手扶着呀？"

"是用手扶着。"

"后来又怎么样呀？"

"后来红寇张元帅守信州，我就还乡复业了。"

"复业干些什么呀？"

"教学为生至今。"

话问到这里，朱元璋就明白了。这伯启叔侄二人，是认为朱元璋得天下非其道，因此不愿意为新朝服务。

朱元璋说："你们不是就想学周朝的伯夷、叔齐吗？可是人家宁肯饿死，不食周粟。你们以教学为生，不担心再有动乱，也不再怕人抢夺家财，这是谁给你的？"

这一回夏伯启叔侄无言以对了。朱元璋说："我告诉你吧，你靠的就是我这个当今的皇帝。可是今天皇帝需要用你，你却宁肯砍去手指也不为我所用，'是异其教而非朕所化之民。尔宜枭令，籍没其家，以绝狂夫愚夫仿效之风。'"（朱元璋《大诰三编·秀才剁指第十》）

当时有个疑犯，朱元璋想杀掉他，可是皇太子朱标不肯。御史袁凯在一旁，朱元璋就问他："你说说我和太子谁对谁错？"碰到这样的问题，别说一个御史了，就是当朝丞相也没办法回答呀。这个袁凯只好应付说："陛下欲杀之，法之正也；今太子欲宥之，心之慈也。"（邓士龙《国朝典故·蕅胜野闻》）可是他这个两头讨好的做法仍然对付不了朱元璋！朱元璋当时就不高兴了，说他这是要滑头，想两面讨好，就把袁凯关到监狱里，三天不给饭吃！

袁凯一看小命危矣，干脆装疯，见到地上的脏东西捡起来就吃。朱元璋不相信他真疯了，说疯子不知道疼，于是让人用木刺刺他。袁凯忍住疼，对朱元璋大笑。朱元璋这才把他放回家去。回到家里，袁凯也得继续装疯。果然，多疑的朱元璋又派人去他家中察看，看到袁凯睡在地上，一会儿对着来人唱歌，一会儿捡地上的狗屎吃，这才信以为真。不过据说地上的狗屎是袁凯让人用糖做的，吃起来味道还不错。

第二十二章
文字之祸

1. 贺表获罪

什么叫"文字之祸"呢？说白了就是写文章惹出了祸事。

马上得天下，不能马上治天下，治国主要还得靠文官。这样一来，勋旧武臣们不高兴了——这天下是我们打下来的，皇上却把它交给一群书生去管理，得想个办法让皇上不信任那些书生。有人在史书中记述下来这么一段故事（黄溥《闲中今古录摘抄》）：

洪武十七年（公元1384年），朱元璋恢复了科举考试，从此科举考试就正规化了。不甘心的勋臣们就在朱元璋身边使坏，他们对朱元璋说："皇上您要对文人们好，可要小心呀！当年张士诚厚待文人，可是他让文人给他起个大名，文人给他起的名字却是士诚。"朱元璋听后，说："这个名字起得不错呀。"武臣们又说了："不是那么回事，士诚这个名字虽好听，但暗藏玄机，《孟子》里面有这么一句话：'士诚小人也。'您看这些文人多坏，表面上给张士诚起了个好听的名字，其实暗藏着坏心，骂张士诚是小人呢。"朱元璋一听，心里就犯嘀咕了，看来对这些文人还真的要小心点。从此他对文人起了疑心，再看那些文人写的东西，就有意识地在里面找有没有骂自己的话。

这当然是后人记述的一个传说故事，不过在朱元璋时代，的确有不少文人因为诗文致祸。所以不管有没有武臣从中挑拨搬弄，朱元璋在文化专制方面的做法也相当残酷，因此才有这么多真真假假的传言。后人把这些事情都集中到一起，于是就形成了明朝历史上被称为"贺表案"的文化专制事件。

上贺表是明朝的一个制度，逢年过节，或者皇帝生日——天寿圣节，或者皇家其他的庆典，或者官员向皇帝谢恩的时候，都要写一篇贺表，就是一篇短文，里面要颂扬皇帝，表示谢恩。这种贺表起初没有固定格式，只是不许写成四六旧体骈文，言辞典雅就可以了；也不要出现应该回避的文字，比如皇帝的名讳、凶恶之词。有时候避不开，写文章的人就把该字减一笔——少个横，少个点，但朱元璋时也不允许这样做了。

那时候地方上的一些官员遇到写贺表的事，都找当地老师写，因为老师有文化，文章写得好。这些老师也觉得是分内之事，还能有个舞文弄墨的机会，所以很愿意代笔。

有一次，朝廷给浙江海门卫的军官们加了薪水，按照规定，海门卫要给皇上呈一篇《谢增俸表》。这些军人文字功夫不行，写不好这样的感谢信，就请了浙江府学教授林元亮代笔。贺表写出来，一念，大家都说好，派人送了上去。可是朱元璋读着读着就觉得有点不那么对劲了。这里面有一句"作则垂宪"，意思是说皇上制定的准则为后来准备了法律依据。这不是挺好的话吗？可是朱元璋不这么想：说我"作则垂宪"，那不就是说我当年参加义军是"做贼"吗？他一怒之下，就把这位林教授杀了。

文人写东西，说皇帝一切以身作则，是太常用的恭维话呀，找来贺表一看，果然有不少。

北平府学训导赵伯宁为都司武臣们写了给朱元璋祝寿的贺表《万寿表》，里面有"垂子孙而作则"一句，朱元璋觉得又是骂自己"做贼"，便把他给杀了！

桂林府学训导蒋质为布政司、按察司写《正旦贺表》，里面有"建中作则"一句，也被杀了！

澧州学正孟清给本府写《贺冬表》，有"圣德作则"一句，也被杀了！

福州府学训导林伯帮按察司写《贺冬表》，有"仪则天下"一句。虽然"仪则"不是"作则"，可是也有"则"字，也被杀了！

有人在贺表里面写"天下有道"，也不行。因为"道"和"盗"谐音。

还有一位杭州府教授徐一夔，他写的贺表中有"光天之下，天生圣人，为世作则"一句。朱元璋说："生者，僧也；以我尝为僧也，光则剃发也，则字音近贼也。"（赵翼《廿二史札记·明初文字之祸》）于是，朱元璋便杀了这位教授！

甚至有"发"字也不行。一封贺表中写了"取法象魏"，"取法"不就是"去发"吗？去发就是剃成秃子，当然不行了。有的贺表里有"体乾法坤，藻饰太平"一句，"法坤"就是"发髡"，还是剃秃子；"藻饰太平"就是"早失太平"，这还了得！

甚至有时候，都说不清文字错在什么地方，就得罪了皇上。陈州州学训导周冕也因为写贺表被杀，大伙儿找来找去，也没发现他贺表里面有什么则呀、道呀、生呀、光呀之语。后来就有人猜测，那是一篇《万寿表》，可是里面有一句"寿域千秋"。是不是因为对皇帝说千秋没说万岁，皇帝不高兴了，才出的事？

有一位翰林院官员，因为直言被贬到山西蒲州管理学校，他上的贺表里面也有"天下有道""万寿无疆"。朱元璋让人把他抓来，说："直到现在你这老家伙还敢诽谤我！你说'万寿无疆'是不是用那个'疆'字？疆疆（强）有时候通用；你还说'天下有道（盗）'，这不是说我是强盗吗？这一回你还有什么话可说？"这个官员回答："我想说一句话，说完您再杀我。陛下您不是说凡写表文，不许杜撰，务必出自经典吗？我这两句就是从经典里面来的——'天下有道'是先圣孔老夫子说的，'万寿无疆'是《诗经》里面臣子祝贺国君时说的。您如今说我诽谤，我不过就是说了这些而已。"朱元璋听后，半天说不出话来。过了一会儿才说："这老东西还敢嘴硬！"然后就把这名官员放了，没有治罪。左右人看了都很吃惊，说："数年已来，才见容此一人

而已。"（李贤《古穰杂录摘抄》）

2. 诗文致祸

元朝末年有两位高僧，一个法名一初，一个法名止庵。这两位高僧在元朝末年不肯为官，退隐逃禅。明初，朱元璋请他们做官，他们依旧不肯。后来说是做僧官，两位高僧不好推辞，应征来到京师。

明朝初年的高僧都很有文化修养，诗文俱佳。当时地方上给皇帝进献翡翠羽衣，一初便写了一首《题翡翠》："见说炎州进翠衣，网罗一日遍东西。羽毛亦足为身累，那得秋林静处栖。"

止庵也有一首《夏日西园》："新筑西园小草堂，热时无处可乘凉。池塘六月由来浅，林木三年未得长。欲净身心频扫地，爱开窗户不烧香。晚风只有溪南柳，又畏蝉声闹夕阳。"

这两个人的诗写得都不错，也都有一个特点，就是一心想找个清静的地方，过清静的生活。朱元璋看到这两首诗，大为光火。

他对一初说："汝不欲仕我，谓我法网密耶？"

又对止庵说："汝诗'热时无处乘凉'，以我刑法太严耶？又谓'六月由浅''三年未长'，谓我立国规模小而不能兴礼乐耶？'频扫地''不烧香'，是言我恐人议而肆杀，却不肯为善耶？"（郎瑛《七修类稿》卷三十四《二僧诗累》）

要说这两位高僧有厌官弃世之意，应该没错。但是后面说的那些影射、诽谤，就是朱元璋附会的了。两位高僧百口莫辩，最终被朱元璋治了罪。这是因为诗文致祸的案例。

还有一位高僧，法名来复。他给朱元璋写的谢恩诗中有这么两句，一句是"金盘苏合来殊域"，另一句是"自惭无德颂陶唐"。朱元璋说："你用'殊'字，是说我'歹朱'。你还说'无德颂陶唐'，是说我无德呀，你想以陶唐颂我而不能也！"朱元璋因此把高僧来复杀掉了。

明初的文人，对于朱元璋布衣得天下，难免会有所非议，寓意于诗文之中，并不奇怪。明初著名诗人高启，因诗获罪，即一典型事例。

高启是苏州人，博学工诗。张士诚占据苏州的时候，他正好住在那里。虽然没有入张士诚幕下为官，却与其幕下的文人们往来颇多。洪武初年，他被荐授翰林院编修。后来朱元璋想提拔他为户部右侍郎，他以年少不胜重任推辞。朱元璋对他有所赏赐，放他回家去了。但是史书中说到此事时提到了另一件事情："启尝赋诗，有所讽刺，帝嗛之未发也。"（《明史·高启传》）原来高启曾经写过讽刺朱元璋的诗，朱元璋虽然对他有所嫉恨，却隐忍在心，没有发作。

高启的文集《高青丘集》中有这样一首诗："女奴扶醉踏苍苔，明月西园侍宴回。小犬隔花空吠影，夜深宫禁有谁来？"

这首诗写了一个宫女，因为陪皇上喝酒喝醉了，被女奴扶着回自己的住所。返回路上听到小狗在汪汪叫，这么晚了，还有谁会到后宫禁地来呢？

表面上看，这首诗写的只是后宫妃嫔们的生活。令人回味之处在后两句，意在讽刺朱元璋时代后宫不严，有丑闻。那么这到底是确有其事，还是高启的无稽之谈呢？

明朝人起初也认为这是无稽之谈，但是后来有人考证说："《吴中野史》载季迪因此诗得祸，余初以为无稽。及观国初昭示诸录所载李韩公子侄诸小侯爱书，及高帝手诏豫章侯罪状，初无隐避之词，则知季迪此诗盖有为而作。"（钱谦益《列朝诗集注》甲集四）由此可见，高启的诗确有所指，指的便是韩国公李善长和豫章侯胡美等人乱宫的事件。

清初修《明史》，关于这起事件，修史的人是怎么写的呢？有人说，当初朱元璋大败陈友谅，把陈友谅的姬妾抓来，放到宫中，李善长的子侄有去偷看的。如果真是如此，也只是偷看女俘，算不得乱宫。然而事情远非如此简单。朱元璋将陈友谅姬妾收入宫中，做了自己的妃嫔，以报复陈友谅。李善长的子侄这时候再去偷看，性质就发生了变化。而胡美被杀，史书中明确说与其乱宫有关："胡美……十七年坐法死。二十三年，李善长败，帝手诏条列奸党，言美因长女为贵妃，偕其子婿入乱宫禁，事觉，子婿刑死，美赐自尽云。"（《明史·胡美传》）

高启以才学卖弄，写成讽刺诗，朱元璋虽隐忍不发，却记恨在心。

高启回家以后，教书为生，倒也自在。这一天，苏州知府魏观将府衙重新修建，到了上房梁的时候，按照习俗，要请位名人写上梁文。魏观跟高启是好友，便请高启来写。高启挥笔而就，写成了一篇《上梁文》，谁想因此招来了杀身之祸。史书中说："（魏）观以改修府治，获谴。帝见（高）启所作上梁文，因发

怒，腰斩于市，年三十有九。"(《明史·高启传》)

为什么魏观重修府衙就招来大祸呢？因为他这个府衙修在了张士诚的皇宫旧址上面。有人听到这个消息，就禀告了朱元璋，说魏观这是心存异谋。朱元璋就派了一名御史去调查。这个御史到了苏州，扮成民工，到府衙工地上干活儿。等到上梁那天，他就把高启写的《上梁文》偷偷抄了一份，回去交给朱元璋。在这篇《上梁文》中出现了"虎踞龙盘"之句，这就意味着高启想到了这里曾是张士诚旧宫，这在当时当然是重大的政治问题。

虽然人们都为高启感到可惜，对朱元璋批评有加，但高启确实讽刺了朱元璋后宫，也确实把张士诚旧宫说成虎踞龙盘。

跟高启相比，那些野史笔记中记述的被杀的教官、高僧，冤枉多了。

3. 孟子节文

有一天，朱元璋闲来无事，找了一本《孟子》来读。读到《离娄下》这一篇的时候，看到这样一句话："君之视臣如土芥，则臣视君如寇仇。"朱元璋一看，这还了得！这不是在说我处理臣下吗？我处理他们严了些，过火了些，把他们视为草芥，他们就要视我为敌人！这些言论明显是要挑动臣下反对君主呀！

怎么办呢？朱元璋真想下令把这部书毁了。可是孔孟之道被历朝历代遵循，要是把这部书毁掉，那影响可就大了。既然不能全部禁毁，那就不能让人们读到这些轻君的内容！于是朱元璋想了个"聪明"的办法，他下令把孟子从孔庙里面搬出去，并且对

《孟子》这部书进行删节。

主持这项工作的官员名叫刘三吾，他在《孟子节文》题词中说："《孟子》一书，中间词气之间抑扬太过者八十五条，其余一百七十余条，悉颁之中外校官，俾读是书者，知所本旨。自今八十五条之内，课试不以命题，科举不以取士，一以圣贤中正之学为本。"（《北京图书馆古籍珍本丛刊·经部》）

朱元璋让刘三吾删掉了些什么内容呢？

比如，"君仁莫不仁，君义莫不义"。意思是说君主不仁不义，臣下才会不仁不义。

再如，"行一不义、杀一不辜而得天下，皆不为也"。意思是说国君不能做不义的事，不能杀无辜的人，不能用这种方式得天下。

还有，"君之视臣如手足，则臣视君如腹心；君之视臣如犬马，则臣视君如国人；君之视臣如土芥，则臣视君如寇仇"。

还有，"民为贵，社稷次之，君为轻"。

这大概算得上朱元璋干的最失策的一件事，以至于成为后人的笑柄。

朱元璋当时下令谁也不许为这件事进言，不然以大不敬论处。可是一位名叫钱唐的刑部尚书还是立即写了奏疏觐见朱元璋，而且扬言："臣为孟轲死，死有余荣。"（《明史·钱唐传》）

结果朱元璋没有以大不敬的罪名处理钱唐，而且宣布恢复孟子在孔庙中的配享。到了永乐朝，明成祖朱棣又重新恢复了《孟子》全文。

第二十三章

兴学重教

1. 天下学校

洪武八年（公元1375年），朱元璋下发了一份谕旨，谕旨中说："诏有司立社学，延师儒，以教民间子弟。"（《大明会典》卷七八）

朱元璋让地方官府帮助民间办学校，这种学校叫社学。请来教学的老师还必须经过政治审查，没有被判过刑、受过处分的才有资格。这种社学虽然要由地方政府出面操办，可是"有司不得干预"，给学校充分的办校自主权。

这种学校既不是官办的正式学校，也不是民办的私塾，办这种学校，就是要尽可能普及民间教育。

那时候老百姓家的孩子都先在私塾里面读书认字，学到一定程度了，就可以去考官办学校。明朝的官办学校有两种：一种是地方府、州、县的儒学；另一种是京城里的太学，正式的名称叫国子监。除了这两种学校之外，还有一种民办官助的学校，这就是朱元璋诏书中要求地方上建立的社学。

既然皇上下了谕旨让地方建社学，地方上当然不敢怠慢，一时间各地纷纷建校。

开办社学大约五年后，到了洪武十三年（公元1380年），朱元璋又下令停办社学。用朱元璋的话说，这叫"好事难成"。为什么呢？朱元璋说："且如社学之设，本以导民为善，乐天之乐。奈何府、州、县官不才，酷吏害民无厌，社学一设，官吏以为营生。有愿读书者，无钱不许入学。有三丁四丁不愿读书者，受财卖放，纵其愚顽，不令读书。有父子二人，或农或商，本无读书之暇，却乃逼令入学。有钱者，又纵之；无钱者，虽不暇读书，亦不肯放，将此凑生员之数，欺诳朝廷。"（朱元璋《御制大诰·社学第四十四》）

本想让百姓的孩子读点书，结果官员们把办学当成了他们营私舞弊的手段。朱元璋发现了这些问题，决定停止社学。

三年以后，到了洪武十六年（公元1383年），朱元璋又下令让各地"复设社学"。社学因地方官重视程度不同，历经几盛几衰。但终明之世，始终与私塾、义学相辅，成为乡间教育的一部分。

社学虽然不比正式官办的府、州、县学校，但它毕竟是半官方的，不仅规模大，一般是"凡三十五家皆置一学，愿读书者，尽得预焉"；而且有校产田地供养，因此能够请到当地最好的老师，教学质量也比一般私塾高一些。

别看这些社师只是一些地方上没有官职的老儒，在当时当地可是很有影响力的。明朝初年有一位有名的地方老儒，名叫李希颜。因为在地方上教书名气太大，朱元璋就把他请到宫里教自己的儿子。据说这位乡间老师好用体罚，哪个学生不听教诲，就要打板子。到了宫里面，他也改不了这种教学方式，有的小王爷淘气，就要挨他的板子。小王爷被打得挺重，朱元璋知道了，心里不痛快，想要发作，马皇后却说："这是先生代圣人教我们的孩子，这可怪不得先生。"后来朱元璋的儿子都长大成人，到自己的封国去了，李希颜才回到家乡。如果社学能够请到这样的老师，学生也就受益了。

乡里的小孩子年龄到了八岁以上，就一定要送到社学读书。读得好的，可以保送到府、州、县正式的官办学校，成为有身份的秀才。

史书中记载了一个六岁的孩子因为能背诵《大诰》，得到朱元璋接见，还给了奖励的故事。

六岁的小孩子能够把朱元璋的语录《大诰》全部背诵下来，确实是件新鲜事，不管他背的是朱元璋语录还是唐诗，都应该算得上是一位小神童了。不过按照年龄规定，六岁的孩子不能上社学，他只能在私塾里接受识字教育，到八岁以后才能进社学，在社学里面学得好，才能进入官办的学校继续读书。没有进入官办学校的读书人，不管是小孩子，还是年龄大的人，都叫"童生"。

2. 官学秀才

这些少年童生一旦进入官办的学校，不管是府学，还是州、县学，就都成了儒学生员，即秀才。

朱元璋说过，治理国家，最重要的两件事：一是农桑，二是办学。抓农桑是为了解决穿衣吃饭的问题，办学是为了解决国家人才问题。

朱元璋小时候家里穷，只读过几天私塾，后来打天下时深知穷家孩子不能读书的苦处，所以他当了皇帝以后，就格外重视教育。因此，早在提倡民间办学之前，朱元璋就在全国建立了官办学校。

"洪武二年诏天下府、州、县皆立学。"（《明史·职官志四》）同时，朱元璋对中书省的官员们说："学校之教，至元其弊极矣。上下之间，波颓风靡，学校虽设，名存实亡。兵变以来，人习战争，惟知干戈，莫识俎豆。朕惟治国以教化为先，教化以学校为本。"（《明史·选举志一》）

干戈，指代战争。俎是祭祀时摆放牛羊等祭品的礼器，豆是上古盛食物的器皿，古人常用"俎豆"代指礼仪。朱元璋这段话的意思是说元朝对教育重视不够，加上元末战乱，人们都不关心礼乐教化了。所以他建学校的目的有两个，首先就是教化民风，改变元末的风气；其次就是培养自己所需要的人才。

这一年，朱元璋特地让各地儒学老师公费到京师来，并接见他们。可是等到朱元璋见到这些老师的时候，就高兴不起来了。原来这些老师中的许多人，只是书呆子。朱元璋向他们询问民间疾苦，他们回答说："臣职在训士，民事无所与。"（《明史·门克新传》）朱元璋听了很不高兴，说道："宋朝的胡瑗为苏州、湖州儒学教授，他教学生们要兼通，用学到的经义做实事。汉朝的贾谊、董仲舒虽起自田间，都能谈时务。唐朝的马周即使不能亲自见到太宗，也要教武臣们代其言事。如今我把你们请了来，亲自接见你们，问询民间之事，你们居然无言以对，难道你们学的圣贤之道就是这样的吗？"他一怒之下，把这些教师都赶到边远地区去了，而且专门下了一道圣谕给全国的学校，使为鉴戒。

朱元璋建立的府、州、县学的等级是一样的，只是教官级别有所不同。府一级的学校教官叫"教授"，州一级叫"学正"，县一级叫"教谕"，他们的下面还有一些教员，叫"训导"。这几个级别的教官中，只有府学教授是从九品官员，其他的教官连个品级都没有。虽然教官品级很低，或者根本没有品级，但是即使一般的教员训导也有冠带，而且不允许地方官差遣教官。

当时学生最多的是应天府学。应天府是京师所在地，所以学生多一些，共有六十名学生。其他各地学校的学生都有定额，府学有四十名，州、县只有三十名。估计当时全国在校学生可达三万至五万人，能占到全国人口的千分之一。

这些秀才都是公费生，每月每人有六斗米，后来又加到一石，还给鱼肉。不仅管饭，还管穿衣。不过衣服也是有规定式样的，是统一的校服：戴四方巾，穿生员服，长袍，离地一寸，袖长过手，翻回来的袖口，不能超过肘部三寸。后来因为这套衣服跟吏员的服装有些像，又做了式样改进，改进的衣服有个专名，叫襕衫，用玉色布绢做成，宽袖，后来又让戴个遮阳帽。史书中说："太祖亲视，凡三易乃定。"（《明史·舆服志三》）

秀才不仅自己不愁吃穿，还能免去家里两个人的徭役。有了特权，就算是有身份的人了。

3. 太学卧碑

今天在北京仍能看到国子监。不过朱元璋时代，京城在南京，所以那时候的国子监建在南京。起初朱元璋改应天府学为国子学，后来又改建新校址于鸡鸣山下，并且改名为国子监。朱元璋把他的老家凤阳建成了中都，所以也建了一个中都国子监，不过这个国子监存在的时间不长。国子监是明朝的最高学府，在国子监里面读书的学生就叫监生，也叫太学生。

那监生们是怎么选出来的呢？按照明朝制度，每年要挑选府、州、县学生员当中年龄在二十岁以上、厚重端秀的学生。每个学校选一名，送国子监考试，考中的就留下读书，考不中的，还回原来的学校；另外参加进士考试落榜的举人，也可以入国子监读书。那时候，从国子监中选拔出来的人才，有不少被授予高官。

洪武二十六年（公元1393年），国子监监生当中有六十四人被任命为布政使、按察使及参政、参议、副使、佥事等官职，所以后人评论说："其一旦而重用之，至于如此。其为四方大吏

者，盖无算也。"（《明史·选举志一》）

考入国子监既然是学生们当官的捷径，国子监自然也就成为学生们向往的地方。不仅内地各儒学生员们竞相入学，连云南、四川一带的土司子弟，也都希望能以少数民族的身份入学。当时国子监里还有一些外国留学生。洪武四年（公元1371年），选入国子监读书的监生达两千七百八十二名；二十二年后，洪武二十六年（公元1393年），就多达八千一百二十四名了。

那时候朱元璋经常到国子监视察。有一天，他又去视察，回到后宫，马皇后问他："国子监情况怎么样？有多少学生？"朱元璋说："有好几千人。"马皇后说："人才不少呀！可是这些学生有公费伙食，家里人靠什么过日子呢？"于是朱元璋下令建立红板仓，专门为监生们的家属提供口粮，"太学生家粮自后始"（《明史·马皇后传》）。

明朝国子监有严格的学规。这些规定被刻在一块石碑上面，称"太学卧碑"。明朝国子监的校规是洪武二十年（公元1387年）确定下来的，一共二十七条。有关于着装举止的，有关于学习内容的，还有外出规定。违反了，基本上都是要被暴打！

学生们的作息安排也十分紧张：初一放一天假，初二、初三会讲，初四背书，初五、初六复讲；初七背书，初八会讲，初九、初十背书，十一复讲；十二、十三背书，十四会讲，十五放假，十六、十七背书，十八复讲；十九、二十背书，二十一会讲，二十二、二十三背书，二十四复讲；二十五会讲，二十六背书，二十七、二十八复讲；二十九背书，三十复讲。整天就是背书、会讲、复讲。

那时候采取的是学分制。入学后首先要在广业堂学习基础课，从广业堂升到率性堂以后，就可以开始积累学分了。有的课程一分，有的课程半分，如果一年下来积不到八个学分，就别想毕业。

当时管理国子监最久而且最有名气的人物叫宋讷，史书中说他："讷为严立学规，终日端坐讲解无虚晷，夜恒止学舍。"（《明史·宋讷传》）

朱元璋觉得他管学校管得好，他死后，就让他的儿子宋复祖接着管。宋复祖坚守父亲的学规，"诫诸生守讷学规，违者罪至死"（《明史·宋讷传》）。

可是仅凭严格管理，仅仅读书、背书、讲书，就能有政务经验吗？

事实上，国子监教育的另一个重要特点就是"监生历事"，要到各级部门工作三个月到一年，甚至几年时间。

洪武五年（公元1372年），朱元璋下令让国子监的监生们到各个部门去实习。一种是去正式衙门实习，比如吏部要四十一名、户部要五十三名、礼部要十三名、大理寺要二十八名、五军都督府要五十名，这些叫"正历"，三个月以后就可以选任了。还有一些，也在这些部门实习，但干的是杂事，叫"杂历"，一年以后可以选任。再有就是到各衙门参与一般事务，多则三年，少则一年，然后再经选任去当官。还有一些监生到各衙门去，只是实习，实习一段时间后再回国子监读书。

这些监生本来就有比较好的文化素质，再加上一段时间的实习，便可以胜任日后的工作了。

　　但是仅靠国子监每年培养的官员，还不足以解决官员的选用问题。洪武三年（公元1370年），朱元璋下了一道圣旨，其中做了一个重要的安排。

第二十四章
科场内外

1. 开科取士

洪武三年（公元1370年），朱元璋下了一道诏书，开科取士。他在诏书中说："奉天承运，皇帝诏曰：……自洪武三年八月为始，特设科举，以取怀材抱德之士，务在经明行修，博古通今，文质得中，名实相称。其中选者，朕将亲策于廷，观其学识，品其高下，而任之以官，果有材学出众者，待以显擢。"（王世贞《弇山堂别集·科试考》）

明朝科举制规定，遇到子、午、卯、酉的年份，就举行乡试；这四年的第二年，也就是丑、未、辰、戌的年份，举行会试。乡试在八月份举行，考中的叫举人。会试在第二年二月份举行，考中的叫进士。考试时间都是从当月初九开始，三天一场，一共考三场。

朱元璋时代，刚刚恢复科举考试，制度还不完备，但是已经有了乡试、会试的文字程序，对考试内容、形式，考中者的安排，以及乡试会试时间、参考人条件等做了相关规定。除了没有按照规定年份举行，基本制度已经形成了。

洪武三年（公元1370年）举行的乡试，算是明朝开国以后第一次全国性的考试，宋濂是这次考试的主要负责人之一，他在记述当时京城乡试的情况时说："兵后废学，不敢求备于人，其来试者一百三十有三，在选者过半焉。"（宋濂《宋文宪公集》卷一）因为是立朝之初，经历了多年战乱，学校也废止多年，所以不能要求过高，录取率达到百分之五十以上。

乡试的第二年，在京城举行了会试，叫"开国第一科"。这一年会试一共录取了一百二十名，皇帝亲自殿试，排出一、二、三甲。一甲共三名，第一名叫状元，第二名叫榜眼，第三名叫探花。这三名被皇帝赐进士及第。二甲若干名，赐进士出身。三甲若干名，赐同进士出身。当时，江南士子们的文化水平高，尤其是浙江，所以新科进士中，浙江籍的有三十一名，占了三分之一。

这一科的状元名叫吴伯宗，当时就被授官为礼部员外郎。史书中说他为官刚正不阿，因为不肯依附丞相胡惟庸，被贬谪到凤阳。后来他上书弹劾胡惟庸，胡惟庸被杀后，他又被召入朝中，先后在国子监、翰林院任职，还当过殿阁大学士中的武英殿大学士。后来因举荐人才不实，被贬官为翰林院检讨，死在了翰林院的任上。

除去吴伯宗，开国第一科进士中有点影响力的还有叶砥，他历官洪武、建文、永乐三朝，担任史官多年。永乐初年曾经因为直书"靖难"史事，被抓了起来。被放出来后仍然修史，主持过《永乐大典》的编修工作。

还有一位聂铉，在诗文方面颇有名气，跟当时当过国子监助教的另外两位文化人张美和、贝琼一起被称为"成均三助"。

有意思的是，这一科参加考试的还有三位外国人，他们都是朝鲜人。其中一位名叫金涛的朝鲜青年得了三甲第五名，授官为东昌府安丘县丞。这三个人虽然能读汉文、写汉文，但是用汉语交流困难，所以最后还是回国去了。

从洪武三年（公元1370年）开始，一连三年，年年都有乡试，一直考到洪武五年（公元1372年）。正当读书人因考中乡、会试，弹冠相庆的时候，洪武六年（公元1373年），明太祖朱元璋下令停止举行会试。这是怎么一回事呢？

朱元璋在给中书省的一份文件中说得十分清楚："有司所取多后生少年，观其文词，若可有为，及试用之，能以所学措诸行事者甚寡。朕以实心求贤，而天下以虚文应朕，非朕责实求贤之意也。今各处科举宜暂停罢，别令有司察举贤才，必以德行为本，而文艺次之。"（王世贞《弇山堂别集·科试考》）

文坛宗师宋濂对这些考生的评价就更糟糕了："自贡举法行，学者知以摘经拟题为志，其所最切者，惟四子一经之笈，是钻是窥，余则漫不加省。与之交谈，两目瞠然视，舌木强不能对。"（宋濂《宋学士全集·中顺大夫礼部侍郎曾公神道碑》）当时的考生，大多成了考试机器，只知道钻研经学，结果高分低能，与之交谈，瞠目结舌。

朱元璋刚刚建立大明朝，要的是实干型的人才。既然科举取士的办法不好用，他干脆就把科举考试给停了。这一停不要紧，问题就出来了。从隋、唐开始，士子们读书，就是为了通过科举得到一官半职，这一停，读书人的读书劲头就差多了。可是如果年轻人都不读书，又怎么能够成为国家需要的人才呢？

2. 举贤荐能

朱元璋的解决办法是令有司察举贤才。

历朝历代选用人才的主要办法不外三种：世袭制、举荐制、科举制。

东汉时就有了等级与选荐结合的人才选用办法，叫九品中正制。当时按家世和德才，把士人分为上上、上中、上下、中上、中中、中下、下上、下中、下下，一共三等九品，朝廷按等级选取人才任官。朱元璋对举荐人才并不陌生，他打天下时得到的那些文人士大夫，都是通过举荐的方式获得的。自从明朝停止了科举，所有空缺的官员位置，都要由官府推荐人才填补，这种情况维持了整整十年。

洪武六年（公元1373年）二月，朱元璋宣布废止科举。两个月后，朱元璋下令，命吏部访求天下贤才，以德行为本，而文艺次之。选用的人才分八种：一、聪明正直，二、贤良方正，三、

孝佛力田，四、儒士，五、孝廉，六、秀才，七、人才，八、耆民。"皆礼送京师，不次擢用。"（《明史·选举志三》）

《明史·选举志三》中这样记述当时的情况："时中外大小臣工皆得推举，下至仓、库、司、局诸杂流，亦令举文学才干之士。其被荐而至者，又令转荐。以故山林岩穴、草茅穷居，无不获自达于上，由布衣而登大僚者不可胜数。""多至三千七百余人，其少者亦至一千九百余人。"

一年举荐几千人，可谓人才济济了。

比如有一位蒙古人，名叫答禄与权，洪武六年（公元1373年）被举荐到秦王府当官，后来又改任御史。这位蒙古族御史，既有水平，又敢于直言。有一次盱眙县向朱元璋进献瑞麦，说这是皇上大德而致。答禄与权劝朱元璋把瑞麦进献给太庙。朱元璋采纳了他的建议，说："以瑞麦为朕德所致，朕不敢当，其必归之祖宗。"（《明史·答禄与权传》）历代帝王庙也是由他建议修建的。

李原名是以通经儒士被举荐为御史的，后来当上礼部尚书，但凡外交事务，朱元璋都要向他咨询。明朝初年的养老政策，还有府、州、县岁贡监生的数额，以及官民服饰，都是他主持制定的。

桂彦良是一名老儒，洪武六年（公元1373年）入朝，与宋濂一起教授年轻官员。有一次，翰林院官员在撰写祭天文章的时候，用了"予"和"我"字，朱元璋认为不敬。那时候朱元璋正搞"文字狱"，于是让御史给他们定罪。桂彦良得知后，对朱元璋说："当年商汤帝曾说'予小子履'，周武王祭祀文王的时候，说'我将我享',都用过'予'和'我'。"朱元璋听后才知道自己孤陋寡闻了。这位桂老先生因此救下数十名官员。

有一位名叫任昂的官员被荐为襄垣训导,后升为御史、礼部尚书。明朝的许多制度都出自他手。比如国子监的学规,官员妻妾封赠条例,更定冕服制度、朝参的座次、民间的礼仪活动、地方官吏的考核办法,等等,都是他主持制定的。洪武十五年(公元1382年),任昂奏定了由翰林院对天下举贡士子的考试制度,又"条上科场成式,视前加详,取士制始定"(《明史·任昂传》)。虽然是科举与荐举并行,但是停罢了十年的科举取士又恢复了。

3. 春夏二榜

洪武十八年(公元1385年),是干支纪年的乙丑年,正是大比之年。这一年会试共取录了黄子澄等四百七十二人;经过殿试,选中了一甲三人,丁显为状元,练子宁为榜眼,花纶为探花。

这里面还有一个小故事:本来这一科的状元是花纶,可是殿试的前一天夜里,朱元璋做了一个梦,梦见皇宫大殿的大柱子上有一个巨大的钉子,钉着的几条白色丝带飘落而下。第二天正好是殿试的日子,朱元璋打开考生试卷一看,第一名就叫花纶,正好跟梦里的白丝带一样。朱元璋觉得好奇怪,梦里面那个大柱子上的白丝带不是飘落下来了吗?再看下一个考生的卷子,名字居然叫丁显,朱元璋心想,这才是那个钉在柱子上的大钉子呀,于是把丁显选为头名状元，把花纶选为第三名探花郎。这段故事记录在明朝人的笔记中，不知道是真是假。

总的来看，科举制还是比举荐要好些。为什么呢？因为它相对公平。古代科举考试是很严格的，从考生资格，到考生进入考场，到考卷的封卷、誊录、判卷都有一套严格的制度。关于科举考试，还有一种明太祖和刘基定以八股文取士的说法。主要依据是《明史·选举志二》里面的一段话："科目者，沿唐、宋之旧，而稍变其试士之法，专取四子书及《易》《书》《诗》《春秋》《礼记》五经命题试士。盖太祖与刘基所定。其文略仿宋经义，然代古人语气为之，体用排偶，谓之八股，通谓之制义。"

其实明朝的八股取士始于成化以后，距朱元璋时代已经百年之久。而且，也不能完全否定八股取士的办法，这其实是一种规范考试试卷的办法。因为中国历代科举考试考的都是作文，如果有人写这种文体，有人写那种文体，判卷的老师就不好把握。把文体规范统一，谁好谁差，一眼就能看出来。

明朝不仅采用八股文体规范考试，还实行分省分卷考试的办法，南、北用不同的试卷，后来又分为南、北、中三种试卷，尽量保持考生的平衡。不过朱元璋时代还没有八股取士，也没有分卷，结果就引出事来了。

洪武三十年（公元1397年）是丁丑年，也是大比之年。这一年二月的会试，一共有五十二人考中。经过殿试，选定了状元陈䢿、榜眼尹昌隆、探花刘谔，以及二甲十三人，三甲三十五人。但是这些新科进士中竟然没有一个北方人！于是落榜的考生们闹起事来，他们上书说考官刘三吾等人是南方人，照顾同乡，所以不录取北方人。

朱元璋见到奏疏当然生气，他让考官们从落选的卷子中再选些比较好的北方考生的考卷，补录一批。既然皇上下令了，考官们便又找出一百多份试卷，每人十份，结果仍然没有一个北方考生被录取。

这时候有人对朱元璋说，这些考官挑的都是差卷子，不找好的看。这可把朱元璋惹恼了。他亲自阅卷，录取了六十一人。六月初一殿试，定状元韩克忠、榜眼王恕、探花焦胜。

这下负责考试工作的考官们可就倒霉了。考官白信蹈、张信等被凌迟处死，刘三吾因为年老，被发配到边远地区。状元陈䢿和探花刘谔也都被发配成边。

因为原来那次考试在二月，是春榜，朱元璋亲自主考的这次在六月，是夏榜，两榜一共录取了一百二十三人，所以在历史上被称为"春夏榜"；又因为第一榜录取的都是南方人，第二榜录取的都是北方人，所以也叫"南北榜"。这个事件也成为明朝开国科场的第一大案。

其实那时候北方经历战乱，经济文化都不及南方，北方考生的文化水平很难赶上南方考生。考官只是凭文章好坏录取，并没什么错，即使有不公之处，也不至于被凌迟处死。后人很不理解朱元璋的所为，纷纷找寻这次科场案的原因。有人说是因为考官出题时有讥讽朝廷和凶恶的文字，引得朱元璋发怒；也有人说考官第二次阅卷时所上的试卷中有影射之词。可是在一些相关文章的摘录中并没见到讥讽朝廷或者凶恶的字眼。倒是有这么一种说法较为可信：考官张信曾经是元朝状元，他在朱元璋的儿子韩王的府中当官时，曾经教韩王写杜甫诗讥讽政治，还随意删改朱元璋的御制文。这次新旧账一起算，才被凌迟处死的。

其实朱元璋这么折腾，还有一个重要原因，那就是他不想让南方士大夫和官员们的势力太大，他要对江南势力进行限制。

再有一个原因是，朱元璋是全中国的皇帝，虽然江南是全国经济文化的中心，但北方是军事中心，因此朱元璋即位后，必须兼顾到北方的发展。

中国历史上，开发最早的地方本来是黄河流域，从秦、汉、魏、晋，到隋、唐、北宋，国家的政治中心都在北方。自从东晋南迁，随着政治中心的南移，加上江南优越的地理条件，江南很快就发展起来了。元朝时，虽然国家的政治中心在北方，可是经济中心和文化中心还是在江南。

朱元璋登基以后，通过科举和荐举，把一些有文化的人吸收到官吏队伍中，因为江南地区经济文化发达，所以政府官员中，江南人的势力比较大。

这些江南籍的官吏有两个特点：一是他们跟江南富户有很深的渊源，有些官员本人就是江南富户出身；二是从历史渊源看，因为当初张士诚占据着苏、松、杭、嘉、湖一带江南最富庶的地区，所以当地的文化人跟张士诚多少有些关系。这样一来，无论是经济上，还是政治上，朱元璋对他们都不能放心，所以当他看到科举考试录取的全都是南方考生时，才会如此愤怒，以致把考官都杀掉了。

第二十五章
凤阳花鼓

1. 沈万三秀

说起江南富户，就不得不提沈万三。沈万三名叫沈富，字仲荣，行三，史书中称他为"沈万三秀"。

据说沈万三原籍是湖州南浔，因为后来住到苏州，所以大家都认为他是苏州人；后来他又安家在南京。从湖州到苏州再到南京，江南这一带都留下了他的足迹。

有一本叫《苏谈》的书中记述道："沈万三家在周庄，破屋犹存，亦不甚宏壮，殆中人家制耳，惟大松犹存焉。被没者非万三家，盖万四之在黄墩者耳。"

沈万四又是谁呢？他就是沈万三的弟弟，也是个大财主。据说，朱元璋开国，沈万三兄弟"先富民上税万石、白金五千"（查继佐《罪惟录·列传》卷三十二《沈万三秀》）。后来朱元璋让他们造军营六百五十间，还让他们出资建了南京城从洪武门到水西门的城墙。能一下子拿出这么多钱来，可见沈家兄弟确实很有经济实力，甚至可以说是"富可敌国"。据说南京城里的会同馆，就是沈万三的故宅；后湖，也就是玄武湖里面的公园，原本是沈万三的私家花园。

　　沈万三在明初就愿意拿出钱来帮助朱元璋，应该算是个开明绅士。朱元璋就算不给他一官半职，也应该给他些虚名吧。可是朱元璋不仅没有给他什么官职，据说还把他给杀了；也有人说他没被杀。总之，沈万三成了明初的一个传奇式人物。

　　关于沈万三钱财的传说很多，传得最广的一种说法是：他的钱之所以用不完，是因为他家里藏着一个宝物——传说中的聚宝盆。但这显然不可信。这种说法在民间百姓中传一传当然没什么关系，可是要记载在史书中，就不行了。那么史书上又是怎么记述的呢？

　　一种说法是，沈万三本来很穷，有一天他吃完饭，到水边洗碗，不小心把碗掉到水里去了。他去捞，碗没捞上来，却捞上几枚石子。沈万三一看，这石子光泽润滑，不同寻常，于是就把水里面的石子都捞了出来。后来他偶然听说，这种石子其实是一种宝石，叫"乌鸦石"。于是精明的沈万三发现了商机，用这些宝石作为资本，去海外经商，因此发财致富。

　　另一种说法也是说沈万三本来很穷，有一天他在船上睡觉，天刚刚亮时，有一位老人带着七个挑担子的人过来，他们把担子放在他这儿，让他守着，说完人就都不见了。沈万三打开一看，整整七担黄金，从此他就发财了。

比较可信的一种说法是，沈万三既勤奋，又遇到一些好机会，更有日后的努力经营，于是发了财。

朱元璋虽然建立明朝，统一了全国，但是战乱之后，北方经济被破坏得比南方更为严重。本来北方的经济就比不上江南，这样一来，江南一带，包括苏南、浙江、江西、湖广这些地方就成了当时国家经济的支柱。这些地区中，尤以苏杭最为富庶，是国家经济的主要来源。

沈万三既然是江南首富，那么朱元璋如何处理跟他的关系，就成为处理跟江南富民们关系的模式了。

有一个比较普遍的说法：朱元璋打下天下后，南京成了国家的政治中心，他就想扩建南京城。可是苦于府库虚乏，难以成事。沈万三得知后，自告奋勇，愿意出一半的经费帮助建城。他跟朱元璋约定，同时开工，看谁建得快，建得好。结果沈万三比朱元璋先三日完工。朱元璋设酒慰劳他，对他说："古有白衣天子，号曰素封，卿之谓矣。"嘴上这么说，心里其实很不痛快。你一个老百姓竟敢胜过我这个皇帝！于是就想找机会杀掉他。正好这时候沈万三筑苏州街，用茅山石为心，被说成有异谋，朱元璋就以此为借口把他抓起来杀掉了，财产也充了公。（孔迩《云蕉馆纪谈》）

另一个版本跟这个说法不大一样：沈万三修南京城以后，朱元璋表彰了他。得到皇帝的表彰，沈万三很高兴，他还想再干点漂亮事，就提出替朱元璋犒赏三军的想法，这引起了朱元璋的猜疑。一个富户去犒赏三军，这不是收买军心吗？你收买军心为了什么？不就是为了让三军听你的话吗？三军都听了你的话，那你想造反还不容易吗？朱元璋越想越不对劲，于是想杀掉沈万三。还是马皇后仁慈，劝阻了他。那些平日嫉妒沈万三的人知道他被朱元璋猜疑了，就纷纷告他的状。朱元璋最后还是对他网开一面，没有杀他，只是把他发配西南充军。

这些记载，有真有假，但是说来说去，有一个核心的内容没有变，那就是沈万三在明初确实是"因富致祸"。

沈万三与朱元璋之间发生的这些故事，其实就反映了朱元璋与江南富户的关系。因此"因富致祸"，也就成了明初江南富户的必然结果。

2. 微服私访

朱元璋是穷苦人家出身，参加元末农民起义军红巾军才打下天下。虽然说打下天下以后整个国家都是他的，他成了全国最大的地主，可是这位放牛娃出身的皇帝，跟那些拥有良田宅院、富可敌国的有钱人的关系一直比较微妙。

相传有一天，朱元璋微服私访，来到南京城里的三山街。他走得有点累了，正好经过一户人家，见到门前放着一把椅子，就坐下来休息。坐了一会儿，从屋子里面走出一个老太太。朱元璋就跟这位老人唠起家常来。

朱元璋问："老人家是哪里人呀？"

老太太哪知道这就是当今皇帝呀，于是她就回答说："我是苏州人。"

一听说老太太是苏州人，朱元璋立刻想起张士诚来，他就问了："你既然是苏州人，那当年张士诚在苏州时，你们过得怎么样呀？"

老太太一听这位客人问起张士诚，立刻来了精神，把她自己的想法和道听途说的合在一起说："大明皇帝起事时，张王自知非真命天子，全城归附，苏州人因此不受兵戈之苦，到现在大家都怀念他呢！"

朱元璋听了老太太这番话，心里可就不平衡了。第二天一上朝，他就对满朝文武说："张士诚对苏州人本来谈不上有什么大恩大德，可是我昨天见到一个苏州老妇人，竟然深感其恩。怎么我们京城的百姓中就没有一个人像这位老妇人一样，念念我的好呢？"

如果说苏州是张士诚的根据地，那南京就是朱元璋的根据地，可是南京人对他就不像苏州人对张士诚那么感恩。这样一来，朱元璋既不满南京人对他不感恩戴德，又觉得苏州人不跟他一条心，所以他对苏州、松江这个地方的人就心存怀疑了。

这段故事真假难辨。如果真的像一些史书中记述的那样，那也太小看朱元璋了。诚然，朱元璋本来就对富户们不那么放心，因为张士诚的原因，对苏州富户更不放心。但是最主要的原因还是，要想把全国富户控制起来，首先就得把苏州、松江这些富裕地区的富户控制起来。要想把江南富户控制起来，就要分散他们的力量。为此，朱元璋采取了一个办法——把这些富户迁到别的地方去。

迁到什么地方去呢？迁到南京和凤阳去。那时候南京是京师，凤阳是中都，一个国都，一个陪都，如此一来，既分散了富户，又充实了这些地区。等到朱元璋儿子朱棣夺位当了皇帝，又把苏、松一带的富户往北京迁。这在历史上叫迁苏、松富户"实三都"。

朱元璋一共迁徙了多少富民呢？史书中说，洪武三年（公元1370年），迁江南富民十四万户于中都凤阳；二十四年（公元1391年），迁富民五千三百户于南京；三十年（公元1397年），"又命户部籍浙江等九省，及应天十八府富民万四千三百余户，以次召见，徙其家于京师，谓之富户"（赵翼《廿二史札记·明初徙民之令》）。

朱元璋这样做，本意是仿效汉朝徙民实关中。可是这些富民，到了新地方，日久破产贫乏，"其后遂为厉阶云"。

每年春天，存的粮食吃完了，新粮食又没生产出来，农村人便出门去要饭。迁徙的富民就趁这个机会，成群结队，到江南各地去乞讨，顺便回故乡去扫墓，后来这就成为当地的一个习惯——每年春天，这些人拿着当地的一种花鼓，一路卖唱着回家——这就是著名的凤阳花鼓。史书上记述的花鼓唱词是这样的："家住庐州并凤阳，凤阳原是好地方，自从出了朱皇帝，十年倒有九年荒。"（赵翼《陔余丛考》卷四十一《凤阳丐者》）

从这些唱词中就能看出，这些人对朱元璋是很不满意的。要不然怎么会说凤阳原本是个好地方，只是因为出了朱元璋这位皇帝，才成了十年倒有九年荒的地方？其实凤阳地处淮河流域，自然条件并不好，倒是因为出了朱皇帝——因为这里是皇上的老家，给了许多特殊政策，才比原来好了许多。只是这些被迁徙来的富户，生活每况愈下，甚至破产要饭，他们才会说朱元璋不好，才会唱出这样的歌词来。

如今能够听到的跟朱元璋迁徙富民有关的不止这一首《花鼓调》。有一首《茉莉花》就是一位新四军军旅作曲家根据江苏民歌《鲜花调》改编而成的。据一些专家考证，这首歌曲也跟朱元璋有关系。据说当时南京有一条街叫珠玑巷，因为这里的居民说了怀念张士诚的话，被朱元璋发配到青海，他们带去了这首歌。

虽然迁走了一些东南富户，可是苏、松这一带仍是中国最富裕的地区，仍然有很多富户。朱元璋对他们还是不放心，于是他想方设法制定了一套打击江南富户的政策。

3. 苏、松重赋

朱元璋怎么打击留在江南地区的富民呢？《明史·食货志三》中说："初，太祖定天下官、民田赋。……惟苏、松、嘉、湖，怒其为张士诚守，乃籍诸豪族及富民田以为官田，按私租簿为税额。""大抵苏最重，松、嘉、湖次之，常、杭又次之。"这下，苏、松的税可就重了。

当时苏州府一个府的秋粮共二百七十四万六千余石，其中只有十五万石是民田税粮，其余都是官田税粮。苏州一个府的官田税粮跟浙江一省相同——浙江也是富庶地区，更不要说北方那些相对贫瘠的地区了。苏州一府的税收就占了当时全国税收的十分之一。

这么一来，明朝后来的皇帝可就麻烦了。他们先后想办法降低当地税额，可是税额一旦减少，对国家收入的影响就很大，所以减来减去，这里还是一个重赋地区。这也成为明朝自朱元璋以后，历代皇帝和大臣们不得不面对、不得不慢慢改变的一个现实。

明朝的赋税以苏、松两府为最重，其次是常州。那么，明朝赋税最轻的地方是哪里呢？有学者考察了明朝赋税的情况，结果表明明朝赋税最轻的省份是湖广。苏州、松江，每亩地收税二三斗，而江西才收六升，浙江才收五升，税收最少的湖广，平均每亩地才收一升。虽然都是在大江之南，可是苏、松赋税与湖南、湖北相差悬殊。

对于这一情况，朱元璋当然清清楚楚，这都是他有意安排的。朱元璋的目的是要通过税收的杠杆，给那些经济不发达的地区提供有利的发展条件，促进那里的经济发展。

正在朱元璋用心布局的时候，有人给他送来了一封"人民来信"。他打开一看，立刻高兴起来。

第二十六章

大槐树下

1. 行走江湖

明朝初年，战乱刚刚结束，荒芜田地很多，国家鼓励老百姓去开荒种田，于是人们就从地狭人多的地方搬到地多人少的地方。既然湖广税收最轻，人们便从江南、江西等地少人多的地方向湖广移民，这就是"江西填湖广"的明初江南大移民。

《明实录》中记述说，正在朱元璋琢磨着怎么解决国家经济恢复问题的时候，湖广常德府武陵县的老百姓们联合给朱元璋写了一封"人民来信"，信上说："武陵等十县，自丙申兵兴，人民逃散，虽或复业，而土旷人稀，耕种者少，荒芜者多。邻

近江西州县多有无田失业之人，乞敕江西量迁贫民开种，庶农尽其力，地尽其利。"（《明太祖实录》卷二五〇）

朱元璋收到这封来信，"悦其言"，立即派户部官员去江西专门办理分户迁民的事情。

当时有这样一个故事。有四个在湖广任职的官员碰巧都姓李，一个任职于安陆，一个任职于武昌，一个任职于黄州，一个任职于长沙。这四个人当中，有三个来自江西，一个来自山西。四人既同姓，又都任职他乡，关系就比较好。有一天，大家凑在一起喝小酒。聊着聊着，就说到湖广地广人稀的情况，其中一位官员说："我跟你们几位兄弟，在战乱之余，能在这里相聚，也实在是缘分呀。三楚之地（当时人们把湖广之地叫作'三楚之地'）沃野千里，如今朝廷又号召开垦，我想以后就留在这里，不回老家去了。不知你们怎么想？"另外三位官员一听，立即鼓掌大笑，说："英雄所见略同。我们四人情同手足，在这里择地而居，一定要在一起。"于是洪武二十年（公元1387年），四人把家属带上，在沔南的茅草镇比屋而居，后来就形成了一个李家村。

这虽然是外地移民入籍湖广的例子，但官员不是移民的主体，移民的主体是大量没有土地的农民。这些农民知道湖广有这么多田地没人耕种，朝廷又号召开垦种地，而且湖广的税收又最低，于是纷纷来到湖广开荒种田。当时最著名的还是江西人迁往湖广，所以如果追溯一下，江西跟湖南、湖北的人家多少会有点亲戚关系，大多数是姑表亲，因此大家都管江西人叫江西老表。

既然是亲戚，就要有些走动。唐朝以前，人们就已经把在民间奔波叫浪迹江湖了，用"江湖"代表民间社会。可是另有一种说法认为，"行走江湖"是当时人们从江西移民到湖广后才进一步流传开来的。这个江湖，不是泛指的江河湖泊，而是专门指江西、湖广这两个地方，一江一湖。

中国是个农业大国，农业生产是国家经济的主体，是民生所在。农业社会的特点，是农民要在一个地方稳定生活，这样才能从事农业生产。这种情况只有在战乱时，才可能被打破。等到战乱结束，社会稳定下来，最重要的事情一定是让农民还乡复业。所以明朝初年，北方的移民规模更大。甚至可以说，这时候的北方进行了一次人口与土地的重组。

2. 洪洞古槐

北方人见面，要是聊起自己的祖上是从哪儿来的，一般都会这么回答："要问祖上来何处，山西洪洞大槐树。"明初政府号令老百姓从人口密集的地方向人少的地方迁徙，这些要迁徙的人家就聚集到山西洪洞县的大槐树下，在那个地方分头往各地去。因此，山西洪洞县的大槐树是当年北方移民的一个集散地。

一般情况下，除非清楚先辈家世，明确知道自己是从哪里来的，否则，都会归到一个地方：山西洪洞大槐树。这种现象叫"传说史"。传说史有一个突出特点，它是在传说过程中不断被人为添枝加叶编造出来的，所以传说史越传越生动，可一旦追踪它的源头，就会发现越追溯越模糊。山西大槐树移民的故事，就是这样的一个传说史。

明初时，山西人多地少，而今天山东、河南、河北这些地方，因为元末战乱，人烟稀少，田地荒芜，所以朱元璋下令把山西的人迁到山东、河南、河北一带。这场大迁徙，一直延续到朱棣夺位当皇帝，长达半个世纪之久。

这些迁徙的民户跟那些被朱元璋下令充实南京和凤阳的富户不同，他们都是些丁口多、田地少或者根本没有田地的贫民，所以朱元璋对这些迁徙的老百姓的政策也不同。

洪武二十二年（公元1389年），在朱元璋迁民的号召下，有个叫张从整的山西农民带了一百多户人家要求迁徙到北平、山东、河南。朱元璋一看有人响应，当然高兴，于是赏赐张从整等人宝钞、土地，而且派他带上一些人，再去山西动员其他人响应迁徙。

《明太祖实录》中记述说，洪武二十二年（公元1389年）九月壬申，"后军都督朱荣奏，山西贫民徙居大名、广平、东昌三府者，凡给田二万六千七十二顷"。

朱元璋为什么能够想出这样的办法，以恢复被元末战乱破坏的国家经济？这是因为经历了一千多年的经验积累，统治者有了更多的治国经验。此外，要想总结出这样的经验来，这位统治者必须至少具备两个条件：一是他真的想努力实现国家经济的恢复与发展，二是他必须熟悉农村的生产和生活。而朱元璋正是具备这两个条件的皇帝。

3. 三年免征

移民这件事情，说起来容易，做起来其实是非常困难的，必须有相应的保证措施才行。

把老百姓从狭乡移民到宽乡，让他们有土地耕种，对少地或者无地的老百姓来说当然是一件好事。可是这种迁移，必须要有国家的支持认可，国家要承认他新占的土地，否则这些移民就成为非法流民了。除了国家认可，还必须让移民到新地区后有生活保障，不然这些新移居的民户很可能再次成为流民。

怎样才能让老百姓愿意移居到土地多的宽乡，而且移民到新的地方以后，还能够稳定下来呢？

洪武元年（公元1368年）旧历八月，朱元璋按照历朝历代的规矩发布了《大赦天下诏》。诏书中有这样一段话："州郡人民因兵乱逃避他方，田产已归于有力之家，其耕垦成熟者，听为己业。若还乡复业者，有司于旁近荒田内如数给与耕种。其余荒田，亦许民垦辟为己业，免徭役三年。"（《明太祖实录》卷三十四）

朱元璋的这份诏令，是针对当时农村的实际情况下发的。元朝末年战乱，有些人为求活命，逃离了家乡，田地也被弃置成了荒地。等到战乱结束，这些人回到家中，发现自家原来的田地已经被别人占据。占种别人田地的人家就是朱元璋说的"有力之家"。有力之家，不是有势力的人家，而是有劳动力的人家。明明是自己家的土地，如今落到别人手里，这些失去土地的人家当然不干，于是就会发生土地争端。

这种事情在当时太普遍了，如果一件一件审理，不仅仅麻烦，还会产生新的不合理。为什么会有新的不合理呢？人家虽然占了土地，可是已经把抛荒的田地开垦种植成为良田了，这个时候原主回来，拿出一份地契就要把地收走，这对在这片土地上辛辛苦苦多年的人来说是不公平、不合理的。

面对这种情况，朱元璋说："土地主人和现在种地的人都别'打架'，如果还没有开垦成熟田，就还给原主；如果已经开垦成熟田了，原主就别再要回去了，由官府按照原来田地的数量、条件再分些荒地给原主去种。没有人种的荒地，谁有本事谁去开垦，而且这些新开垦的田地，三年之内不征税，不派徭役。"

可是上面再好的政策，也要靠下面各级官吏执行。本来说好的三年免征，可下面的官吏等不及三年，一看庄稼有了收成，就开征了。农民们没权没势，没有别的办法，只能弃田流亡，结果"田复荒"。

当然，也有守信用的官吏。山东济宁府的知府方克勤严格执行三年免征的政策，结果"户口增数倍，一郡饶足"（《明史·方克勤传》）。

朱元璋时代，可说是一场了不起的移民运动的时代。朱元璋和每一个农民一起开启了一场为了生活而努力拼争的运动，他们打破了多少年来人们不愿意背井离乡的传统，用辛勤劳动开创了一个新朝的盛世。

第二十七章
屯田养兵

1. 郭里长屯

朱元璋为了尽快恢复被元末战乱破坏的社会经济，推行了鼓励农民开荒移民的政策。当时北方有了"山西洪洞大槐树"的移民传说，南方也有了"江西填湖广，湖广填四川"的移民传说。在这场移民大潮中，有一支特别的队伍，他们有组织，集体行动。一共一百一十户，几百号人，在一个名叫郭全的农民的率领下，从山西的泽州建兴乡大阳都出发，准备迁居到河南卫辉府的汲县。

明朝时，一般在城镇设厢、坊，在农村设乡，乡下面设都，都下面是图。据史料记载，因为在编造田亩册的时候，把人户合在一册，前面附有图，因此叫"图"。

乡的下面除去"都""图"这些机构之外，还有"里"。一般一个里由一百一十户组成。里下面是甲，一里分为十甲，每甲十户，一共一百户，多余出来的十户，都是里长户，由他们轮流充当里长。前面说的郭全率领的这支移民队伍就是一个里统一迁移，到了新地点，仍然是一个里，所以又叫郭里长屯。

"屯"也就是村，"社"也是村，不过社跟屯不一样，社是由当地土著居民组成的；屯一般是由有组织的外来人口组建的。这些新建的村落为什么要叫屯呢？这就引出了明朝初年一个重要的大事：屯田。

屯田就是有组织地屯垦荒地。

洪武六年（公元1373年），一位名叫梁埜先帖木儿的蒙古族太仆寺官员上书朱元璋：宁夏境内和四川地区有大量肥沃的田地，没有人去耕种，"宜招集流亡屯田"（《明史·食货志一》）。于是"移民就宽乡，或招募获罪徒者为民屯，皆领之有司"，就有了名称为某某屯的村落，屯子里的农民叫"屯民"。

因为住在当地的土著居民很早就开始开荒种地了，所以他们占的田地多，按照亩计算，每亩都是实数，当时就叫大亩；后来的这些屯田移民占的地少，每亩都不能足数，所以叫小亩。

这些民屯户，跟一般的移民不同，虽然叫"屯民"，其实有一些军事化的味道。有些人的编制在军队，由军队管。只是随着时间变化，他们也慢慢成为彻头彻尾的屯子里的农户了。

2. 屯田军卫

朱元璋打天下的时候，军队最缺乏的就是粮食。后来朱升前来投奔，给他出主意，提出三句话九个字的战略方针："高筑墙，广积粮，缓称王。"

朱升说的"广积粮"，不仅仅是征收老百姓的粮食，还要安排军队自己生产，自给自足。在这场大生产运动中最出名的一位将领就是康茂才。"高皇帝初，命诸将分军于龙江等处屯田……惟康茂才所屯田，谷一万五千余石。"（《昭代典则·明太祖至正二十三年》）

这个成绩确实很好，更重要的是，让朱元璋看到了自己动手解决军粮的实效。于是，他给予康茂才褒奖，任命他为都水营田使，让他主管军队生产。

朱元璋当时对康茂才说："理财之道，莫先于农。春作方兴，虑旱涝不时，有妨农事，故命尔此职，分巡各处，俾高无患干，卑不病涝，务在蓄泄得宜。大抵设官为民，非以病民。若但使有司增饰馆舍，迎送奔走，所至纷扰，无益于民而反害之，非付任之意。"（余继登《皇明典故纪闻》卷一）

洪武三年（公元1370年），康茂才被追封为蕲国公。没有打过几场大胜仗，居然被封为国公，这跟他当年在大生产运动中的功劳应该有一定的关系。

朱元璋虽然打下了天下，可是仗并没有打完，国家还需要大量军队。要想养这数以百万计的士兵，仅按每名士兵每年两三石粮食计算，一年也需要好几百万石粮食。这些粮食要是都从老百姓那里征收，征收完还要运送到军队去，纳粮运粮就成了老百姓的沉重负担。

就在这时候，一个名叫宋讷的官员给朱元璋上了一份奏疏，题名《安边策》。宋讷在奏疏中说：如今国家初建，北方还有元朝残余，如果派军队去征讨，大军往还万里，粮食馈运困难，所以"备边固在乎屯兵，实兵又在乎屯田……陛下宜选数人，每将以东西五百里为制，随其高下，立法分屯……率五百里屯一将，布列沿边之地，远近相望，首尾相应。耕作以时，训练有法，遇敌则战，寇去则耕。此长久安边之策也"（焦竑《玉堂丛语》卷二）。朱元璋一看，很是高兴，这办法不错！于是下令边疆军队开始屯田。

军屯由军卫组织安排，"边地，三分守城，七分屯种。内地，二分守城，八分屯种。每军受田五十亩为一分，给耕牛、农具，教树植，复租赋，遣官劝输，诛侵暴之吏"（《明史·食货志一》）。不但种粮食，还要种树，俨然一幅农庄景象。

每名士兵每年定额生产粮食十八石，留下十二石当口粮，闰年加一石，其余六石上交入仓库。洪武二十一年（公元1388年）全国军屯收成最好，一年收入了五百万石粮食。一百万军士，平均一人五石也吃不完。

不用老百姓一粒米，养活数以百万计的大军，除了朱元璋这位农民出身的皇帝，还有谁能做得到？

3. 商屯开中

军屯虽然是解决军粮供给的一个好办法，但不能是唯一的办法。还有什么办法呢？明朝实行的这个办法叫"开中法"。《明史·食货志一》中说："明初，募盐商于各边开中，谓之商屯。"又说："召商输粮而与之盐，谓之开中。"

意思是说，明朝初年，为了解决边防军队用粮问题，国家采用了一种叫作"开中"的办法，这个办法也被称为"商屯"，即招募盐商到各边防"开中"。

为什么输粮换盐，就叫"开中"呢？原来盐商们把粮食输送到边防得到的并不是盐，而是盐引，就是国家颁发的换盐的凭证，所以也叫"中盐"。"开中"的意思就是运粮开边而得中盐。

这实在是个好主意，把商人的财力人力也吸引到边防军粮上面来。商人有钱，而且盐商最有钱。国家把盐统管起来，让盐商把粮食送到边防，然后按照运粮的数量，比如一石可以换多少盐，发给这些商人盐引为凭据。盐引分为大引、小引，大引四百斤，小引二百斤，商人拿着这些盐引到生产盐的盐场去支取食盐，然后再去各地贩卖。商人们能赚钱当然就有积极性，他们往边防送粮食，就帮助解决了边防军粮的问题。政府还可以根据边防的实际情况，调度商人送粮，既灵活，又有效。这些商人，因为主要是为边防服务，所以也被叫作"边商"。史书中说："有明盐法，莫善于开中。"（《明史·食货志四》）又说："其后各行省边境，多召商中盐以为军储。盐法边计，相辅而行。"（《明史·食

货志一》)

　　不过朱元璋这样做只是为了解决边防军粮问题，他并不想让商人发家致富。朱元璋认为商人不事生产，只是把人家生产出来的东西贩卖赚钱，在他心目中仍然是农为本，商为末。所以他针对商人制定了很多有意思的规定，比如不许商人穿绸缎衣服，农民则可以。

　　朱元璋的这种做法当然不完全对，甚至可以说对于中国商业的发展是一种阻力。可是中国是一个农业大国，在明朝初年社会经济恢复时期，重视农业发展，限制商人，对于国家经济的恢复是有益的。让农民与土地结合，国家经济也就有了根本保障。

第二十八章
编户齐民

1. 编造户簿

洪武三年（公元1370年）旧历十一月二十六日，朱元璋下发了一道圣旨，这道圣旨中没有什么"奉天承运皇帝诏曰"之类的套话，甚至也不是文言文，他在圣旨中对官员们说了这么一段话："说与户部官知道，如今天下太平了也，只是户口不明白哩。教中书省置下天下户口的勘合文簿户帖，你每户部家出榜，去教那有司官将他所管的应有百姓，都教入官附名字，写看他家人口多少，写得真，著与那百姓一个户帖，上用半印勘合，都取勘来了。我这大军如今不出征了，都教去各州县里下

249

著绕地里去点户比勘合，比著的，便是好百姓，比不著的，便拿来做军。比到其间，有司官吏隐瞒了的，将那有司官吏处斩，百姓每自躲避了的，依律要了罪过，拿来做军。钦此。"（李诩《戒庵老人漫笔》卷一《半印勘合户帖》）

朱元璋这道圣旨，讲的是关于开展一次全国人口普查，并且给全国老百姓建立户口的事情。他说如今天下太平了，可是户口还不清楚，所以要让中书省制定出户口的格式，再叫各地官员编造户口本——当时的户口本叫"户帖"，把地方上管理的百姓按人户写清楚，谁家有多少口人，这些人都姓甚名谁，一一登记清楚，务求真实。然后将资料做成勘合式的，把加盖官府齐缝章的户帖，一半放在百姓家里，一半放到官府收存。凡是人户情况对得上的，就是本分的老百姓，让他在当地开荒种地；如果对不上，就是流民，将他充入军队。官吏胆敢弄虚作假，一律处斩！有意躲避不接受官府登记的百姓全都视同流民，抓去当兵！

要想恢复被战争破坏的经济，发展生产，当务之急就是让农民有土地，因此朱元璋鼓励移民开荒。但这只是第一步，这一步的特点是"动"。完成了这一步以后，就必须把这些有了土地的农民固定在土地上，不能再让他们随便流动了，这就叫"定"。这一动一定，就完成了恢复农业生产的关键两步，国家也就能够按人户和土地征收赋税、敛派徭役了。

朱元璋于洪武三年（公元1370年）下令编制户帖，前后用了十多年时间，直到十一年以后的洪武十四年（公元1381年），才下令编造黄册。黄册编成后，户帖就没有什么用处了。从此十年一造黄册，成为明朝对农民的管理制度。

朱元璋对农民的管理还是非常严格的，他还下发了关于农业生产的国家指导意见。当时规定，凡是种地五亩到十亩的，必须种桑、麻、木棉各半亩；种地十亩以上的，必须种桑、麻、木棉各一亩。种的桑树四年以后才征税，种麻每亩征八两麻，种木棉每亩征四两木棉。如果不按规定种植，则不种桑出绢一匹，不种麻出麻布一匹，不种木棉出棉布一匹。

洪武二十二年（公元1389年），朱元璋派了一批国子监的太学生到全国各地去审核粮区，并且丈量土地，按照字号编制成册，写上户主及土地情况，画成图册。一块一块的地，画得跟一片片鱼鳞似的，于是这种图册就被叫作"鱼鳞图册"。

全国老百姓的户口土地都记录在册了，也就成了名副其实的编户齐民。

2. 后湖黄册

因为有了户帖的基础，所以到洪武十四年（公元1381年）朱元璋下令编制黄册时，事情就容易多了。

黄册编制出来，各地方府、州、县都有存档，户部也有一份，各级政府就以这些黄册为依据，审核赋税。户部的黄册存放在南京玄武湖的库房里面，即人们常说的"后湖黄册"。黄册放到后湖后，还要派专人保管，以确保完好无损。可是库房都是老式房子，没有良好的通风卫生条件，南方又比较潮湿，黄册难免会受损。但是据说南京后湖的黄册从来没有发生过这样的情况。

而且有一个传说，说老鼠在后湖库房中不能生存。库房管理人员清理库房的时候，总会发现好多死老鼠，有的就死在黄册的下面。这种说法显然是夸大了黄册的神奇，不过也说明了一个情况，当时对于黄册的管理是有一套严格制度的，这在文献中也可找到相关内容。

首先是存储黄册的库房。虽说是旧式的房屋，可是建造得极其讲究。洪武初年有地方官员来到京城朝见，朱元璋问他："朕将命工部筑室于后湖之中，以为藏天下黄册之所，然当作何向宜乎？"那位官员回答说："此堂当东西相向，庶朝夕皆为日色所晒，而黄册无湮烂之虞也。"（李默《孤树裒谈》卷二）把库房盖成东西向的，早晚都能见到太阳，里面的黄册就不会受潮变质。因为库房建得实在太好了，明朝人说："盖后湖之广，周遭四十里，中突数洲，断岸千尺，由是而库于其上，由是而册于其间，诚天造而地设也。其为图籍万年之计，殆无逾于此矣！"（《后湖志序》）库房建在湖中的岛上，四面有水，既安全，又方便管理，真是天造地设。有明一代，黄册就放在了后湖。

其次，实名责任制，保证了工程质量。明朝规定每十年搞一次人口普查，重新编一次黄册，存放黄册的库房也要十年修造一次。修造的时候，每一根柱子上都要刻上修造这根柱子的工匠的名字。如果这根柱子坏了，那工匠就要负责任。

朱元璋还专门派了一名户部侍郎管理库房。到了朱元璋的曾孙朱瞻基当皇帝的时候，又改由一名六科给事中和一名户部主事管理库房。下面设有办事员三十名，库工一百余名。因为库房建在湖心岛上，所以还设了船夫三十余名，医生两名，伙夫、杂役若干。每年还配国子监监生五十名到库房实习，帮助整理和晾晒黄册。库房的钥匙则交给宦官专人管理。

当时一位户部的官员写了这么一首诗："王者从来重所天，六朝无计置民编；后湖藏册高千古，永保皇图亿万年。"（《后湖志》）把库房跟大明朝的命运连在一起了，可见黄册库房的重要性。对于黄册的管理，也体现了国家对于全国老百姓的管理。

3. 税户人才

老百姓安顿下来了，土地开垦出来了，庄稼也有了收成，又完成了登记造册，国家便开始收税了。税收是由各县管理的。可是就靠县衙门里的几个人，根本没办法完成，于是朱元璋又想出一个办法来："粮长者，太祖时，令田多者为之，督其乡赋税。岁七月，州县委官偕诣京，领勘合以行。粮万石，长、副各一人，输以时至，得召见，语合，辄蒙擢用。末年更定，每区正、副二名轮充。"（《明史·食货志二》）

朱元璋在县的下面又划出了粮区，每一万石粮划为一个粮区，设立粮长一名、副粮长一名，让他们去管理当地税收。每年七月，粮长要跟着县官进京，直接面见皇帝。到那个时候，工作干得出色的粮长就会被提拔。这种出身的官员，在当时就叫"税户人才"。

朱元璋设立粮长也是想以此解决府、州、县官员害民的问题，所以他专门告诫粮长们："粮长，往常民间不便，盖是有司官不肯恤民，止是通同刁诈之徒，生事多端，取要财物，民人一时不能上达。如今教你每户家做粮长，民有事务，粮长除纳粮外，闲中会乡里一万石粮内长者、壮者，与他说，各处府、州、县从古设社稷坛场，官长每祭祀。春谓之祈风雨以时，五谷丰登，秋谓之报成也……所以春祈、秋报，为民造福。今民有数千亩、万亩或百亩，数十顷、数十亩者，每每交结有司，不当正差……其家食其利以安生，往往不应正役，于差靠损小民，于粮税洒派他人；买田不过割，中间恃势，移丘换段，诡寄他人；又包荒不便，亦是细民艰辛。你众粮长会此等之人使复为正，毋害下民，了毕，画图贴说。果有荒田，奏知明白除豁。粮长依说办了的是良民，不依是顽民。顽有不遵者，具陈其所以。"（朱元璋《御制大诰·开谕粮长第六十二》）

可是，朱元璋告谕粮长的这番话刚刚说了一年，一大堆关于粮长们不守法纪的事情就暴露出来了。

吴江县正粮长名叫张镠孙，副粮长名叫朱太奴，这正副两个粮长都告发当地有凶顽之户，不肯输纳官税。朱元璋于是让人把被告人抓到京师审问。这一审问，就问出问题了。

被张镠孙举报的那个人名叫张奇二，是张镠孙的亲叔叔；被副粮长朱太奴举报的那个人名叫盛夔，是朱太奴的亲舅舅。这两位正副粮长，真是大义灭亲啊，把自己的亲叔叔、亲舅舅举报了。可是一审问，事情根本不是那么一回事！原来这正副粮长二人倚仗权势，多收老百姓钱一万贯、米六千石。他们收完了税，又回乡里再次造册，每户再收三斗。虽然张奇二是粮长亲叔叔，可是这位粮长只认钱财，六亲不认！亲叔叔交不上钱，照抓不误。

朱元璋听到这些，大为光火，他安排的粮长要是都这样，还能保证乡间稳定和国家税收正常吗？朱元璋说："粮长之设，首便于有司，次便乎良民，所以设立之时，定殷实之家。当关勘合之际，面听朕言。朕乃竭气语，谕之再三，曰毋害吾良民。更兼前《大诰》内，戒敕分明。岂其所在粮长，不遵《大诰》，仍前为非，虐吾民者多矣。"（朱元璋《御制大诰续编·粮长金仲芳等科敛第二十一》）

这些粮长搜刮民财的办法其实很简单，就是巧立名目。当时揭发出来的嘉定县粮长金仲芳巧立的名目就多达十八项：一、定船钱，二、包纳运头米，三、临运钱，四、造册钱，五、车脚钱，六、使用钱，七、络麻钱，八、铁炭钱，九、申明旌善亭钱，十、修理仓廒钱，十一、点船钱，十二、馆驿房舍钱，十三、供状户口钱，十四、认役钱，十五、黄粮钱，十六、修墩钱，十七、盐票钱，十八、出由子钱。从名目上看，大多是地方上要办的事情，只是这些钱，收多用少，大头就落入了粮长的腰包。

针对粮长违纪的情况，朱元璋下令，让各地衙门将每年的粮米按月收储，一个月置一个仓库，一年置十二个仓库，分储十二个月的税粮。仅这一个办法，就追查出一百六十多名违法的粮长。从朱元璋跟粮长们斗法的过程也可以看出，朱元璋对于粮长的设置和管理，非常重视。虽然粮长不是官员，但是他们既关系到国家税收，也关系到地方百姓生活的安定。

朱元璋迁民垦荒，抓户口黄册，又抓粮长收税，这些都有利于农村经济建设。应该说在朱元璋时代，农村经济建设是大见成效的。洪武朝的人口、土地和税收，都是明朝的高峰。眼看农村经济建设初见成效，朱元璋又开始琢磨抓农村精神文明建设了。

第二十九章

申明亭下

1. 教民榜文

洪武元年（公元1368年）正月，朱元璋召见全国府、州、县三级官员的时候说："天下初定，百姓财力俱困，譬犹初飞之鸟，不可拔其羽；新植之木，不可摇其根。要在安养生息之。"（《明太祖宝训·任官》）

要想让老百姓享受到这些惠民政策的好处，就必须有执行这些政策的官员，所以朱元璋亲自接见这些官员，并且一再教育他们，多为老百姓着想。可是在中国传统的官僚体制下，能够真正理解中央政策、为老百姓做事的官吏实在太少了。

朱元璋接见了地方三级官员没多久，有一天，他到南京的三山门去，偶然发现有些农夫光着身子，在河水里面，好像在摸什么东西。那时候正是十二月，天气很冷，这些农夫光着身子在水里做什么呢？朱元璋觉得不对劲，让人去问。一问才知道，原来农夫们是在河水里找锄头呢。他们的锄头被督工的官吏扔到河里面去了。朱元璋得知后，让人给农民们另外取来一些锄头，并把督工的官吏抓来，暴打一顿，治了罪。

　　朱元璋让每个村子都置一面大鼓。只要这个鼓被敲响，村子里的农民就都得下地干活，谁要是不去，村长就要管一管了。另外，朱元璋又让人写了一篇《教民榜文》，刻印好后下发到河南、山东各地。榜文有几十条，内容都是督促农耕的："河南、山东农民中，有等懒惰不肯勤务农业，以致衣食不给。朝廷已尝差人督并耕种。今出号令，此后止是各该里分老人，劝督每村置鼓一面，凡遇农种时月，五更擂鼓，众人闻鼓下田，该管老人点闸。若有懒惰不下田者，许老人责决。务要严切督并，见丁著业，毋容惰夫游食。若是老人不肯勤督，农民穷窘为非，犯法到官，本乡老人有罪。"（《皇明制书·教民榜文》）

　　为了宣谕朝廷的策略，朱元璋还下令在村前修建一座"申明亭"。所谓申明亭，其实就是布告亭，除去这些《教民榜文》之类的东西，官府判决的公告、上级的通知，也都要张贴在申明亭里面。

2. 村里"老人"

在《教民榜文》里提到了一个"该里分老人"，朱元璋要求他们劝督农民下地种田。关于这些"老人"，朱元璋曾经在一道圣旨中说得很清楚："命有司择民间高年老人公正可任事者，理其乡之词讼。若户、婚、田、宅、斗殴者，则会里胥决之。事涉重者，始白于官。若不由里老处分而径诉县官，此之谓'越诉'也。"（《日知录》卷八）原来这些"老人"就是当时村子里最基层的行政管理者。

"其老人须令本里众人推举平日公直、人所敬服者，或三名、五名、十名，报名在官，令其剖决。"（《皇明制书·教民榜文》）当时的"老人"就是用这样民推官定的形式产生的。他们还有一个称呼，叫"木铎老人"。明朝人记述说："木铎老人，国初专理本里事，权侔县令。县令不法，老人能持之。"（谈迁《枣林杂俎》智集《木铎老人》）

"木铎"就是用木头做成舌心的大铃，"木铎老人"就是拿着木头芯大铃铛的农村基层管理人员。有事要通知的时候，"木铎老人"就拿着这个铃铛，一边走，一边摇。因为这个大铃铛是木头芯的，跟别的铃铛的声音不一样，老百姓一听，就知道是有事情要通知了。

按照明朝人的说法，"木铎老人"的权力可不小，虽然只是专理本里事，可是"权侔县令"，如果县令有不法之事，"木铎老人"也可以处置县令。

朱元璋认为，从古至今，地方公事的处理，必定要有耆宿参与，因此要找一些"德行超群，市村称善"的正派老人协助地方官处理地方事务。凭着在农村生活的经验，朱元璋先后在县的下面设置了里长、粮长和"老人"，里长管理户口，粮长管理税收，"老人"管理地方杂务，督促农民耕作。这样就把全国老百姓都实实在在地管理起来，一切都在他的掌控之中了。

3. 乡饮酒礼

农村的事情都有人抓有人管了，该解决朱元璋重视的农村精神文明建设问题了。

洪武五年（公元1372年），朱元璋让中书省下了一道命令：从今以后，每年正月十五和十月初一这两天，地方上都要举办活动，在活动中习礼读律，申明朝廷之法。这种活动叫作"乡饮酒礼"。

"乡饮酒礼"分为官办和民办两种，官办就是由官府出资组织活动，民办就是由老百姓自己出资组织活动。

县级以上的乡饮酒礼都属于官办，地点是学校。因为酒菜都由官府负责，所以条件好些的地方，宴会的菜肴相当丰盛。乡里举行的乡饮酒礼就没有官府财政支持了，按照规定，活动以一百家为一个单位，所用的酒肴，也由这一百家共同承担。

朱元璋安排这种礼仪活动的目的是要正风气，移风化俗，宣谕朝廷的精神，比如在活动中宣讲《大诰》。所以这种活动，既是一次乡民的会餐，也是一次集体政治学习。正因为如此，朱元璋在这种乡饮酒礼活动上费了不少心思。除去规定什么人有资格主持活动之外，还规定活动中的分桌分席。

"百家内，除乞丐外，其余但系年老者，虽至贫，亦须上坐，少者虽至富，必序齿下坐。不许搀越，违者以违制论。其有过犯之人，虽年长财富，须坐于众宾席末，听讲律，受戒谕。"（《大明会典》卷七十九）这个规定很清楚，首先是"序齿"，就是按年龄排队，年长的坐上座，年轻的坐下座，不管有钱没钱。

"凡良民中，年高有德无公私过犯者，自为一席，坐于上等。有因户役差税迟误，及曾犯公杖私笞招犯在官者，又为一席，序坐中门之外。其曾犯奸盗诈伪，说事过钱，起灭词讼，蠹政害民，排陷官长，及一应私杖徒流重罪者，又为一席，序坐于东门之内。执壶供事，各用本等之家子弟，务要分别。三等坐次，善恶不许混淆。"（《大明会典》卷七十九）把人分为三等，目的是要扬善惩恶。德高望重，没犯过任何错误的才能坐上席；犯过一些小错，比如逃税漏税，被官府抓起来过，但事情不大的，坐中席；干过坏事，被判过刑，流放过的，只能坐下席。这些人家的子弟，也要跟着家人坐在同一等级的席位。

"乡饮酒礼，本以序长幼、别贤否，乃厚风俗之良法。已令民间遵行。今在申明，务要依颁降法式行之。长幼序坐，贤否异席。如此日久，岂不皆向善避恶，风俗淳厚，各为太平之良民。"（《皇明制书·教民榜文》）朱元璋是要通过这种乡里的活动，改变民风，打造良民。

中国历史上的礼教，除去专门针对妇女的"三从四德"之外，对于一般人，都提倡忠孝仁义。可是朱元璋规定的这种乡饮酒礼活动中，突出的却不是忠孝仁义，而是遵纪守法。朱元璋明白，宣传遵纪守法，比宣传忠孝仁义更接近老百姓的日常生活，对管好老百姓和地方事务更有实效。因此这种乡饮酒礼活动有一个必要的程序，就是由专人讲读朱元璋的《大诰》。

但是遵纪守法的思想基础还是忠孝仁义，所以朱元璋在他亲自写成的另一本教民的格言——《圣谕六言》中就把忠孝仁义和守法都写了进去："孝顺父母，尊敬长上，和睦乡里；教训子孙，各安生理，毋作为非。"（《皇明制书·教民榜文》）

《圣谕六言》集中体现了朱元璋的精神文明建设的核心。平日里，乡里"老人"们要拿着木铎不断向人们宣讲《圣谕六言》，而且要求背诵。地方政府也出面撰写宣讲《圣谕六言》的宣传文稿，派专人到处宣讲，形成一个人人讲孝悌、家家讲和谐的局面。

在中国传统帝制时代，皇帝把天下当成是自己的，国家也就是他自己的家，所谓"家国天下"，所以开国皇帝就是在置家业，因此特别用心。朱元璋这个开国皇帝因为起家于社会最底层，得天下最不容易，所以他格外在意国家大大小小的事情，唯恐哪件事没有做好，影响了他的天下的安危。

他把国家当成自己的家，所以也特别强调治家，因为家庭是社会最基本的构成单位。研究朱元璋的美国学者范德认为："朱元璋很重视这样的一个观点，即国和家在并行的等级原则上是类似的结构。"

朱元璋在他的语录集《明太祖宝训》中专门立了一章《正家

道》。朱元璋说："治天下者，修身为本，正家为先。正家之道始于谨夫妇。"（《明太祖宝训·正家道》）意思是说，一个家庭要好，夫妇的关系很重要，这甚至可以说是家庭有道的根本。这可是朱元璋的切身体会，他的成功，至少有一半要归功于他的夫妇之道。

第三十章
大脚皇后

1. 妻以夫贵

说到朱元璋的家庭生活，不能不说中国历史上一位了不起的女性——朱元璋的皇后马氏。

马皇后是宿州人。宿州属于淮西地区，所以马氏跟朱元璋算是淮西老乡。马氏早年的生活很坎坷，母亲早逝，父亲马公算是地方上的豪杰，跟郭子兴志同道合。郭子兴起兵时，马公想回家乡招募军士起兵响应，不幸病故。临终前把女儿托付给了郭子兴，就这样，马氏成了郭子兴的养女。马氏被寄养在别人家里，因此比较懂事，知道如何处理人际关系。后来，朱元璋来到郭子兴的帐下，因为有能力，得到郭子兴赏识，不但得到了提拔，还娶了马氏为妻。

因为成长在马公和郭子兴这样的草莽英雄家里，又长期在军队中生活，所以马氏没有像当时别的家庭中的女孩子那样缠足。这在当时算是另类，所以她有个很有名的外号：马大脚。后来恨朱元璋的人丑化马氏，画一个妇人怀里抱着一个西瓜，特别突出一双大脚，叫"怀西妇人好大脚"。"怀西"就是"淮西"。

可正是马氏的这双大脚，帮助朱元璋成就了帝王伟业。明朝人写的野史里面记载，朱元璋打天下的时候，打了败仗，是马氏背着他冲出敌人包围，救了他的性命。

别看马氏不是传统的大家闺秀，可是她读书识字，是有文化的。史书中说她："后仁慈有智鉴，好书史。""太祖有札记，辄命后掌之，仓卒未尝忘。"（《明史·太祖孝慈高皇后传》）由此看来，马氏还有点朱元璋秘书的意思。

朱元璋起家的时候，娶了马氏，说他"夫以妻贵"一点没错。可是他最终当上了皇帝，帝位不是郭子兴给他的，而是他一刀一枪凭实力打下来的。所以到了此时，不再有人说"夫以妻贵"了，而是"妻以夫贵"。

2. 贤德内助

洪武元年（公元1368年）正月，朱元璋即皇帝位，同时册封马氏为皇后，大儿子朱标为太子。当时朱元璋对身边的大臣们说："昔汉光武劳冯异曰：仓卒芜蒌亭豆粥，滹沱河麦饭，厚意久不报，君臣之间始终保全。朕念皇后起布衣，同甘苦，尝从朕在军，仓卒自忍饥饿，怀糗饵食，朕比之豆粥麦饭，其因尤甚。昔唐太宗长孙皇后，当隐太子构隙之际，内能尽孝，勤承诸妃，消释嫌猜。朕数为郭氏所疑，朕径情不恤将士，或以服用为献。后先献郭氏，慰悦其意，及欲危朕，后辄为弥缝，卒免于患，殆又难于长孙皇后者。朕或因服御诘怒小过，辄为朕曰：主忘昔日之贫贱耶？朕复为之惕然。家之良妻，犹国之良相，岂忍忘之！"（《明太祖宝训·正家道》）

朱元璋先是讲了东汉光武帝的一个故事，说汉光武帝刘秀对功臣冯异说："当年打仗的时候同甘共苦，在芜蒌亭送的豆粥、滹沱河的麦饭，我都不会忘记。如今我们虽是君臣，但是君臣之间应该始终保全，不生变故。"

朱元璋用这段话教育了群臣之后，说到了马皇后。他先说起了唐太宗的长孙皇后。长孙皇后好读书，尤其是历史书，因此能够以史为鉴，常与太宗论古今之道，对唐太宗治国多有规谏。她劝唐太宗不亲外戚，听信魏徵的直言，被唐太宗倚为内助。朱元璋把马皇后比作唐太宗的长孙皇后，说她能够处理各种关系，是自己的贤内助。

朱元璋在郭子兴部下的时候，虽然受郭子兴的赏识，但是郭子兴是个多疑的人，朱元璋干得太好了，难免让他起疑。这时是马氏周旋其间，弥合两人的嫌隙。

朱元璋对下级好，不怎么会巴结上级，打了胜仗，得了战利品，都分给下属。这样一来，将士们都拥护他，愿意跟他出生入死。可是郭子兴却不高兴，因为朱元璋没有多余的战利品给他。一次两次，解释解释也就过去了，可总是这样，郭子兴就觉得朱元璋不把他这个元帅老丈人当回事，对朱元璋猜忌、不满。为了解除郭子兴对朱元璋的疑忌，马氏就把自己存的东西拿出来献给郭子兴最宠爱的张氏。张氏高兴了，便在郭子兴耳边说朱元璋的好话。马氏就这样帮朱元璋过了不少难关。

有一次郭子兴怀疑朱元璋，便把他关了起来，不给饭吃。马氏悄悄烙了些炊饼拿给朱元璋。因为饼刚刚烙好，还很烫，马氏把饼藏在怀里，把自己胸部都烫伤了。

打天下的时候，马氏为了能让朱元璋吃饱，总是存一些干粮和肉脯。无论多么困难，朱元璋总能吃上饭。

朱元璋打下太平的时候，马氏还在和州，她便亲自率领将士们的家属渡江前往太平；朱元璋占据应天以后，战事频频，马氏亲自为将士们做军衣军鞋；龙江之战，陈友谅大军压境，马氏"尽发宫中金帛犒士"；她还劝朱元璋约束部下，"定天下以不杀人为本"，很让朱元璋佩服。

打下天下以后，马皇后的家人就成了皇亲国戚。可是当朱元璋要让人去访寻马皇后的亲人时，马皇后却委婉拒绝了。她说："爵禄私外家，非法。"（《明史·太祖孝慈高皇后传》）把爵位（权）俸禄（钱）赐给外戚，不合法度。她不去找什么亲人，是不想让沾亲带故的马家人无功受赏。朱元璋只好把马皇后的父亲追封为徐王，母亲郑氏追封为王夫人，为他们修了墓，建了庙，让马皇后对亲人的思念有所寄托。

朱元璋把马氏比作唐太宗的长孙皇后，她知道后，说："妾闻夫妇相保易，君臣相保难。陛下不忘妾同贫贱，愿无忘群臣同艰难。且妾何敢比长孙皇后也。"（《明史·太祖孝慈高皇后传》）

她这时候就看出朱元璋对群臣不放心了，所以借机规劝，希望朱元璋能够做到君臣相保始终。

后来朱元璋兴大狱，杀戮功臣，马皇后虽然无力阻止，可是也多有协调。"帝前殿决事，或震怒，后伺帝还宫，辄随事微谏。帝虽性严，然为缓刑戮者数矣。"（《明史·太祖孝慈高皇后传》）

马皇后都做了哪些规劝朱元璋的事情呢？史书中列举的例子实在太多了。从战争年代开始，马皇后就在一些事情上规劝朱元璋，使他少犯了不少错误。

当时有人告诉朱元璋，和州守将的儿子拿着长矛要杀父亲。朱元璋大怒，要让人去把守将儿子抓来杀了。马皇后说："这个守将只有这么一个儿子，万一传言不实，杀了他就绝后了。"派人去调查，果然没有传说得那么严重。

朱元璋的亲外甥李文忠被人诬告不法，朱元璋想把他召回来治罪。马皇后说："文忠守严州，是前沿之地，不要轻易换将。文忠是你的亲人，怎么会有不法图谋的事？"后来李文忠守严州立下了不小的战功。

朱元璋当了皇帝以后，马皇后这个贤内助起的作用更大了。有一次朱元璋因穿的衣服不合适，向周围人大发脾气。马皇后看到后，对他说了这么一句话："你难道忘了当年贫贱艰难，根本没有一件像样衣服穿的时候了？"朱元璋听了，十分震动，沉默良久。

因为孙子宋慎被定为胡惟庸党，宋濂也将被株连处死。马皇后劝谏说："宋先生是太子的老师，民间家里请了老师，都要礼遇始终，何况天子？再说宋濂已经不在朝中，他未必知道孙子的事。"朱元璋那时候一心要杀功臣，马皇后怎么劝他他都不听。到了吃饭的时候，马皇后不沾一点酒肉。朱元璋问她怎么了，她说："妾为宋先生作福事也。"朱元璋听了，为之震动，"帝测然，投箸起"（《明史·太祖孝慈高皇后传》）。第二天就下令赦免了宋濂死罪，改为发配茂州。虽然宋濂因为年事已高，又经此难，死在发戍途中，但朱元璋终究没有杀他。

马皇后真是把国家当成自己的家，把年轻学子当成自己的孩子，当成国家的宝贝。

明军攻克元大都，运回不少宝贝。大家都感到新鲜，争着去看。马皇后不去，她说："元朝有这些宝物不能守住，有什么用呢？帝王自有宝贝。"知妻莫若夫，朱元璋说："朕知后谓得贤为宝耳。"（《明史·太祖孝慈高皇后传》）在马皇后心中，只有那些贤能的人才才是国家的宝贝。

有一次，马皇后问朱元璋："如今天下老百姓能安居乐业吗？"朱元璋听了，说："这些事不是你该问的，你管好家就行了。"马皇后说："陛下你是天下之父，我是天下之母。孩子过得好不好，当母亲的怎么不能问呢？"朱元璋无言以对。马皇后问朱元璋："如果地方上有了灾荒，国家怎么办呢？"朱元璋说："那时候就要发粮赈灾。"马皇后说："遇到灾荒赈饥固然好，可是不如事先有准备，平时备下粮食，遇到荒年就有的吃了。"朱元璋时代在各地建立预备仓，存粮济荒，正是马皇后的主意。

由此可见，马皇后真是个了不起的、令人钦佩的伟大女性。她二十多岁嫁给朱元璋，三十多岁当上皇后，五十多岁去世，她为后人树立了皇后的楷模。

可惜马皇后去世比较早，于洪武十五年（公元1382年）旧历八月，病逝。她病重的时候，群臣请求为她祷告求福，并请医生为她治病。可马皇后都拒绝了。朱元璋不明白她为什么要这样做。马皇后对朱元璋说："死生，命也，祷祀何益。且医何能活人。使服药不效，得毋以妾故而罪诸医乎。"她在临终前想的不是自己的病，而是怕因此牵累别人。医生只能治病，不能救命，明知病已不治，给她看病的医生必然会因此而获罪，所以她坚持不看医生。在她生命的最后一刻，朱元璋问她还有什么话要留下，她说："愿陛下求贤纳谏，慎终如始，子孙皆贤，臣民得所而已。"（《明史·太祖孝慈高皇后传》）

看到共患难的妻子撒手而去，朱元璋再也克制不住自己的感情，恸哭失声。

这一年的九月庚午，马皇后被葬在南京钟山的明孝陵。传说，马皇后入葬的时辰是由相关官署选定的吉日吉时。可是到了入葬的那天，天降大雨，雷声隆隆。朱元璋大怒，官员们吓得面无人色。就在这时候，僧录司左善世宗泐走上前念了四句偈语："雨落天垂泪，雷鸣地举哀；四方诸佛子，齐送马如来。"

他把雷雨比作天地举哀，而且把马皇后说成如来佛化身，朱元璋这才转怒为喜。恰在此时，雨过天晴，马皇后被如期安葬。这是个传说故事，不足为信，但是也可以从中看出人们对于马皇后的尊崇。

第三十一章
皇明祖训

1. 皇陵碑铭

朱元璋当了皇帝以后，也还是有点虚荣心的，等到跟儒臣们商量修家谱的时候，就想把同是江淮的朱熹认作祖先。

中国有句古话，"五百年前一家人"，意思是说，如果同姓，追溯到五百年前就应该是一家人。修家谱的时候要认祖宗，但有时候世事变迁，谁也说不清楚祖先来源，于是就找一个名人作为始祖。

就在朱元璋要攀朱文正公朱熹为祖先的时候，有一个姓朱的典史来朝见。这个典史正好是徽州人，跟朱熹是正宗同乡。朱元璋就问他："你是朱文正公的后人吗?"典史是县里管治安的小官,听皇上这么问,不知道是什么意思,也不敢胡说。自己虽然是徽州人,可是没听说跟朱熹有什么亲戚关系,只好如实说不是。朱元璋一听,心里可就纠结了:一个小小的典史,尚且不肯乱认祖宗,我如今贵为天子,岂能乱认。朱元璋"只好打消了这念头,不做名儒后代,却向他的同乡皇帝汉高祖去看齐,索性强调自己是没有根基的,不是靠先人基业起家的,在口头上,文字上,一开口,一动笔,总要插进'朕本淮右布衣'或者'江左布衣',以及'匹夫''起自田亩''出身寒微'一类的话"(吴晗《朱元璋传》第七章)。

既然决心不再攀高亲,朱元璋就挥笔写下了一篇真实记述自己家世的著名文章,也就是朱元璋为父母写下的碑文——《大明皇陵之碑》。

朱元璋在这篇碑文中说:"洪武十一年夏四月,命江阴侯吴良督工新造皇堂。予时秉鉴窥形,但见苍颜皓首,忽思往日之艰辛。况皇陵碑记,皆儒臣粉饰之文,恐不足为后世子孙戒。特述艰难,明昌运,俾世代见之。"(《纪录汇编·御制皇陵碑》)

朱元璋在重修父母陵墓的时候,睹物思人,想起当初的穷困和打天下的艰难,有许多话想要说。于是他不再让儒臣们去写那些粉饰之文,而是亲自写了这篇《大明皇陵之碑》,让后世子孙永远记住创业艰难,珍惜来之不易的天下。

这篇碑文,从朱元璋小时候写起,写了那时家里生计的艰难,写了父母兄长早逝的悲惨经历,写了田主不给葬地、父母殡无棺椁的惨状,也写了家破人亡,被迫到寺中求生的心情。毫不隐讳,坦坦荡荡!碑文的后半段记述了朱元璋投军打仗,据和州，战太平，取金陵，"亲征荆楚，将平湖湘，三苗尽服，广海入疆"的过程，然后命大将军平东吴，取大都，建立起一统江山。

人们常说，苦难经历对于失败者是灾难，但是对于成功者来说，是一份值得骄傲的资本。从这篇《大明皇陵之碑》的碑文中就可以看出，朱元璋就是一位豪气冲天的布衣皇帝。

2. 布衣皇帝

在中国历史上，无论是贵族出身的皇帝，还是布衣出身的皇帝，都有很了不起的地方，但是就开国皇帝而论，还是像汉高祖、明太祖这样的布衣皇帝更让人佩服。

首先，布衣皇帝都很俭朴。洪武元年（公元1368年）八月，有关部门上奏说制造车轿服饰时很多地方需要用金子，结果朱元璋批示让用铜代替。官员们说，这些都是装饰部位，用不了多少，金子的效果是铜不能比的。朱元璋对他们说："朕富有四海，岂吝于此？然所谓俭约者，非身先之，何以率下？小用不节，大费必至。开奢泰之原，启华靡之渐，未必不由于小而至大也。"（《明太祖宝训·节俭》）

朱元璋的意思是说，这天下都是我的，我怎么会吝啬呢？可是国家要提倡节俭，必须从我做起。如果我们不能从小的地方做起，大的浪费必然随之而来。

朱元璋不光言教，还用事实教育群臣。有一天，朱元璋拿出一锭黄金来，让群臣看。大家都感到奇怪，这时朱元璋说话了：

"你们知道这锭黄金是从哪儿来的吗?"

群臣茫然摸不着头脑,回答:"不知道。"

朱元璋说:"这是地方呈上的表笺包袱皮上面的金饰,我让宫女们取下来,洗涤销熔后铸成了这一锭金子。"

说着,他又拿出一块由一小片一小片丝绸缝成的很讲究的毯子:"你们看,这块毯子就是用制衣裳时剪下的废料制成的,不错吧?上次你们不是说做装饰用不了多少黄金吗?谁能想到,地方呈上来的表笺的包袱皮上的金饰,都能熔成这么大的一锭黄金,废弃的衣料,还能制成这么讲究的毯子?"群臣无话可说。

还有一次朱元璋退朝回到宫里,那天正好下雨,他看着雨景本来挺高兴,可是再一看眼前的情景,他就高兴不起来了。原来有两个宦官正穿着很好的靴子在雨里走。朱元璋让人把这两个不知爱惜东西的宦官抓来打了一顿,告诫他们:"这靴子虽然是件小东西,可也是老百姓辛劳做成的,你们俩怎么就不知道爱惜呢?"说到这里,朱元璋又举了一个前朝的例子,当年忽必烈看到侍臣穿着刻花的皮靴,就责备他们,好好的皮子,你们这不就给糟蹋了吗?"大抵为人尝历艰难,则自然节俭;若习见富贵,未有不侈靡者也。……惟俭养德,惟侈荡心。居上能俭,可以导俗,居上而侈,必至厉民。"(《明太祖宝训·节俭》)

朱元璋把皇帝的奢侈和节俭与社会风气,乃至天下百姓的命运联系在了一起。

朱元璋提倡节俭还有一个目的,就是教育后代。他担心后代子孙不知道节俭,最终会导致亡国。他借鉴历史上的教训说:

"独不见茅茨卑宫，尧禹以崇圣德；阿房西苑，秦隋以失人心。诸子方及冠年，去朕左右，岂可使靡丽荡其心?"（《明太祖宝训·节俭》）

朱元璋坚信骄奢可以亡国："自古王者之兴，未有不由于勤俭；其败亡，未有不由于奢侈，前代得失，可为明鉴。后世昏庸之主，纵欲败度，不知警戒，卒濒于危亡，此深可慨叹。大抵处心清静，则无欲，无欲则无奢纵之患。欲心一生，则骄奢淫佚，无所不至，不旋踵而败亡随之矣。朕每思念至此，未尝不惕然于心，故必身先节俭，以训于下。"（《明太祖宝训·节俭》）他得天下不易，所以决不能让儿孙们在骄奢淫逸中把他辛辛苦苦得来的天下丢掉。

为了让儿孙们知道节俭，朱元璋还真的想了不少教育他们的办法。比如吃饭，朱元璋要求宫中每餐必有粗粮时蔬。

有一个相声说朱元璋在战争年代没饭吃，差点儿饿死，被两个要饭的给救了。要饭的哪有什么好吃的呀，给朱元璋吃的就是剩饭剩菜，其中有些饭菜还是馊了的，可是朱元璋吃得挺香，还救了命。当了皇帝以后，朱元璋还常想起那顿救命的饭，当时要饭的随口编了菜名叫"珍珠翡翠白玉汤"。后来朱元璋找到了这两个要饭的，让他们给他再做一次"珍珠翡翠白玉汤"，还赐给群臣喝，结果除了朱元璋，没人能喝下去。

朱元璋说："'节俭'二字，非徒治天下者当守，治家者亦宜守之。尔等岁禄有限，而日用无穷，一或过度，何从办集? 侵牟剥削，皆原于此。"（《明太祖宝训·戒奢侈》）这就是朱元璋这位布衣皇帝治国治家的思想，他把这种以节俭为核心的治国治家原则贯彻到了他一生的活动之中。

3. 事必躬亲

朱元璋登基那天在奉天殿大宴群臣，他对群臣说："朕本布衣，以有天下，实由天命。当群雄初起，所在剽掠，生民惶惶，不保朝夕。朕见其所为非道，心常不然。既而与诸将渡江，驻兵太平。深思爱民安天下之道。自是十有余年，收揽英雄，征伐四克，赖诸将辅佐之功，尊居天位。念天下之广生，民之众，万几方殷，朕中夜寝不安枕，忧悬于心。"

这时候刘基出来说："往者四方未定，劳烦圣虑。今四海一家，宜少纾其忧。"

朱元璋说："尧舜圣人，处无为之世，尚且忧之。矧德匪唐虞，治非雍熙，天下之民，方脱创残，其得无忧乎？夫处天下者，当以天下为忧，处一国者，当以一国为忧，处一家者，当以一家为忧。且以一身与天下国家言之，身小也。所行不谨，或至颠蹶，所养不谨，或生疢疾，况天下国家之重，岂可顷刻而忘警畏耶？"（《明太祖宝训·论治道》）

这番话的大意，就是要居安思危，要有忧患意识。正是因为有这种责任感，朱元璋才备感身上担子的沉重。刘基劝他说天下太平了，陛下可以稍事休息了。他却说不能休息，要干的事情还多着呢。不仅要干的事情很多，而且要事必躬亲。

吴晗先生用了这样一段话形容朱元璋：

全国大大小小的政务，都要亲自处理。交给别人办，当然可以切省精力、时间，但是第一他不放心，不只怕别人不如他的尽心，也怕别人徇私舞弊；第二更重要的，这样做就慢慢会大权旁落，而他这个人不只是大权独揽，连小权也要独揽的。以此，每天天不亮就起床办公，批阅公文，一直到深夜，没有休息，没有假期，也从不讲究调剂精神的文化娱乐。

（吴晗《朱元璋传》第八章）

吴晗先生是把朱元璋当成一个独裁者来写的，所以说他这样事必躬亲是不放心别人。当然会有这方面的原因，可是也不是所有的独裁者都能这样勤于政务。

洪武三年（公元1370年）大封功臣的时候，朱元璋在酒席间对功臣们说了这样一句话："今天下已定，朕日理万机，不敢斯须自逸。诚思天下大业以艰难得之，必当以艰难守之。"（邓士龙《国朝典故·北平录》）朱元璋这样勤于政务，不敢有一丝一毫放松，就是因为他明白一个道理，天下是艰难得来的，也必须艰难维系。

朱元璋如此辛劳治国，到五十岁以后，体力便支持不住了。据学者考查，他患了心脏病。宋濂劝他清心寡欲，可是他做不到。洪武二十七年（公元1394年）正月，朱元璋退朝后，对翰林学士刘三吾说："朕历年久而益惧者，恐为治之心有懈也。懈心一生，百事皆废，生民休戚系焉。故日慎一日，惟恐弗及。如是而治，效犹未臻。甚矣，为治之难也！"（《明太祖宝训·论治道》）

学者们把朱元璋的这种思想总结为"慎始图终"，做事要有头有尾，"太祖踏入晚年，慎始图终的思想和完成事业的渴求愈来愈强"（朱鸿林《明太祖的治国理念及其实践》）。

　　朱元璋的这种渴求越强烈，他也就越感到力不从心。尽管如此，朱元璋还是不分白天黑夜地处理那些永远也处理不完的文件，年复一年日复一日地接见各级官员，还有不属于国家正式官员的粮长、里长和乡里"老人"。

▌终章
▌风雨钟山

　　中国历朝的皇帝，一般在世的时候就开始给自己修建陵墓，朱元璋也不例外。洪武十四年（公元1381年），朱元璋便开始在京城东边的钟山南麓营建自己的陵墓，这就是今南京东郊紫金山的明孝陵。

　　说来也巧，在朱元璋的孝陵开工修建的第二年，马皇后就去世了，因此马皇后就成了明朝开国后第一个葬到帝陵中的人。那时候朱元璋也五十多岁了，他每年清明前后都要去孝陵祭奠一下马皇后，顺便看看自己今后的归宿之地。每到这时候，朱元璋便会感到自己来日无多，心里难免会增添一些莫名的愁绪。

　　朱元璋儿时的朋友中，最后一个去世的是当年给他写信，约他投奔濠州义军的汤和。

汤和自从洪武二十年（公元1387年）从浙东被召回，就决心不再任职。当时他在凤阳中都的新房也已经建好，第二年六月正式退休后，他就带着家人回到了凤阳新居，每年都会进京朝见一次。

汤和原来也是一个居功自傲的人，而且好酒贪杯，喝醉了，难免说一些不得体的话。当年他守常州的时候，有事请示朱元璋，朱元璋没答应。回去后他喝醉酒，口出怨言，说自己像是骑在房脊上面，左顾则左，右顾则右，怎么都不对。朱元璋听后记恨在心，封功臣的时候，不封他公爵，只封了他一个中山侯。直到洪武十一年（公元1378年），才晋封他为信国公。可是发给汤和公爵铁券的时候，还是将他的过失刻在他的功臣铁券上面。

不过汤和到了晚年变化很大，他是第一个交出兵权的功臣。他找了个机会对朱元璋说："臣犬马齿长，不堪复任驱策，愿得归故乡，为容棺之墟，以待骸骨。"（《明史·汤和传》）史书中还说汤和晚年"益为恭慎，入闻国论，一语不敢外泄。媵妾百余，病后悉资遣之。所得赏赐，多分遗乡曲，见布衣时故交遗老，欢如也"（《明史·汤和传》）。汤和大概是看到了那些出生入死的老战友的下场，觉得人的一生不过如此，身边的财物，生不带来，死不带去，不如分给乡亲们，这样跟老朋友高高兴兴地交往，也不失晚年的生活乐趣。也正因为汤和晚年的这些变化，他才没被牵连到"胡蓝之案"中，得以"独享寿考，以功名终"。

洪武二十三年（公元1390年），汤和进京朝见的时候得了重感冒，嗓子哑得说不出话来。朱元璋赶紧让人把他送回凤阳。等他病好了才又接到京城，宴劳备至。到了洪武二十七年（公元1394年），汤和在凤阳一病不起，朱元璋又让人把病重的汤和接到京城。在汤和的病床前，朱元璋跟他从当年村子里的故人故事聊起，一直说到打天下的种种艰难。这时候汤和已经不能说话了，只是能听懂朱元璋的话。朱元璋说着说着，流下泪来。除了眼前这个垂死的汤和，朱元璋身边一个故旧也没有了。第二年八月，汤和病卒，享年七十岁。

其实朱元璋也是一个有情感的人，只不过一切都已经太晚了，汤和死后，和朱元璋一起起兵的故交就一个不剩了。《明史·耿炳文传》中说："及洪武末年，诸公、侯且尽，存者惟炳文及武定侯郭英二人，而炳文以元功宿将，为朝廷所倚重。"

当年多少元勋宿将跟着自己出生入死，何等热闹！等到了晚年，千军万马之中，竟然找不到一位当年的伙伴；偌大的皇宫中，也只剩下年近七旬的自己和一个未成年的皇太孙，一老一少，形影相吊，说起来也够凄凉的。

汤和病故后，朱元璋也要给自己准备身后事了。他最关心的，当然还是自己创建的基业。

这一年九月，朱元璋颁布了留给子孙后代的规范——《皇明祖训》，谕旨里明确说道："自古国家建立法制，皆在始受命之君，以后子孙，不过遵守成法以安天下。盖创业之君，起自侧微，备历世故艰难，周知人情善恶。恐后世守成之君，生长深宫，未谙世故。山林初出之士，自矜己长，至有奸贼之臣，徇权利，作聪明，上不能察而信任之，变更祖法，以败乱国家，贻害天下。故日夜精思，立法垂后，永为不刊之典。"（余继登《皇明典故纪闻》卷五）

朱元璋在谕旨中还举了刘邦的例子，说当年刘邦刑白马立盟说，非刘氏子孙不能为王，可是后来诸吕和吕后乱政，国家大乱。这是历史教训，不可不虑。他还让礼部把这部祖训颁行天下，使知其立法垂后之意，永为遵守。最后他说："后世敢有言改更祖法者，即以奸臣论无赦。"（《明太祖实录》卷二四一）

洪武三十一年（公元1398年）三月，朱元璋最喜欢的第三子晋王朱棡突然病逝，这对于朱元璋的打击应该是相当大的。不久，朱元璋就病倒了。史书中记述说："甲寅，上不豫。"甲寅是农历五月初八，史书中说："上素少疾，及疾作，日临朝决事不倦如平时。"（《明太祖实录》卷二五七）

通过史书中记载的朱元璋去世前几天发生的一件事，很能看出他的变化。当时羽林右卫的军士不小心火烧廊房四十多间，法司请治其罪。朱元璋说，他也不是故意的，算了吧，然后把这个军士免罪释放了。一向对官员们要求严厉的朱元璋，在临去世前的几天突然变成了一个和蔼的老人。

洪武三十一年（公元1398年）闰五月乙酉，朱元璋在皇宫中的西宫病逝。他在遗诏中说："丧葬仪物，一以俭素，不用金玉。孝陵山川，因其故，无所改。天下臣民，出临三日皆释服，无妨嫁。"（《明太祖实录》卷二五七）

这就是开国皇帝朱元璋给后人留下的最后一项安排，他甚至还想到了不要因为自己的丧事太过影响民间的婚嫁。这时候的朱元璋，仿佛不再是那位令人畏惧的开国皇帝，而只是一位从乡间田野走来的农民。